GIULIA MELUCCI
Die Nudeln meines Lebens

Giulia Melucci

Die Nudeln meines Lebens

Aus dem Amerikanischen
von Elfriede Peschel

LIMES

Die Originalausgabe erschien 2009 unter dem Titel
»I Loved, I Lost, I Made Spaghetti« bei Grand Central Publishing,
Hachette Book Group, New York.

FSC
Mix
Produktgruppe aus vorbildlich bewirtschafteten Wäldern und anderen kontrollierten Herkünften
Zert.-Nr. SGS-COC-1940
www.fsc.org

Verlagsgruppe Random House FSC-DEU-0100
Das für dieses Buch verwendete FSC-zertifizierte Papier *Munken Premium*
liefert Arctic Paper Munkedals AB, Schweden.

1. Auflage

Anmerkung der Autorin: Die meisten Namen und einige Details,
die eine Identifikation erlauben würden, sind geändert worden,
um die mehr oder weniger Unschuldigen zu schützen.

Satz: Uhl + Massopust, Aalen
Druck und Einband: GGP Media GmbH, Pößneck
Printed in Germany
ISBN: 978-3-8090-2553-5

www.limes-verlag.de

Für meine Mutter,
die mich Kochen
und Lieben gelehrt hat.

Antipasto

Jedes Mal, wenn ich mich mit jemand Neuem verabrede, überkommt es mich einfach. Egal, wie oft meine Freundinnen mich warnen: »Lass es langsam angehen, lass dich von ihm erobern, gib nicht gleich alles«, kann ich einfach nicht widerstehen – ich muss für ihn kochen.

Ein neuer Freund ist eine verlockende Gelegenheit, mit dem anzugeben, worin ich mich sicher fühle: meine Kochkunst. Schon beim ersten Blick schätze ich die gastronomischen Vorlieben des entsprechenden Mannes ein, und meine Vermutungen erweisen sich stets als richtig. Von einfacher Pasta bis zu langsam garenden Eintöpfen und saftigen, köstlich gewürzten Braten mit perfekt gebräunten Kartoffeln und knackigem Gemüse habe ich Essen jeder Art zubereitet. Ich habe Schokoladenkuchen, Käsekuchen und Obstkuchen mit Früchten der Saison gebacken. Und ich habe mich mit den unterschiedlichsten Männern verabredet: Künstler, Anwälte, Banker und Schriftsteller, freundlich und unfreundlich, bereit, sich einzulassen, und so offen für eine Bindung, wie ich offen für ein Essen bei McDonalds bin.

In jeder meiner Beziehungen habe ich meine Fähigkeiten vervollkommnet und Vertrauen in meinen Kochstil entwickelt. Die Männer, die durch mein Leben gegangen sind, waren allesamt kulinarische Inspirationen für mich, und wenn ich letztendlich auch nicht schlau über die Liebe geworden bin, so habe ich zumindest gelernt, mit größter Schlichtheit zu kochen und dabei ein Maximum an Geschmack hervorzubringen, denn wenn man verliebt ist, braucht man Zeit für andere Dinge als Essen. Aber gutes Essen ist die beste Ergänzung, die mir zu den vielen Freuden der Liebe einfällt. Darüber hinaus vermag es ein großer Trost für den Schmerz zu sein, den sie oft verursacht. Und dabei spreche ich nicht von offensichtlichen Heilmitteln wie riesigen Eisbechern! So etwas war nie mein Stil. Nein, der beste Balsam für ein gebrochenes Herz ist nahrhaftes Essen, das du dir in deiner Küche zubereitest (oder noch besser, Essen, das eine liebe Freundin für dich kocht; ich habe zum Glück viele, die großartige Köchinnen sind). Ein Essen, mit dem du deinem Herzen und deinem Geist vermittelst, dass du dir selbst der beste Freund bist, jedenfalls bis der nächste Mann kommt, und er kommt immer, und du wieder glücklich für zwei kochen kannst.

Kit Fraser hätte lieber einen Drink

In puncto Liebe war ich ein Spätzünder.

Kit Fraser war mein erster richtiger Freund. Er trat im Januar 1990 in mein Leben, einen Tag, nachdem ich mein erstes New Yorker Apartment bezogen hatte: eine untervermietete Wohnung, die ich mir mit Jennifer Warren teilte, einer guten Freundin aus dem College. In den ersten achtzehn Monaten nach meinem Collegeabschluss lebte ich bei meiner Mutter im Haus meiner Kindheit in Brooklyn. Diese Bleibe war zwar nicht das, was ich mir für meine Zeit nach dem College erträumt hatte, doch der Umzug in ein eigenes Heim hatte sich durch den Tod meines Vaters verzögert, der mit dem Ende meiner Schulzeit zusammenfiel. Die Vorstellung, meine Mutter allein in diesem großen grauen Haus zurückzulassen, gefiel mir nicht. Andererseits hatte ich aber auch die Nase voll davon, dass meine beiden Brüder den Keller als Proberaum für ihre Band nutzten, während ihre Freundinnen in der Küche saßen und sich an den Vorräten gütlich taten, als wären sie die Herrinnen des Hauses. Es war laut und unbequem. Ich musste weg.

An jenem Montagmorgen sagte Lucy, meine Chefin beim *Spy*-Magazin, der legendären satirischen Monatszeitschrift, bei der ich als Assistentin der Bildredaktion angestellt war, zu mir: »Da Sie jetzt eine neue Wohnung haben, werden Sie wahrscheinlich auch einen neuen Freund finden.« Was für einen neuen Freund?, fragte ich mich. Es hatte nie einen alten gegeben. Nun, jedenfalls über einen langen Zeitraum nicht mehr.

Bis dahin war der einzige Mann, den ich ehrlich einen Freund nennen konnte, Steve Sullivan gewesen, ein Nachbarjunge, der vier Jahre älter war als ich und mit dem ich um meinen sechzehnten Geburtstag herum etwa vier Wochen lang ging. Das ist mir in Erinnerung geblieben, weil Steve mich zum Feiern auf wirklich sehr erwachsene Weise in ein Restaurant einlud und mir ein Armband aus Jadeperlen zum Geschenk machte. Er trug einen Mantel und eine Krawatte – und ich ein Kleid von Bergdorf Goodman. Meine Mutter ging in jenen Tagen sehr freizügig mit ihren Kundenkarten diverser Warenhäuser um und schickte mich regelmäßig zum Kleiderkaufen und Haareschneiden in »die Stadt«, wie wir es nannten, zu Bergdorfs, dem Inbegriff der Eleganz. Ich hatte jedes Mal einen handgeschriebenen Zettel von ihr dabei, auf dem sie ihre Einwilligung zur Benutzung ihrer Kundenkarte gab, für den Fall, dass mich jemand danach fragte (was nie vorkam).

Ich verstand mich damals als Punkrockerin, und das Kleid war dementsprechend ein Bergdorf-Goodman-Punkverschnitt: Seine obere Hälfte bestand aus wasserblauem Trikotstoff, am Kragen und an den Ärmeln sehr lässig geschnitten, während die untere Hälfte aus weißem Baumwollstoff gearbeitet war, von Hand zusammengenäht und bemalt. Ich hielt dies für genau das richtige Maß an Eleganz für Steve, der auf dem College war, aber zu Hause wohnte und sich gern mit den Freundinnen seiner Schwester Lizzie herumtrieb, zu denen ich gehörte, wenn auch nur am Rande.

Ich wuchs in Bay Ridge auf, einem Viertel von New York, das – tragischerweise – vor allem als Drehort von *Saturday Night Fever* bekannt ist, einem Film, dem die Italo-Amerikaner genauso viel verdanken wie der Gotti-Familie. Mag der Film auch ein paar Wahrheiten beinhalten, so sahen wir darin doch lieber die Wahrheiten des Bensonhurst-Viertels. Die Nachbarschaft, in der ich aufwuchs, setzte sich aus irischen wie italienischen Familien zusammen. Meine Freunde hatten echte Probleme: geschiedene Eltern, alkoholabhängige Eltern oder beides; drogenabhängige Geschwister. Aber die stürmten nicht die Tanzfläche, um ihre Probleme in den Griff zu kriegen – sie machten sich lieber darüber lustig. Jedes Mal, wenn ein obdachlos wirkender Mann die Straße herunterkam, pflegte Denise O'Dea, meine beste Freundin auf der Highschool, mitleiderregend zu jammern: »Daddyyyy! Daddy, komm nach Hause!« Ich finde das noch immer zum Lachen.

Nach der Schule gingen Denise und ich immer zu den Sullivans. Dort hielt Lizzie Hof über eine Schar ehemaliger Klassenkameradinnen aus Our Lady of Angels, der Gemeindeschule, die ihrem Haus direkt gegenüberlag. Ich brachte den Mädchen, die dorthin gingen, eine gewisse Ehrfurcht entgegen, denn sie spielten Basketball und besuchten Klassen, in denen auch Jungs waren. Meine Grundschulerziehung auf der Visitation Academy, einer reinen Mädchenschule, die von Klosterschwestern geführt wurde und hinter dicken Mauern lag, die einen ganzen Straßenblock umgaben, war ein wenig vornehmer, so dass ich nie das Bedürfnis entwickelt hatte, Bälle oder sonst etwas zu dribbeln.

Doch mit diesem Grüppchen herumzuhängen machte Spaß, und so hingen wir herum. Steve war ebenfalls ganz begeistert von uns, kehrte jedoch immer den Überlegenen heraus: Er besuchte die Fordham University und ging zu Ballettaufführungen; mit meinem Vater diskutierte er über den Krieg auf den Falkland-Inseln. Nachdem er gegen die britische »Selbstbestimmung« gewettert hatte (als Ire war er natürlich dagegen), knutschten wir auf einer Klavierbank – dem einzigen Sitz, auf dem man auf der geschlossenen Veranda meines elterlichen Zuhauses zu zweit Platz fand. Wenn ich mir in meinem

Souterrain Billy Joels »She's Got a Way« auf dem Plattenspieler anhörte, sagte ich mir, genauso werden seine Gefühle für mich sein. Ich jedoch war mir meiner Gefühle für ihn nicht so sicher. Wenn er nicht da war, wurde mir beim Gedanken an ihn leicht mulmig, aber wenn ich mit ihm zusammen war, hatte ich Spaß. Ich küsste ihn gern, verspürte aber nicht das Bedürfnis weiterzugehen. »Du kannst mich anfassen, wenn du möchtest«, gurrte er einmal bei einer Knutscherei. Warum sollte ich das tun?, überlegte ich.

Eines Abends auf der Klavierbank erklärte mir Steve, er werde mit Bernadette Corrigan, der Frau, die er schon immer gewollt hatte, einen Versuch wagen. Sie war ein groß gewachsenes Mädchen, eine Basketballspielerin, und ihr Vater besaß eine Schleppboot-Firma, weswegen ihre Familie Geld hatte. Mein Vater ging mit Bernadettes Vater zum Golfen und verhalf ihm zu einer Mitgliedschaft im Country Club. (Und das war der Dank dafür!) Zwei Monate später stand Bernadette auf der Treppe der Sullivans und prahlte mit den Geschenken, die sie von Steve zum Geburtstag bekommen hatte – diese russischen Puppen zum Aufmachen, mit immer kleineren Püppchen darin, in deren letzter sich ein Claddagh-Ring verbarg (der irische Ehering, aber verlobt waren sie nicht). Ich erfand tausend Gründe dafür, warum ich es nicht unerträglich fand, Zeugin dieser Szene zu sein.

Im Jahr bevor ich mit Kit zusammenkam, hatte ich einen Psychologen aufgesucht – einen strengen Freudianer, der Ähnlichkeit mit Cher hatte –, um zu ergründen, warum ich mit meinen dreiundzwanzig Jahren noch nie einen längeren Freund und noch keinen Sex gehabt hatte. Mein Mangel an Erfahrung machte mir Angst, und ich war überzeugt, als Jungfrau zu sterben. Ich fühlte mich meinen Freundinnen entfremdet (alle waren sie Spätzünder, aber ich war die Letzte), die in ein kosmisches Geheimnis eingeweiht waren, das mir ein Rätsel blieb. Es waren nicht nur meine Neurosen, auch sonst sprach alles gegen mich: Ich hatte bis zum College eine reine Mädchenschule besucht, war dann auf dem Sarah Lawrence College gewesen, wo das Verhältnis von weiblichen zu männlichen Studierenden vier zu eins stand – eigentlich eher acht zu eins, wenn man in Betracht zog, dass die meisten Männer dort schwul waren. Jeder Junge, der auf dem Sarah Lawrence eine Freundin haben wollte, hatte bereits eine oder sogar zwei. Es galt das Gesetz des Stärkeren, und ich war weder körperlich (ich war ein wenig plump) noch geistig (ich war verängstigt) stark genug, um mit den geschmeidigen unkonventionellen Erbinnen mitzuhalten, von denen ich umgeben war.

Ohne es eigentlich zu wollen, blieb ich ein braves katholisches Mädchen. Der einzige Ruf, der mir vorauseilte, war der, humorvoll zu sein. Die grausame Wahrheit, dass Männer sich ihren Spaß dort holen, wo sie ihn kriegen können, dämmerte mir in meinem dreizehnten Sommer, als ich entdeckte, dass Tony Sirianni, mein ständiger Begleiter am Pool des Country Clubs, seine Nächte auf dem Golfplatz verbrachte, wo er mit Connie Cambria knutschte. Connie sah in einem Badeanzug garantiert besser aus als ich. Auf dem College unterhielt ich mich nächtelang mit Jungs, in die ich mich verknallt hatte, aber unser Austausch dabei ging nie über Gespräche oder Musikhören hinaus. Meine Laken und meine Tugend waren, wenn wir uns in den frühen Morgenstunden trennten, noch immer unbefleckt. Ich wusste nicht, ob ich etwas falsch machte, irgendwelche schlechten Schwingungen ausstrahlte oder sämtliche Signale missdeutete, die sie aussandten. Mit Sicherheit wusste ich jedoch, dass es mich völlig verwirrt hatte, eine Schlussfolgerung, die ich auch ohne den Psychologen hätte ziehen können.

Das lag jetzt hinter mir. Ein neues Jahrzehnt begann, und meine Chefin und ich beschlossen, es das »Jahrzehnt der Liebe« zu nennen. Ihre Vorhersage hinsichtlich der Veränderung meiner Liebessituation erwies sich im Übrigen als merkwürdig zutreffend. Noch am selben Nachmittag traf ein persönlich eingeworfener Brief von Kit Fraser ein. Ich hatte Kit vor drei Jahren kennen gelernt, als er eines Sommerabends unerwartet im Haus meiner Familie vorbeischaute, als Begleitung von Michael Petriano, dem Bruder meiner ältesten Freundin Larisa. Sie und ihre Familie zogen nach dem ersten Highschooljahr nach New Jersey, aber trotz der Entfernung blieb unsere Freundschaft die ganze Highschoolzeit bestehen – dank regelmäßiger Wochenendbesuche in New Jersey oder Brooklyn. Ich genoss die dortigen Vorstadt-Verlockungen – Eisbecher von Friendly's und die staatliche Schule (mit Jungs, aber ohne Uniform), zu der ich Larisa begleitete, wann immer ich mir einen Tag freinahm, um sie zu besuchen. Larisa lebt bis heute in New Jersey, und wir sind auch fünfunddreißig Jahre später noch Freundinnen.

Michael war mein erster Schwarm. Ich war zehn, als ich ihn auf dem von Larisa geliehenen Fahrrad auf seinen Zeitungstouren begleitete, wofür ich um fünf Uhr morgens aufstand, damit wir etwas Zeit allein miteinander hatten. Michael war einfach umwerfend und dazu unglaublich lustig, aber dafür musste er bald darauf büßen. Im Sommer nach seinem Highschoolabschluss erlitt er einen Nervenzusammenbruch; in der Woche, in der er mit Kit vor meiner Tür auftauchte, hatte er beschlossen, seine Medikamente abzusetzen. In meinem Kinderzimmer ließ er sich über die Bombe aus, die er erschaffen wollte, um alles Böse aus der Welt zu tilgen, die daraufhin von einer extra dafür ausgewählten Gruppe aus Klerikern und Rabbis kontrolliert werden würde. Dann ging er, um zu duschen.

Während Michael im Badezimmer war und meine Mutter durchs Haus lief, um alle spitzen Gegenstände zu verstecken, sah Kit mir dabei zu, wie ich meine Bücher des gerade zu Ende gegangenen Schuljahrs wegpackte. Ich unterhielt mich mit ihm über meine momentane intellektuelle Obsession, Dante, und spielte ihm eine Platte von Aztec Camera vor. So wie Kit es heute darstellt (ich erinnere mich nicht daran), fädelte ich winzige Samenkörner auf und band sie ihm um den Knöchel. Der Abend blieb Kit nicht nur wegen des merkwürdigen Verhaltens unseres Freundes im Gedächtnis, sondern auch meinetwegen. Das Bändchen blieb an seinem Knöchel, bis es abfiel, und danach verwahrte er seine Einzelteile.

Zwei Jahre später fiel mir, während ich nach der Mittagspause auf den Lift zu den Büros von *Spy* wartete, ein adretter Junge mit Nickelbrille und einer L.L.Bean-Jagdjacke auf, der ebenfalls wartete. Ich fragte mich, wo er wohl hinwollte, und wurde noch neugieriger, als er in meinem Stockwerk ausstieg. Er ging zum Empfang und fragte: »Ist Giulia Melucci im Haus?«

Woraufhin ich eilig entgegnete: »Ich bin Giulia Melucci.«

Kit, der später behauptete, er sei vom ersten Augenblick an in mich verknallt gewesen, hatte vergessen, wie ich aussah, als er nach mir suchte. Und auch ich war mir nicht mehr bewusst, dass ich mit dem Jungen im Lift schon etliche Stunden verbracht hatte. Kit, der geradewegs aus Georgetown kam, wohnte vorübergehend bei den Petrianos in New Jersey, während er eine eigene Bleibe in New York suchte. Er hatte einen Job bei der Atlantic Monthly Press bekommen, einem kleinen unabhängigen Verlag, dessen junge, stets zum Feiern aufgelegte Lektoren auf den Seiten von *Spy* oft aufs Korn genommen wurden. Larisa erzählte ihm, dass sein Büro direkt im Haus neben meinem lag. Und als er dann am Empfang stand, lud er mich ein, am Wochenende zusammen mit ihm und Michael auf eine Party zu gehen. Ich hatte keine Zeit – und wollte auch nicht. Kit war anzusehen, dass er an mir interessiert war, also wollte ich nichts mit ihm zu tun haben. Aber dann machte es mir doch etwas aus, dass ich einige Monate lang nichts von ihm hörte. Endlich kam der Brief, einen Tag nachdem ich bei meiner Mutter ausgezogen war, sprich am perfekten Tag für so einen Brief. »Neue Wohnung, neuer Freund.« Ich war bereit. Sofort rief ich ihn an, und wir verabredeten uns für Donnerstag zum Mittagessen.

Verrücktes, fast frühlingshaftes Wetter bestimmte jenen Januar in New York, also holten Kit und ich uns Take-away-Essen bei einem Edelimbiss an der Straße und verzehrten es auf einer Bank am Union Square Park gegenüber unseren Büros. Kit rührte sein Baguette mit geräuchertem Putenfleisch und Briekäse kaum an, da er ununterbrochen redete. Als er aufs College zu sprechen kam, erwähnte er Bongs, die er dort aus Äpfeln gemacht hatte, was mich ein wenig störte – denn meine Drogenzeit, so kurz sie auch gewesen war, lag hinter mir. Doch schien es bei diesem Ausrutscher zu bleiben, denn sonst war Kit in jeder Hinsicht ein richtiger Gentleman, von seinen handgearbeiteten englischen Church-Schuhen bis zu seinem antiken Zigarettenetui. Ich hatte jede Menge Zeit, ihn zu studieren. Als ich meine Erbsensuppe, das Brötchen und den Keks aufgegessen hatte, stand noch fast sein ganzes Mittagessen vor ihm. Es machte mich nervös, einfach nur dazusitzen und ihm zuzuhören, ohne das Essen zur Ablenkung zu haben. (Wenn ich gleichzeitig esse und rede, kommt keine der beiden Aktivitäten zu kurz.) Ich war ungeheuer erleichtert, als Kit eine Zigarette hervorholte – endlich bekamen meine zappeligen Gliedmaßen etwas zu tun. Zudem war es eine angenehme Überraschung, dass der Mann, der mein Freund werden sollte, rauchte – besonders, da er ein so langsamer Esser war. Kit begleitete mich bis in die Lobby meines Bürogebäudes, wo er mich bat, mich bei ihm zu melden. »Du rufst *mich* an«, hielt ich dagegen. Das tat er dann auch, und wir verabredeten uns für einen Abend in der folgenden Woche. Kit bat mich, vor seinem Büro auf ihn zu warten; von dort aus wollten wir in der nahe gelegenen Cedar Tavern etwas trinken gehen.

Kit machte nicht nur einen nervösen Eindruck, als ich ihn abholte, sondern trug noch dazu eine Jeans, die einfach nur scheußlich war. Zwar war die Hose nicht stonewashed, was ich unverzeihlich finde – eine der vielen Modesünden der späten Achtziger –, sondern in Luftwaffenblau, aber das war fast genauso schlimm. Es ergab keinen Sinn, denn bei unseren vorangegangenen Treffen hatte Kit einen recht ausgefeilten Geschmack bewiesen. Die Tatsache, dass er mich wirklich mochte, machte ihn verwundbar, und diese Jeans machte es nicht besser. Aber in jenen Tagen wünschte ich mir so sehr eine Beziehung, dass ich mich darüber erhob. Kit war ein guter Mensch, ein sanfter, freundlicher Mann. Er sah zweifellos gut aus, war ausgezeichnet gebaut, hatte hübsche Lippen und dichtes braunes Haar mit blonden Sprenkeln. Er war klug, und das sah man ihm mit seiner Hornbrille auch an. Pfeif auf die uniformblaue Jeans!

Und dass Kit in der Lage war, etwas über die abstrakten expressionistischen Maler, die in den fünfziger Jahren die Cedar Tavern zu ihrer Stammkneipe erkoren hatten, erzählen zu können, machte seinen Modefauxpas mehr als wett. Ich hatte am College Kunstgeschichte studiert und vorgehabt, in dieser Disziplin einen höheren Abschluss zu machen, aber irgendwann hatte ich keine Lust mehr dazu, die Zulassungsprüfung für ein weiterführendes Studium abzulegen. An den beiden Morgen, an denen ich den Termin dafür hatte, zog ich es vor, im Bett zu bleiben. Was keine schlechte Entscheidung war (wenn überhaupt eine), denn mir gefielen der Rhythmus des Bürolebens und der zuverlässige Gehaltsscheck, so lächerlich dieser auch war. (Damals bekam ich $12 000 im Jahr.) Ich arbeitete an einem der coolsten Orte in New Yorks Medienwelt, die noch einen langen Weg vor sich hatte, ehe sie die schrecklichen Löhne anheben würde – ein Tatbestand, dessen sich meine Arbeitgeber jedoch bewusst waren. Doch ich war entzückt, dass Kit etwas von meinem eingerosteten Studienwissen in meine Erinnerung zurückholte, und seine kurzen prägnanten Anmerkungen zu den Leinwänden von Mark Rothko und Franz Kline verfehlten ihr Ziel nicht.

Während Kit und ich uns unterhielten, stellten wir fest, dass uns noch etwas viel Bedeutsameres verband: Unsere Väter waren beide gestorben, der von Kit kurz bevor er die Highschool beendete und meiner kurz vor meinem Collegeabschluss. Wenn man in jungen Jahren ein Elternteil verliert, fühlt man sich all jenen verwandt, die die gleiche Erfahrung gemacht haben. Es gibt keine Worte, um diese tiefe Trauer jemandem zu beschreiben, der sie noch nicht erlebt hat. Man kann sie sich selbst kaum begreiflich machen. Ein weiterer Grund, weswegen ich den Psychologen aufsuchte.

Kit war mir dankbar, weil ich die Tatsache, dass er aus North Dakota stammte, gelassen hinnahm, was wohl nicht selbstverständlich war. Besonders weltgewandt war ich selbst ja auch nicht, ich stammte einfach nur aus Brooklyn und hatte mein ganzes Leben in New York verbracht. Für mich machte es keinen Unterschied, ob jemand aus North Dakota oder aus sagen wir Ohio kam – beide waren für mich einfach nur Orte. Kit wusste, wie man jagte und fischte, sein Vater war Tierpräparator gewesen. Als jüngstes von vier Kindern war er der Einzige in seiner Familie, der sich in den Osten gewagt hatte. Immer wieder tauchten in Kits Erzählungen Anspielungen auf Drogenerfahrungen auf – sei es in seinen Geschichten davon, wie er nachts Golf spielen ging, nachdem er Pilze eingenommen hatte, oder auf historischen Umwegen über Oscar Wildes Schwäche für Absinth. Von Rimbaud war er besessen, ich hingegen fand ihn romantisch, doch auch beunruhigend, je mehr ich über ihn erfuhr.

Ich hatte erst kürzlich allen Drogen abgeschworen, nachdem ich ein »Verlorenes Wochenende« in einem vornehmen Haus in East Hampton mit einer Gruppe Briten verbracht hatte, die Freunde eines Freundes vom *Spy*. Inmitten des mit Kohlrosen bedruckten Chintz aßen wir zu viele Pilze und warteten begierig darauf, dass sie ihre Wirkung zeigten. Von da an begann mein Abstieg in eine existentielle Hölle, der in einer schlechten melodramatischen Rede über die Sinnlosigkeit von allem gipfelte. Ich hatte mich in einem dunklen Wald verirrt, aus dem mich keines der zahllosen bauschigen Sofas zu retten vermochte. Hätte jemand meinen Monolog mitgeschnitten, wäre er mit Sicherheit ein wirksames Beispiel gewesen, um Seminare zur Drogenprävention zu untermalen.

Aber dieser besondere Umstand, mich mit einem Jungen verabredet zu haben, der mich tatsächlich beeindrucken wollte, weckte mein Verlangen nach diesen Substanzen. Bereit, die Dinge an diesem Abend voranzutreiben, fragte ich Kit, ob er in seinem Apartment irgendwelche Drogen hätte. Leider konnte er mir nichts außer Schnupftabak anbieten – pulverisierten Tabak, den man wie Kokain durch die Nase zieht. Es war ein Anachronismus, wie er nur zu der amerikanischen Aristokratenpersönlichkeit passen konnte, die Kit als Gegengewicht zu seinen Präriewurzeln angenommen hatte. Ich gab vor, mir immer schon mal gewünscht zu haben, Schnupftabak auszuprobieren. Auf dem Weg zu Kits Apartment kauften wir zum Abendessen noch ein paar Pringles-Kartoffelchips (von mir ausgesucht, da der Geschmack aus der Kindheit mich noch immer verführte) und Coca-Cola.

Eine Wohnung so scheußlich wie die von Kit habe ich seitdem nie wieder gesehen. Sie bestand aus einem winzigen fensterlosen Raum, der Badezimmer, Küche, Wohnzimmer und Arbeitszimmer in einem war. Links davon lag ein etwas größerer Raum mit einem Fenster, von dem aus man offenbar nicht nur Ziegelmauern zu sehen bekam, dieser war aber nicht zugänglich, da er gerammelt voll mit Sachen stand, die dem Typen gehörten, bei dem Kit zur Untermiete wohnte. Dann gab es noch einen winzigen Schlafraum, nicht viel größer als ein Doppelbett, mit einem Fenster, das in einen Luftschacht führte, in dem sich die Tauben gurrend versammelten.

Kit hatte sich alle Mühe gegeben, dem Ganzen einen freundlichen Anstrich zu verpassen. Die Wände waren mit liebevoller Planlosigkeit geschmückt – ein Bumerang, ein eingerissenes Anzeigenplakat aus den zwanziger Jahren, das einen älteren und einen jüngeren Mann auf Fahrrädern zeigte: »*Vater und Sohn kameradschaftlich unterwegs*«. Ich probierte den Schnupftabak aus, und später in der Nacht noch weitere Dinge, die ich nie zuvor versucht hatte.

»Mein Kissen duftet wie dein Parfüm«, lautete die handgeschriebene Nachricht, die am nächsten Tag eintraf. Derart romantische Worte sind davor und danach nicht mehr für mich geschrieben worden. Ich fragte mich, ob durch Kit etwas in Gang gekommen war. Er schien wahrhaftig in mich verliebt zu sein, und so etwas passierte nicht einfach. Wie oft ich in meinem bisherigen Leben eine Mahlzeit verpasst hatte, konnte ich an meinen beiden Brüsten abzählen, aber nach dieser Verabredung aß ich einige Tage lang so gut wie nichts. Während ich bei einem Notfall-Mittagessen zur Analyse meines Dates, zu dem ich mich am folgenden Tag mit meiner Mitbewohnerin Jen traf, im Salat herumstocherte, versuchte ich Kit zu beschreiben. Zu diesem Zeitpunkt befand ich mich bereits im Selbst-Sabotage-Modus, einer Stimmung, die auf meine Erinnerung an seine körperlichen Merkmale voll abfärbte. Ich pickte den dusseligsten Typen heraus, den ich in der Nähe des Restaurants entdecken konnte, und deutete auf ihn. »So sieht er aus«, sagte ich.

»Nein, tut er nicht!«, erwiderte Jen, die mich gut kannte.

Wenn ich schon meinen eigenen Augen nicht traute, dann hätten mir andere Ereignisse Anhaltspunkte geben können, dass Kit etwas Unvergessliches besaß. Offensichtlich ließ ihn keine Frau, die ihn je kennen gelernt hatte, wieder los. Als ich anfing, bei ihm zu übernachten, verging fast keine Nacht, in der nicht irgendeine alte Freundin aus Collegetagen anrief. (Wie sich herausstellte, hatte die Beziehung von der weiblichen Seite aus noch immer Bestand, aber das ist nicht meine Geschichte.) Selbst eine alte Highschoolflamme aus North Dakota rief jede Woche einmal mitten in der Nacht an.

Trotz meiner Besorgnis wurden wir ein Paar. Kit seinerseits unternahm nichts, um diese zu schüren. Er ließ keinen Zweifel daran, dass es ihm ernst mit mir war. Immer rief er wie versprochen an. Er trug mir jedes Mal meine Tasche, wenn wir irgendwo hingingen, als wäre sie ein schwerer Koffer. Wie selbstverständlich nahm er die mehrstündige Bahnfahrt zum Haus meiner Mutter in Bay Ridge auf sich, wenn ich mich dort an einem Samstagabend aufhielt, auch wenn er dann nur eine Stunde blieb. Anfangs lagen die Probleme nur bei mir. Der Einstieg in Intimeres und in das Sexleben machte mir Angst, also erfand ich Probleme, um die Ängste zu rechtfertigen, die ich nicht verstand. Im ersten Monat redete ich mir ein, schwanger zu sein, obwohl ich übertrieben penibel auf Verhütung achtete und die Chance einer Schwangerschaft dementsprechend gering war. Dann kam ich zu dem Schluss, Kit sei schwul, weil ich ihn und seinen Freund Matt auf einer Party aus den Augen verloren hatte. Zu allem Überfluß besaß ich noch nicht mal so viel Vernunft, meine Ängste für mich zu behalten. Ich trug sie allesamt Kit vor, der wie ein Heiliger mit meinen Neurosen umging.

Zur gleichen Zeit eröffnete sich mir eine andere neue Welt, die weniger konfliktbeladen war. Diese befand sich in der Küche meiner ersten Wohnung, wo ein eigener Herd mit Backrohr das bisher ungekannte Verlangen zu kochen in mir weckte. Die Küche, von der ich erst vor kurzem Abschied genommen hatte, war ganz und gar die Domäne meiner Mutter. Sonntagmorgens war sie stets vom Duft angebratenen Fleischs für das traditionelle Sonntags-ragù erfüllt. Als Kind bekam ich einen frisch gekochten, perfekt gewürzten Fleischklops zum Frühstück – mit der leuchtend grünen Petersilie, die aus dem saftigen Fleisch guckte, schmeckte er sogar besser als der mit Sauce, den es dann am Abend gab. Unter der Woche kochte meine Mutter für abends Lammeintopf mit Babyartischocken und Saubohnen, mit frisch geriebenen Semmelbröseln panierte Seezunge mit Zitrone oder – einfacher, aber nicht weniger köstlich – Roastbeef mit Sauce und Kartoffelbrei.

Meine Mutter Janet war als Italo-Amerikanerin erster Generation in Brooklyn geboren; mein Vater Nicola kam aus Süditalien in die Staaten, um eine Arztpraxis zu eröffnen. Sie ließen sich in Brooklyn nieder und bekamen fünf Kinder, von denen ich das jüngste bin: drei Mädchen und zwei Jungs. Ungeachtet aller Klischees über italienischen Gefühlsüberschwang warfen meine Eltern mit Umarmungen und Ich-liebe-dichs nicht gerade um sich. Wenn sie jedoch wütend auf uns waren, erfuhren wir das sehr schnell. Dad arbeitete hart, und Mom sorgte gut für uns, und dies war wohl ihre Art, uns ihre Liebe und Entschlossenheit, für unser Wohlergehen zu sorgen, zu zeigen. Wenn mein Vater nicht bis spät abends Patientenbesuche machte, waren sorgfältig geplante Menüs mit drei Gängen die Regel. An unserem runden Küchentisch mit farbenfroh gemustertem Tischtuch und passenden Servietten begannen wir stets mit einem Pastagericht, gefolgt von Fleisch oder Fisch mit Gemüse. Meine Mutter ist Sizilianerin, und für sie ist eine Mahlzeit ohne »was Süßes« nicht vollständig. Beharrlich ist sie immer auf der Suche nach den besten Desserts und legt jede erdenkliche Distanz zurück, wenn sie von einer guten Bäckerei gehört hat, die es in irgendeinem gottverlassenen Viertel geben soll. Wenn sie nicht gerade eine derartige Exkursion unternommen hatte, zauberte sie einfach selbst etwas: eine Kokosnuss-Sahnetorte, einen Schokoladenguglhupf oder saftige Ricottakrapfen mit Puderzucker.

Ein Zuhause zu haben, war für mich immer gleichbedeutend mit einem gefüllten Kühlschrank. Meine Mitbewohnerin Jen und ich stimmten in diesem Punkt vollkommen überein. Jen, die Jüdin war und in Westchester aufgewachsen, liebt das Essen nicht weniger als ich (eigentlich könnte ich auch gar nicht mit jemandem befreundet sein, der das nicht tut), und sie kann die Kochkünste meiner Mutter bezeugen. Noch immer ergeht sie sich in Lobgesängen auf die vielen Wochenenden, die sie während der Collegezeit bei mir zu Hause verbracht hat, als mein Vater noch lebte und meine Mutter phänomenale Mahlzeiten kochte. Wenn wir das Abendessen verpassten, weil wir in irgendeinem Klub in Manhattan trinken und tanzen waren, konnten wir mit einem Teller aus Resten rechnen, der bei unserer Rückkehr im Kühlschrank auf uns wartete. Ich kannte keine andere Familie, die so aß wie wir. Eines Nachts kamen wir nach Hause und ertappten meinen Bruder Nick und dessen Freund John dabei, wie sie unsere Reste plünderten.

»Was esst ihr da?«, fragte ich, ein wenig besorgt, dass für uns nichts übrig bleiben würde.

»Ich esse den Schwertfisch und Nick den Schokolade-Käsekuchen«, erklärte John in einem Tonfall, als habe er einen Schatz gefunden. Ich dagegen wusste, dass man genau das in jeder x-beliebigen Nacht in unserem Kühlschrank finden konnte.

Am ersten Abend in unserer neuen Wohnung gingen Jen und ich, nachdem wir unsere Sachen ausgepackt hatten, zum Einkaufen in einen überteuerten »Gourmet«-Laden in unserer Straße. Bei unserer Rückkehr ließ ich die Tüte mit einer Flasche Olivenöl extra virgine fallen, die wir uns eigentlich gar nicht hätten leisten können. Das Glas zersplitterte, und das Öl ergoss sich über unseren Küchenboden. Jen griff nach einem Wischer; und ich rief sofort meine Mutter an, da ich wusste, dass ich angesichts dieser Tragödie mit ihrem Mitleid rechnen konnte. Dies war der erste von vielen Anrufen bei meiner Mutter aufgrund eines kulinarischen Missgeschicks. Im Laufe der Jahre habe ich immer wieder ihren Rat eingeholt: Normales Mehl kann man durch Mehl ersetzen, das mit Backtriebmittel versetzt ist (das Rezept steht auf der Packung); hausgemachte Gnocchi, die ich zu früh aus dem Wasser genommen habe, lassen sich nicht mehr retten, und wenn der Braten noch eine Stunde Garzeit braucht, die Gäste aber bereits eine Stunde bei Oliven und Käse herumsaßen, ist die einfache Lösung, ihnen immer reichlich zu trinken nachzuschenken. Meine Mutter bekam auch ein paar Anrufe, in denen es um meine Niederlagen in puncto Liebesleben ging, aber ihre Antworten darauf fielen leider weniger praktisch aus.

Römischer Salat mit Orangen und roten Zwiebeln

1 Kopf römischer Salat
½ kleine rote Zwiebel, in dünne Streifen geschnitten
2 Navelorangen
1 TL Olivenöl
1 Spritzer Rotweinessig
Salz und frisch gemahlener Pfeffer nach Belieben

Die Salatblätter vom Kopf ablösen, waschen und trocknen. Schneiden Sie die Blätter kreuzweise in 2 bis 3 Zentimeter große Stücke. In eine ausreichend große Schüssel geben und die Zwiebel hinzufügen. Schälen Sie die Orangen und schneiden Sie diese zuerst in Scheiben von ½ Zentimeter, die sie dann vierteln und dabei Kerne und weiße Haut entfernen. Den Salat mit Olivenöl, Rotweinessig, ein wenig Salz und frisch gemahlenem Pfeffer anmachen und vermischen.

Ergibt 4 Portionen.

Wir aßen auf dem Fußboden sitzend, unsere Teller auf der eckigen Ottomane verteilt, die aus dem Haus meiner Familie stammte. Eigentlich sparten wir auf einen Tisch, aber da wir andere Prioritäten hatten, ließen wir lieber 3 Dollar für eine Flasche Concha y Toro springen, die wir in unserem örtlichen Spirituosenladen kauften, wo der Angestellte und seine Ware hinter kugelsicherem Glas standen und man auf das Gewünschte deuten musste. Der Concha y Toro stand vorne und in der Mitte, was praktisch war – schließlich wollte man sich nicht gezwungen sehen, wegen einer 3-Dollar-Flasche Wein komplizierte Handbewegungen zu machen. Für unsere nicht besonders entwickelten Geschmacksknospen schmeckte er recht gut und war die ideale Ergänzung zu diesem unkomplizierten Gericht.

Kit pflegte zu sagen, unser Leben sei »zauberhaft«, da unsere Jobs uns einen illustren Glanz verliehen. Allerdings zerplatzte diese Illusion schnell wieder, wenn man unsere Bankkonten betrachtete. Eines Abends besuchten wir eine Bücherparty im Haus eines berühmten Fernsehnachrichtensprechers. In seinem luxuriösen Apartment mit Blick auf den Central Park tranken wir Champagner und knabberten Kanapees, die auf Silbertabletts gereicht wurden. Es gab geräucherten Lachs auf Toastecken, in Schinken gewickelten Spargel, Gruyèrebällchen und Tempura-Shrimps, aber wie so oft auf solch erlesenen Feten, gab es davon leider nicht genug. Zwei Stunden später saßen wir, noch immer hungrig, in der U-Bahn, und hatten zusammen genau fünf Dollar, um uns etwas zu essen zu kaufen. Also holten wir in unserem Eckladen eine Packung Spaghetti und verließen uns darauf, dass es in Kits Kühlschrank noch Butter geben würde. Tatsächlich fanden wir vier Streifen Speck und drei Eier, womit wir, was noch viel besser war, eine einfache Carbonara zubereiten konnten. Ich machte mich an Kits winzigem Herd an die Arbeit, und die Pasta erwies sich als hervorragendes Gegenstück zu den pretiösen kleinen Snacks. Es blieb sogar noch ein Rest für den nächsten Tag – und ein Dollar bis zum nächsten Zahltag – in einer Woche.

Spaghetti Carbonara

3 Scheiben durchwachsener Speck, in 1 cm große Würfel geschnitten
350 g Spaghetti
3 Eier
50 g frisch geriebener Pecorino
50 g frisch geriebener Parmesan und noch etwas zum Bestreuen
Salz
frisch gemahlener Pfeffer

Braten Sie den Speck, bis er fast knusprig ist, und lassen Sie ihn dann auf Küchenpapier abtropfen.

Kochen Sie die Nudeln nach Anweisung auf S. 27. Schlagen Sie inzwischen in einer großen hitzebeständigen Schüssel die Eier auf und verquirlen sie leicht. Den Käse (Pecorino und Parmesan) dazugeben.

Die gekochten Nudeln in einem Sieb abtropfen lassen und in die Schüssel mit den Eiern und dem Käse geben. Heben Sie die Nudeln unter die Eiermischung, so dass die Eier durch die heißen Nudeln gar werden (sie sind womöglich nicht ganz gar; aber ich mag es, wenn sie cremig sind, doch wenn Ihnen diese Vorstellung nicht behagt, dann geben Sie alles zusammen in eine Bratpfanne und lassen es bei niedriger Hitze ein wenig stocken). Zum Schluss den Speck dazugeben und mit Salz und, falls erwünscht, ein wenig Pfeffer abschmecken.

Die Pasta auf vorgewärmte Schälchen oder Teller verteilen. Mit restlichem Käse bestreuen.

Reicht für 2 Personen, mit Resten.

Ich bekam jedes Mal ein Hochgefühl, wenn ich etwas gekocht hatte, das mir gut gelungen war, und da dies sehr oft vorkam, war ich fast ständig in Hochstimmung! Ich entdeckte eine Gabe, von deren Vorhandensein ich zuvor nichts gewusst hatte. Kit genoss, was ich machte, aber teilen konnte er meine Begeisterung nicht. Mein Freund interessierte sich zwar für zahllose Absonderlichkeiten, doch Essen zählte nicht dazu. Es kam vor, dass er morgens aufwachte und alles in Erfahrung bringen musste, was es über Sergej Diaghilew und die Ballets Russes zu wissen gab; am nächsten Tag konnten es die Merz-Collagen von Kurt Schwitters sein. Seinen ständig wechselnden Obsessionen verdankte ich Bereicherung aus zweiter Hand; doch ich war zutiefst enttäuscht, als er mir mitteilte, dass er sich wie auch schon sein Vater wünschen würde, einfach eine Pille schlucken zu können, um sich zu ernähren, und fertig. Diese Nachricht erzeugte eine tiefe Kluft zwischen uns. Ich lebte, um zu essen. Kit zog es vor, sich den Großteil seiner Kalorien mittels Alkohol einzuverleiben.

Meine erste Ahnung von diesem Problem bekam ich, als ich einmal früh am Abend zu ihm in die Wohnung kam und er vor einer fast geleerten großen Dose Foster's Lager saß, die nächste schon in Reichweite. Dies schien mir schrecklich viel Bier zu sein, aber ich sagte nichts, sondern steckte die Information einfach weg. Allerdings kam sie beizeiten immer wieder hoch und bereitete mir Kummer.

Kit bekam seinen Traumjob beim *Rolling Stone* um die Zeit herum, als ich bei *Spy* entlassen wurde – er stahl sich sogar von seiner eigenen Abschiedsparty davon, um mit Eiskrem zu mir in die Wohnung zu kommen und mich aufzumuntern. Obwohl ich bei *Spy* nicht viel zu tun gehabt hatte, war ich doch stolz darauf gewesen, einen Platz im Impressum des Magazins innezuhaben. Ich hatte mich von der Empfangsfrau (oder Verlagsassistentin) zur Assistentin der Bildredaktion und dann zur PR-Assistentin hochgearbeitet. Es hatte mir Spaß gemacht, Klatschspalten zu durchforsten und über die Stars zu berichten, über die das Magazin in diesem Monat herziehen wollte, aber mein eigentlicher Wunsch war es, Redakteurin zu werden. Doch mit vierundzwanzig hielt ich mich für zu alt, um eine neue Richtung einzuschlagen. Ich bekam sofort wieder eine Stelle in der Zeitungsbranche, und zwar bei Kits altem Arbeitgeber, der *Atlantic Monthly Press*. Anton, einer der Herausgeber, nannte mich »Super-Duper« oder manchmal auch einfach »Super«, weil Kit ihm auf die Frage, wie denn seine Freundin sei, einmal geantwortet hatte: »Super-duper!« Alle Kollegen fanden Kit und mich bezaubernd – aber nicht bezaubernd genug, um mich nicht wieder zu entlassen, als Atlantic weniger als ein Jahr nach meiner Anstellung verkauft wurde.

Die schwierige ökonomische Situation der frühen neunziger Jahre blieb nicht ohne Auswirkung auf meine Karriere. Kit gedieh inzwischen prächtig bei *Rolling Stone*, wo zu seinen Aufgaben unter anderem das Babysitten für sein Idol Hunter S. Thompson gehörte, der Inlandsredakteur der Zeitschrift war. Seine Aufgabe war es, kübelweise Bloody Marys für »King Gozo« heranzuschaffen, die dieser trank, während er im Carlyle Hotel in der Badewanne lag, und gelegentlich auch, den Kokainnachschub bei seinem Dealer abzuholen. Zu meiner Arbeit dagegen gehörte es, Autorinnen zu bewerben, die so erhaben wie Edna O'Brien und so anspruchslos wie Joan Collins waren und von denen mich keine jemals aufforderte, ihr Drogen zu besorgen – obwohl Joan Collins mich einmal darum bat, ihre Büchersignierstunde bei einem Costco abzusagen, da sich dort »dicke Leute« aufhielten.

Im Frühjahr nachdem Kit und ich ein Paar geworden waren, verkaufte meine Mutter das Haus in Bay Ridge und zog in eine

Wohnung in der Nähe. Von dem Erlös des Hauses kaufte sie ein neues Haus am Long Island Sound in Connecticut, in dem ihre Schwester, meine Tante Marie, die nie geheiratet hatte und in Greenwich lebte, ständig wohnen konnte und wo wir uns alle in den Ferien trafen. Zu diesem Haus in Connecticut entwickelte ich nie eine richtige Beziehung, es konnte einfach mit dem, was wir gehabt hatten, nicht mithalten. Der Verlust dieses Hauses machte mir auch den Verlust meines Vaters endgültig bewusst. Kit war dabei, als ich mir ein letztes Mal die leeren Räume ansah und die Parkettböden, auf denen nur noch der Staub von den prächtigen alten Teppichen, die weggebracht und eingelagert worden waren, übrig war. Er wusste genau, wie ich mich fühlte, und half mir, einen Teil der Last zu tragen.

Doch da unsere Apartments ein wenig deprimierend waren, verbrachten wir dennoch viele Wochenenden in Connecticut. Kit begrüßte meine Mutter nie ohne einen Blumenstrauß, und sie vergötterte ihn von dem Moment an, in dem sie seine Stimme in ihrem Schlafzimmer gehört hatte, als er mich zum ersten Mal abholen kam. Und er tat, was er konnte, um diese Zuneigung zu festigen, indem er grenzenlose Begeisterung für ihr Lieblingskartenspiel »May I?« aufbrachte. Kit und ich erkundeten das ganze Fairfield County.

Eine unserer großartigsten Entdeckungen dabei war ein Schuppen von einem Restaurant mit dem Namen *Tacos or What?*, von dem Kit genauso begeistert war wie ich. Geführt wurde er von einem Hippie mittleren Alters, die Kellnerinnen waren lauter süße Hippie-Teenagermädchen. Ich empfand das Lokal als ein wenig geschmacklos, aber die Burritos schmeckten mir gut genug, um darüber hinwegzusehen. Das Haus auf der Compo Road in Westport, in dem Scott Fitzgerald (Kits Lieblingsschriftsteller) und seine Frau Zelda einen Sommer lang gelebt hatten, fanden wir leider nie, obwohl wir die Straße ein Dutzend Mal auf und ab fuhren, um danach zu suchen. Neben Tacos mit einer besonderen gelben scharfen Sauce (»der gelbe Tod«), von der nur die Stammkunden wussten, gab es noch ein Essen, das Kit so zu begeistern vermochte wie von Gin durchtränkte Oliven – nämlich Speck. An jenen Wochenenden bereiteten meine Mutter, meine Tante und ich stets gemeinsam das große Frühstück zu. Tante Marie machte Rührei, das perfekt gestockt war und genau die richtige Farbe hatte, und meine Mutter backte Blaubeermuffins, die sie anschließend in geschmolzene Butter tauchte und mit Zucker bestäubte – ein Rezept ihrer Mutter. Und Kit kümmerte sich um die Zubereitung des Specks, wobei ich ihm zur Hand ging.

Nanas Blaubeermuffins

weiche Butter für das Einfetten der Muffinformen
280 g self-rising flour (kann man leicht selbst zubereiten: auf 500 g Mehl kommen 1 Päckchen Backpulver und 1 Prise Salz, alles vermischen)
50 g Zucker
50 ml Milch
6 EL geschmolzene Butter
1 Ei
220 g Blaubeeren
1 EL Butter (nach Belieben)
50 g Zucker (nach Belieben)

Heizen Sie den Backofen auf 200 °C vor, und fetten Sie die Muffinform ein.

Mehl und Zucker vermischen, die flüssigen Bestandteile unterrühren, dann die Blaubeeren hinzufügen. Den Teig mit einem Löffel in die Muffinformen füllen, jede Form etwa zu drei

Viertel. 15 bis 20 Minuten backen. 10 Minuten in der Form auskühlen lassen, dann zum Auskühlen auf ein Gitter legen.

So lange die Muffins noch ein wenig warm sind, 1 EL Butter schmelzen und auf einen Unterteller geben. 50 g Zucker ebenfalls auf einen Unterteller geben. Die Muffins erst in Butter, dann in den Zucker tunken. Nach Belieben, aber ich empfehle es dringend.

Ergibt 9 Muffins, Rezept kann verdoppelt werden.

Die Lower East Side, in der wir wohnten, war meilenweit davon entfernt, wie sie heute ist. Um von meinem Apartment auf der Avenue A zu Kits auf der Avenue B zu kommen, mussten wir erst den Tompkins Square Park durchqueren und dann eine »Zeltstadt«, die von Obdachlosen bewohnt wurde. Mein Häuserblock war ein Drogenumschlagplatz, der es ironischerweise sicher machte, dort zu wohnen. (Die Drogendealer sorgten dafür, dass Straßenraub unterblieb – eine Vorsichtsmaßnahme, um die Aufmerksamkeit der Polizei nicht auf ihr Gebiet zu lenken.) Kits Block war so weit weg, dass sich selbst die Drogenhändler fernhielten; er wurde ein paar Mal überfallen. Eines Tages, als wir zusammen U-Bahn fuhren und wieder einmal über unsere Wohnsituation schimpften, schlug ich einfach ins Blaue hinein vor, uns eine gemeinsame Wohnung in Brooklyn zu suchen. Mein Freund willigte sofort und überschwänglich ein. Mit Kit ließen sich große Dinge ganz einfach lösen. Und so begannen wir mit unserer Wohnungssuche.

»Ich möchte hier mit dir wohnen. Ich möchte dir Eintöpfe kochen«, sagte Kit mit seiner liebenswertesten Stimme, als wir durch Boerum Hill fuhren, das Brooklyner Viertel, in dem wir hofften, etwas zur Miete zu finden. Er war ein wenig angetrunken. Ein einziges Mal hatte er für mich gekocht, das war nach der ersten Nacht gewesen, die ich in seinem Apartment verbracht hatte. An jenem Morgen briet er Speck und machte Rühreier in dem zurückgebliebenen Fett. Ich aß meinen Teller leer und meckerte dann, wie voll ich war und wie dick ich mich fühlte. Als ich Kit später an die versprochenen Eintöpfe erinnerte, entgegnete er, dass er nie wieder für mich kochen würde, da ich mich das eine Mal, als er es versucht hatte, nur beschwert hätte. Ich kenne keine Frau, die sich nach diesen Eiern anders gefühlt hätte, aber vielleicht hätte ich es mir nicht so anmerken lassen dürfen. In der Morgenröte unserer Liebe war ich wohl ein kleiner Drachen gewesen, doch meiner Meinung nach hatte ich Vergebung verdient – und vielleicht auch einen kleinen Eintopf.

Das war vermutlich das einzig Unfreundliche, was Kit jemals zu mir sagte, und er sagte es in stocknüchternem Zustand, denn wenn Kit betrunken war, war er ein ganz Lieber. Eine Tatsache, die mich verwirrte, da ich das Ausmaß seines Problems nur schlecht einschätzen konnte. Brüllten Alkoholiker nicht herum und verprügelten einen, wenn sie ein paar zu viel hatten? Kit war ganz und gar nicht so. Er pflegte mir zu sagen, ich sei schön (das sagte er aber auch ohne Alkohol). Er erklärte, er wolle in die kleine Narbe über meiner rechten Augenbraue kriechen und dort für den Rest seines Lebens wohnen.

Stattdessen zogen wir in das erste Stockwerk eines hundertjährigen Sandsteinhauses in einem der hübschesten Häuserblocks von Brooklyn. Diese Wohnung mit ihren großen Fenstern, die auf Bäume hinausgingen und jede Menge Licht hereinließen, stimmte einen froh. Sie verfügte über zwei offene Marmorkamine (einer davon funktionierte sogar), die Böden waren aus dunklem Holz, und die Wände hatten noch ihre ursprünglichen Reliefs und Simse. In dem riesigen, mit Holz vertäfelten Badezimmer standen ein Sockelwaschbecken und eine altmodische Badewanne mit Klauenfüßen. Das Einzige, wobei wir in dieser Wohnung leider Abstriche machen mussten, war die Küche. Sie bestand aus ein paar wahllos zusammengewürfelten Schränken, einem kleinen Elektroherd und einem lauten Kühlschrank, der allerdings in einer Ecke des Wohnzimmers stand.

Da wir nur wenig Geld zur Verfügung hatten, statteten wir diesen traurigen Raum mit einfachen Gegenständen von Ikea aus. Ein Set »Campingkochgeschirr« machte uns um 10 Dollar ärmer, aber es umfasste alles, was ich brauchte: einen großen Topf zum Nudelkochen, eine kleine Bratpfanne für die Sauce und zwei Kochtöpfe, einen großen und einen kleineren. Ein sechsteiliges Messerset mit Block kostete 12 Dollar. Dafür, dass ich mit Campinggeschirr kochte, gelang es mir erstaunlich gut, auf dem dürftigen Herd fantastische Mahlzeiten zu zaubern. Ich machte die Erfahrung, dass es keiner teuren Kochutensilien oder eines restauranttauglichen Herds bedurfte, um köstliches Essen zuzubereiten, denn für schmackhafte Küche wahrhaft entscheidend sind gute Zutaten und ein Gefühl dafür, wie man sie einsetzt. Das lernt man am besten, indem man selbst kocht, anderen zusieht und so viele verschiedene Gerichte und Zubereitungsarten wie möglich probiert. Darüber hinaus bedarf es als Grundvoraussetzung nur einer Wärmequelle, außerdem benötigt man ein hitzebeständiges Gefäß, in das man die Zutaten geben kann: Die ganze Sache ist also nicht raffinierter als zu jener Zeit, als unsere Vorfahren noch in Höhlen lebten.

Auch mit gerade mal dreißig Zentimetern Arbeitsfläche beinhaltete das Zusammenleben für mich die ernste Verpflichtung, ein Abendessen zu kochen. Ich rief Kit jeden Nachmittag an, um seine Meinung dazu einzuholen. Sein Interesse an diesen Gesprächen hätte nicht geringer sein können. Kits Mutter Dolores stieß auf dieselbe Verweigerungshaltung ihres Sohnes wie ich. Monat für Monat schickte sie ihm ein Päckchen mit hausgemachten klebrigen Rhabarberteilchen oder Keksen mit Schokostücken. Er jedoch rührte sie einfach nicht an – also tat ich es, weil mir der Gedanke unerträglich war, dass diese Frau sich vergeblich bemühte. Kit kam mit einem Kartoffelstampfer und einem kleinen Spiralbuch nach New York, in dem seine Mutter ihm in perfekter Kursivschrift ihre Rezepte aufgeschrieben hatte. Er mochte es, wenn ich ihren Hackbraten machte, obwohl ich anfangs ein wenig skeptisch war. Die von Dolores aufgelisteten Zutaten erschreckten mich nicht – meine Mutter verwendete für ihren Hackbraten Zwiebelsuppenmischung –, aber ihre Anweisung, ihn mit Ketchup und Senf zu »überziehen«, fand ich doch etwas abstoßend. Ich versuchte, diesen Schritt auszulassen, aber Kit bestand darauf, dass ich ihn genauso machte, wie Mama Fraser es festgehalten hatte. Ich gab nach, und die Zutaten ergaben einen dicken Überzug, der zugegebenermaßen sehr schmackhaft war.

Dolores Frasers Hackbraten

ca. 1 kg Rinderhack
1 Packung Zwiebelsuppenpulver
160 g Paniermehl
150 ml Wasser
70 ml Ketchup
Öl oder Butter zum Einfetten
2 EL Ketchup
2 EL Senf

Den Backofen auf 180 °C vorheizen.

Vermischen Sie die ersten fünf Zutaten in einer mittelgroßen Schüssel und kneten Sie sie mit den Händen gut durch. Formen Sie daraus einen Laib, und backen Sie diesen in einer mit Öl oder Butter gefetteten Kastenform oder einem Bräter. Bestreichen Sie die Oberfläche mit einer Mischung aus je 2 Esslöffeln Ketchup und Senf.

1 Stunde lang backen. Erschrecken Sie nicht: Der Hackbraten wird rot sein, wenn Sie ihn aus dem Ofen holen. Das liegt nur am Überzug; er ist durch.

Reicht für 4 bis 6 Personen.

Überzeugt davon, dass ich für zwei Leute kochen konnte, war ich bereit, diese Zahl zu erhöhen. Also luden Kit und ich neue Freunde aus der Arbeit und alte Freunde aus der Schulzeit zu Dinnerpartys ein. Obwohl unser ausziehbarer Ikea-Tisch es nicht mit der Esszimmergarnitur meiner Mutter aufnehmen konnte, gab ich mir beim Aufdecken genauso viel Mühe wie sie. Ich hatte zum Auszug eines ihrer vielen Besteckseits bekommen, bei dem seltsamerweise die Löffel fehlten, was damals jedoch nicht tragisch war – zum Suppekochen war ich noch nicht bereit. Ich besaß acht Gedecke aus Porzellan. Meine längst verstorbene Großmutter hatte sie vor Jahren bei einem Benefiz-Lunch für eine Wohltätigkeitsorganisation gewonnen, die sich für italienische Immigranten in Not einsetzte (als hätte es 1970 noch welche gegeben). Die Kehrseite unserer ansonsten köstlichen Abendversammlungen war meine immer schärfer werdende Wahrnehmung, dass Kit offenbar in der Lage war, so viel zu trinken wie unsere anderen Gäste –

zusammen! Er war ein liebenswürdiger Gastgeber, der witzige Toasts auf Lager hatte, und ein toller Barmixer – oder aber, wie ich es interpretierte, ein Alkoholiker. Ich stellte Kit zur Rede, denn ich machte mir Sorgen um ihn und um uns. Er stritt alles ab und meinte, er habe lediglich gern ein bisschen Spaß, aber bald war nicht mehr zu übersehen, dass seine Beziehung zum Alkohol – und infolgedessen auch die zu mir – alles andere als gut war.

Mit unserem Zusammenleben häuften sich unsere Differenzen. Ich war bereit, mich auf einen häuslichen Alltag einzulassen. Aber Kit hatte andere Dinge mit seinem Leben vor, vornehmlich Dinge, die mit Trinken in Verbindung standen. Jedes Wochenende war eine Sauftour mit Joe, John oder einem Typen geplant, der nur als Clam bekannt war. Diese Unternehmungen dauerten typischerweise bis zum frühen Morgen. Wenn ich an einem Freitag oder Samstag ausgehen wollte, musste ich auf eigene Faust etwas planen. Eines Freitagabends im Frühling ging ich zum Markt und kaufte frischen Spargel, den ich in Weißwein und Knoblauch anbraten und dann zu Engelshaarnudeln servieren wollte. Ich bereitete die Sauce zu, brachte das Wasser zum Kochen und wartete – Kit kam nicht nach Hause. Schließlich aß ich die Pasta allein. Mein Freund hatte beschlossen, bei einem Pokerspiel im Büro mitzumachen, nach dessen Ende die Spieler endlos durch die Bars der Innenstadt zogen. Schließlich kam er mit einem großen Budweiser, das er noch vor dem Zubettgehen trank, um vier Uhr morgens nach Hause.

Engelshaarnudeln mit Spargel

500 g Spargel (den dünnsten, den Sie kriegen können)
2 EL Olivenöl
1 Prise scharfes Paprikapulver
1 Knoblauchzehe, dünn geschnitten
1 TL Salz
100 ml Weißwein
250 g Engelshaarnudeln (Capelli)
frisch geriebener Parmesan oder Pecorino
frisch gemahlener Pfeffer

Den Spargel waschen und nur die zartesten Teile verwenden. Das können Sie feststellen, indem Sie jede Stange mit den Händen auseinanderbrechen. Die zähen Fasern werden sich von ganz allein an der richtigen Stelle lösen. Die Reste in 2 ½ Zentimeter lange Stücke schneiden.

Das Olivenöl erhitzen, das Paprikapulver und den Knoblauch dazugeben. Braten, bis der Knoblauch goldbraun ist, dann den Spargel dazugeben und mit dem Olivenöl vermischen. Salzen, 5 Minuten lang kochen lassen, dann den Wein dazugeben und weitere 10 Minuten lang garen.

Kochen Sie die Nudeln laut Anweisung auf S. 27 unter häufigem Rühren; Engelshaar ist anfällig für Klumpenbildung. Die Nudeln abgießen, abtropfen lassen und in die Pfanne mit dem Spargel geben. Unterheben und etwa 20 Sekunden erhitzen, dann in vorgewärmten Schälchen anrichten. Mit Käse und frisch gemahlenem Pfeffer bestreuen.

Reicht für 2, kann aber auch allein gegessen werden.

Da ich es leid war, allein zu Hause zu essen, meldete ich mich zu einem kostenlosen Kochkurs an, der von dem scheinbar üppigen Spesenkonto meiner Freundin und früheren Kollegin Deborah Kwan gesponsert wurde. Deborah war die Tochter chinesischer Immigranten, denen ein Restaurant in San Francisco gehörte. Ihre Liebe zum Essen war so groß wie die meine und ebenfalls familienbedingt. Deborah arbeitete in einem Verlagshaus, das mit dem Geld nur so um sich zu werfen schien, daher gingen wir fast jeden Abend auf Firmenkosten irgendwo köstlich essen: Wir genossen die einfache Bistroküche des *Odeon* und die vielschichtigen und köstlichen Aromen bei *Bouley*. Wir aßen in bekannten Lokalen, neuen Lokalen, Gourmettempeln und Touristenfallen. Wir hingen stundenlang in der Leitung, um eine begehrte Reservierung zu bekommen, oder wir verbrachten eine Ewigkeit an den Bars von Lokalitäten, die ihre Plätze nach der Devise »Wer zuerst kommt, bekommt zuerst« vergaben und die uns das Warten wert schienen. Bald verließ Deborah den Verlag, denn sie strebte eine Karriere in der Küche an, und von da an fielen die Stücke vom großen Kuchen noch größer aus. Nach einem Schnellkurs bei *Peter Kump's* wurde sie Konditorin bei 44, dem Restaurant des Royalton Hotels, das damals berühmt dafür war, die Cafeteria aller großen Zeitschriftenverleger zu sein: Anna Wintour, Graydon Carter und Tina Brown dinierten dort jeden Nachmittag in den schönsten Nischen. Deborah verliebte sich in den Souschef (den sie schließlich auch heiratete), und wenn sie keinen Dienst hatte, aßen wir bei ihr im Restaurant. Bestellen mussten wir nicht, wir lehnten uns einfach zurück, während Eric einen Teller köstliches Essen nach dem anderen an unseren Tisch bringen ließ, wofür wir eine lächerlich winzige Summe bezahlten. Eine Mitschülerin, die wie Deborah bei *Kump's* gelernt hatte, arbeitete in der Konditorei von *Le Cirque*. Als wir eines Abends dort landeten, bekamen wir eine Flasche Champagner und ein Aufgebot von sechzehn unglaublich köstlichen Desserts vorgesetzt, darunter ein Schokoladenofen mit einer Marzipanpfanne mit Erdbeersauce obendrauf (der Kellner sang ein kleines Lied, ehe er den Inhalt des Pfännchens über den Ofen kippte), ein Grand-Marnier-Soufflé, Petits pots de crème au chocolat sowie ein Turm aus winzigen Eiskrembällchen, von denen jedes eine andere Geschmacksrichtung hatte. Solche Exkursionen gaben mir den letzten Schliff – sie erzogen meine Geschmacksknospen, vertieften mein Verständnis für Lebensmittel und machten mich zu einer besseren Köchin.

Egal, wie viele Sorbets, Gelees oder Beignets mir nächtens auch serviert wurden, meine Ausflüge dauerten nie so lang wie die von Kit. In der Anfangsphase unseres Zusammenlebens wartete ich noch auf ihn und machte mir Sorgen, wenn er mit der U-Bahn um vier, fünf oder sogar sieben Uhr morgens in unser »erwachendes Viertel« zurückkam. Selbst die Wachpatrouille der Anwohner, die das Viertel in reflektierender Schutzkleidung abging, war dann schon mit ihrem Dienst fertig. Kits Nächte in der Stadt wurden immer zahlreicher, und mit der Zeit hörte ich auf, mir Sorgen zu machen, und ging zu Bett. Anstatt Erleichterung zu empfinden, wenn er endlich durch die Tür kam, ärgerte ich mich. Einmal wurde ich wach von den Geräuschen, die Kit nach einer durchzechten Nacht in der Küche machte. Hier ist das Rezept für sein Essen.

Kits Säufersuppe

Eine Dose Hühnersuppe mit Nudeln aufmachen. In einen Topf schütten und bei mittlerer Hitze auf den Herd stellen. Einpennen. So lange kochen, bis die Freundin seltsame Knackgeräusche hört und aus dem Bett aufsteht, um nachzusehen, was los ist, den Herd ausschaltet, um sich der Schweinerei dann am nächsten Morgen anzunehmen.

Zeit: Normalerweise etwa 4 Stunden.

Reicht für keinen.

Während der vier Jahre, die ich mit Kit zusammen war, überkam mich oft Wut auf ihn, und das nicht nur wegen seiner Trinkerei. Was es auch gewesen sein mochte, was mich so lange von Männern ferngehalten hatte – es klang noch immer nach und verhinderte, dass ich Kit zu nah an mich heranließ. Seine nächtlichen Eskapaden schienen für ihn eine ähnliche Funktion zu haben. Doch ich war mir der Tragweite von Kits Alkoholproblem nicht bewusst. Ich neigte dazu, mir einzureden, dass ich seine Trinkerei nur deshalb so aufbauschte, weil ich unbewusst eine weitere Barriere zwischen uns errichten wollte. Doch damit lag ich falsch. Obwohl meine Wahrnehmung von Kit während der gesamten vier Jahre, die wir zusammen waren, so verzerrt blieb wie am Tag unserer ersten Verabredung, kam er mir, wenn ich auf Distanz ging, eigentlich immer entgegen.

Eines Nachts, als wir beide im Bett lagen und schliefen, schreckte uns ein fürchterlicher Krach auf. Sofort sprangen wir auf und schauten nach, was passiert war. Erschrocken mussten wir feststellen, dass die gesamte Zeile Küchenschränke von der Wand gefallen war. Unsere Geschirrsammlung – ein wenig von Kits Mutter, etwas von meiner Mutter und einiges von meiner Großmutter – lag in Stücken über den ganzen Fußboden verteilt. Die Symbolkraft verfehlte ihre Wirkung nicht. Bald darauf zog Kit aus.

Leider gelang es mir in all den Jahren nicht, Kit dazu zu bringen, die köstliche Raffinesse eines cremigen, perfekt gekochten Arborio-Risottos schätzen zu lernen, dafür färbte das, was ihn intellektuell faszinierte, auf mich ab. Gemeinsam wurden wir erwachsen, und was ich von ihm lernte – etwa dass Sara Murphy, die beste Freundin von Scott und Zelda Fitzgerald und Inspiration für Nicole Diver in *Zärtlich ist die Nacht*, immer ihre Perlenkette anbehielt, wenn sie an der französischen Riviera ein Sonnenband nahm –, speist mein Smalltalk-Repertoire für Cocktailpartys noch heute. Kit verdankt mir die Erkenntnis, wie man ein Taxi heranwinkt – Grundwissen für einen werdenden New Yorker –, und dass ich ihn mit der Band bekannt gemacht habe, die bald darauf zu seiner absoluten Lieblingsgruppe wurde: The Jesus and Mary Chain. Inzwischen hat Kit mit dem Trinken aufgehört und ist einer meiner besten Freunde.

Mein Vater

Mein Vater war ein Otorhinolaryngologe, ein Wort, das ich noch immer gern ausspreche, auch wenn sich alle anderen mit dem kürzeren HNO-Arzt begnügen. Als Kind war ich stolz darauf, einen Arzt zum Vater zu haben, und auf den damit verbundenen Status, den unsere Familie innehatte – bevor das HMO-Modell in Kraft trat und die Hedgefonds entstanden. Als wir in der ersten Klasse das ABC lernten und ich aufgerufen wurde, um ein Wort mit dem Anfangsbuchstaben V zu nennen, sagte ich »Vene« und kam mir dabei unglaublich schlau vor. In der zweiten Klasse präsentierte ich am Mitbringtag eine auf Pappe aufgezogene Darstellung des Innenohrs in der Größe von 80 mal 66 Zentimetern, die ich mir aus der Praxis meines Vaters ausgeliehen hatte.

Diese befand sich im Untergeschoss unseres Hauses. In der linken unteren Schublade seines großen Mahagonischreibtischs verwahrte mein Vater einen Vorrat an Tootsie-Pop-Lutschern, die er den vielen Kindern schenkte, deren Mandeln er entfernte. »Möchtest du Erdbeere, Kirsch, Grapefruit oder Schokolade?«, hörte ich ihn oft fragen, wenn ich zufällig an der Tür seines Sprechzimmers vorbeikam. Dabei war sein Ton viel beruhigender als der, den seine eigenen Kinder zu hören bekamen. Ich beneidete seine kleinen Patienten.

Wenn mein Vater dann am Ende des Tages in unsere Wohnung kam, war er für gewöhnlich von den Anforderungen seiner Arbeit erschöpft. Während meine Geschwister und ich aufwuchsen, konnten Familienmahlzeiten eine sehr angespannte Angelegenheit sein. Wenn mein Vater sich abends hin und wieder einen Scotch auf Eis genehmigte, frönte er gern der Beschäftigung, die bei ihm neben Golfspielen für die beste Entspannung sorgte: dem *Reader's Digest* Word-Power-Spiel. Obwohl seine Muttersprache Italienisch war, verfügte mein Vater über ein englisches Vokabular, das mit dem der meisten Literaturprofessoren mithalten konnte. Zu Hause sprach er nie Italienisch, weshalb wir es auch nicht lernten (was mich noch heute ärgert). Wir hörten ihn nur in seiner Muttersprache sprechen, wenn das Abendessen vom Anruf eines italienischen Patienten unterbrochen wurde, dessen Kind eine Fischgräte im Hals stecken geblieben war oder dessen Baby urplötzlich sehr krank wirkte. Wenn wir das Essen ohne Unterbrechung schafften, stellte uns mein Vater anschließend mit Hilfe des *Reader's-Digest*-Spiels Quizfragen und sorgte so dafür, dass sich unser Wortschatz sehen lassen konnte. Während wir unseren Nachtisch aßen und meine Mutter sich um den Abwasch kümmerte, trank er einen Espresso oder aß einen aufgeschnittenen Pfirsich mit einem Glas Wein dazu. Ich bin mir sicher, dass er die Mühe, die sie sich mit unseren Mahlzeiten gab, sehr wohl zu schätzen wusste, aber er sprach es nie aus, jedenfalls nicht vor uns. Er war ein ernster Mensch, und zwischen unseren Eltern gab es nur wenige Zeichen von Zuneigung. An unserer Erziehung zeigte er großes Interesse, und die Gespräche bei Tisch veranlassten ihn oft dazu, einen von uns loszuschicken, um ein Lexikon zu holen, sobald ein Thema auftauchte, das weiterer Nachforschung bedurfte. Zudem kaufte er uns alle möglichen Lehrmittel. Es schmerzt mich, dass er das Internet nicht mehr mitbekommen hat; es hätte ihm gefallen, vor allem Wikipedia, und meinen Geschwistern und mir hätte es zahllose Wege erspart, die wir, beladen mit schweren Büchern, von der Küche zur Bibliothek zurücklegten.

Wenn mein Vater uns seine Zuneigung zeigte, dann nur in winzigen Dosen. An Sommerabenden unternahm er mit uns nach dem Abendessen Spaziergänge durch unser Viertel, um die örtlichen Boutiquen zu inspizieren; als durch und durch angepasster Amerikaner war er besonders angetan von einem Secondhandshop mit dem Namen *Lulu's Back in Town*, der alte Levi's Jeans verkaufte. Er hatte auch Freude daran, Kleider für uns zu kaufen, aber am meisten begeisterte er sich für diese alten Jeans mit den bunten Flicken auf den Knien.

Wenn er zur Abendvisite ins Krankenhaus musste, überredete er einen von uns dazu, mitzukommen – mit dem Versprechen auf ein Eis, das er stets bei *Carvel*, seiner Lieblingseisdiele, kaufte.

Meine Mutter und mein Vater gingen jeden Mittwochabend zum Essen aus – seine Buße für drei Tage Golf in der Woche. Dann suchten sie eins der ausgezeichneten italienischen Restaurants auf: *Tommaso's* oder *Ponte Vecchio*. Ich fragte mich immer, worüber unsere familienorientierten Eltern wohl miteinander redeten, wenn wir Kinder nicht dabei waren. Meine Mutter meinte, sie gehörten zu den wenigen Paaren, die sich stets unterhielten, im Gegensatz zu den vielen verdrießlichen, die sich nur kauend und ins Leere starrend gegenübersaßen, aber ich nahm ihr das nie ab. An den Samstagen gingen meine Eltern zusammen mit anderen Paaren schick aus, meistens in »die Stadt«. An jenen Abenden verbrachte mein Vater viel mehr Zeit als meine Mutter damit, sich vor dem Spiegel in der Innentür seines Kleiderschranks herauszuputzen. Er probierte erst die eine Krawatte an, nahm sie wieder ab, um die nächste zu begutachten, und dann überlegte er, ob eine Fliege heute nicht angebrachter wäre. Meine Mutter stand dabei und sah zu, kurz davor, sich das lockige braune Haar auszureißen, das sie sich vor Stunden hatte frisieren lassen.

»Ich bin sicherlich die einzige Ehefrau auf der Welt, die vor dem Ausgehen auf ihren Ehemann warten muss«, schimpfte sie.

Da mein Vater während des Zweiten Weltkriegs in Europa aufgewachsen war, wo Lebensmittelknappheit herrschte, konnte er es nicht ertragen, wenn in unserem Haus etwas weggeschmissen wurde. Er kochte stets ein Gericht: Minestrone, und zwar aus der tiefsitzenden Angst heraus, die Zutaten könnten sonst verderben. An jedem Samstag, an dem es zu feucht oder zu kalt zum Golfspielen war, konnte man ihn den Kühlschrank durchforsten und all das für seine Suppe herausholen sehen, was in Gefahr war zu verderben. Unabhängig von ihren Bestandteilen hatte seine Kreation durchweg dasselbe wunderbare Aroma von Tomaten, geräuchertem Speck und Gemüse. Damit sie etwas reichhaltiger wurde, gab er stets Gerste dazu. Das Bemerkenswerte an der Minestrone war jedoch die Präzision des Chirurgen, der er ja war, mit der er sämtliche Bestandteile kleinschnitt. Das kann ich ihm nicht nachmachen, egal, wie sehr ich mich bemühe, aber vielleicht schaffen Sie es ja.

Die Minestrone meines Vaters

2 Scheiben Speck, in kleine Streifen geschnitten (nach Belieben)
3 EL Olivenöl
1 mittelgroße Zwiebel, gehackt
1 Schalotte, gehackt (nach Belieben)
3 festkochende Kartoffeln, in Würfel geschnitten
2 kleine Karotten, dünn geschnitten
2 Stangen Sellerie, gehackt
1 TL Salz, außerdem Salz zum Abschmecken

1 gelbe Zucchini, in Scheiben von ½ Zentimeter geschnitten und dann geviertelt
1 grüne Zucchini, in Scheiben von ½ Zentimeter geschnitten und dann geviertelt
180 g grüne Bohnen in 2 cm lange Stücke geschnitten
250 g kleine Champignons, geviertelt
4 Eiertomaten, entkernt und gehackt (oder 1 Dose ganze Tomaten, abgegossen und gehackt)
100 g Maiskörner (abgegossen, wenn aus der Dose)
220 g frische oder tiefgekühlte Erbsen
220 g Kichererbsen aus der Dose, abgetropft
1 kleiner Kopf Wirsing, äußere Blätter entfernen, dann hacken
2 EL Butter
50 g Gerste (oder Dinkel, nach Belieben), ungekocht
50 g zerpflückte Basilikumblätter
50 g gehackte Petersilie
frisch gemahlener Pfeffer
geriebener Parmesan

In einer kleinen Pfanne bei mittlerer Hitze den Speck braten, bis er ein wenig Farbe angenommen und Fett ausgelassen hat. (Ob Sie das Fett zu Ihrer Suppe geben oder weggießen, ist eine Sache zwischen Ihnen und Ihrem Weight-Watchers-Leiter. Ich behalte etwa die Hälfte davon.) Das Öl in einem großen Suppentopf (8 Liter oder mehr) erhitzen, bei etwas mehr als mittlerer Hitze, dann Zwiebel und Schalotte anbraten, bis sie glasig sind, etwa 2 Minuten. Die Kartoffeln, Karotten, den Sellerie und 1 Teelöffel Salz dazugeben; das Gemüse schmoren lassen und regelmäßig umrühren, damit es nicht am Topfboden festklebt, etwa 5 Minuten (wenn es zu klebrig wird, ein wenig Wasser hinzufügen). Zucchini, grüne Bohnen und Pilze dazugeben und weiter regelmäßig rühren.

Wenn das Gemüse angeschmort und die Zucchini glasig sind, Tomaten, Maiskörner, Erbsen und Kichererbsen dazugeben, mit Wasser aufgießen, bis das Gemüse bedeckt ist, nach Geschmack salzen und weitere 10 Minuten unter Rühren kochen. Dann Wirsing und 2 Liter Wasser hinzufügen, nach Geschmack salzen und 2 Esslöffel Butter dazugeben. Zum Köcheln bringen, die Gerste dazugeben (wenn gewünscht), Hitze reduzieren und halb zugedeckt 40 bis 50 Minuten kochen lassen.

Wenn alle Aromen sich vermischt haben, kurz vor dem Servieren noch mal mit Salz abschmecken, Kräuter dazugeben und mit gemahlenem Pfeffer und geriebenem Parmesan servieren.

Reicht für 8 bis 10 Portionen.

Während der letzten Lebensjahre meines Vaters, als ich aufs College ging und dort wohnte, kultivierte er zusammen mit meiner Mutter ein neues Samstagabend-Ritual. Mein Vater kochte seine Suppe, meine Mutter bereitete eine einfache Pizza aus Fertigteig zu, den sie in einer nahe gelegenen Bäckerei gekauft hatte, und dann setzten sie sich ins Wohnzimmer und schauten sich eine ausgeliehene italienische Filmkomödie an (*Scheidung auf Italienisch* mit Marcello Mastroianni war besonders beliebt). Nebenher aßen sie und schüttelten sich vor Lachen. Wann immer ich ein Wochenende zu Hause verbrachte, konnte ich nicht glauben, was ich sah. Was zum Teufel machten meine Eltern da? Dieses Paar hatte Spaß zusammen! Ich erkannte sie nicht wieder.

Auf dem College studierte ich italienische Sprache und Kunstgeschichte, und der Kontakt zu meinem Vater wurde aus diesem Grund enger. Er freute sich über das Interesse, das ich seiner ursprünglichen Kultur und Sprache entgegenbrachte, und im Sommer zwischen meinem zweiten und dritten Studienjahr reisten wir gemeinsam nach Italien, damit ich meine Tanten, Onkels und Cousins in Salerno endlich kennen lernte. Auf dieser Reise fiel es meinem Vater schon schwer, die Hügel seiner Heimatstadt zu erklimmen oder die große Marmortreppe in den Uffizien hinaufzusteigen. Er hatte ein schwaches Herz, aber obwohl er einige Untersuchungen hinter sich hatte und Medikamente einnahm, redete er nicht viel darüber, und wir fragten auch nicht.

Das erste Semester meines letzten Studienjahres verbrachte ich in Florenz. Am Abend vor meiner Abreise blieben mein Vater und ich noch lange auf und bestellten reduzierte Artikel aus dem L.L.Bean-Katalog (auch eine seiner Lieblingsbeschäftigungen). Ich wollte blauweiße Boxershorts haben, die auf 5 Dollar heruntergesetzt waren, aber es gab sie nur noch in Größe 46. »Das ist zu groß!«, wandte mein Vater ein. Ich jedoch wollte sie trotzdem haben, also kaufte er sie für mich. (Ich trug diese Shorts mit einem Gürtel und fand, dass das sehr punkig aussah.) An jenem Abend schien sich mein Vater nicht von mir trennen zu wollen. Ich hatte das Gefühl, er glaubte, dies sei das letzte Mal, dass er mich sah.

Von Florenz aus schrieb ich meinen Eltern lange Briefe, in denen ich all die bezaubernden Erfahrungen schilderte, die ich machte – und bei denen es häufiger um eine Flasche Brunello und einen Teller Ribollita ging als um Brunelleschis Dom und die Sonette von Petrarca. Während meiner Zeit in Florenz bekam ich den schönsten Liebesbrief, den ich je erhalten habe. Mein Vater schrieb ihn auf die Rückseite eines Umschlags, in dem eine Karte meiner Mutter steckte. Und zwar Folgendes:

Liebste Giulia,

Mutter hat den Brief bereits zugeklebt, ehe ich Gelegenheit hatte, etwas anzufügen, also schreibe ich es außen drauf. Das mache ich sogar gern, denn dann erfährt jeder, dass ich an dich denke und dich sehr liebe.

Dad

Die akkurate Handschrift meines Vaters war unverwechselbar, aber die Gefühle waren gänzlich fremd. Ich musste seine Zeilen ein paar Mal lesen, um mich zu vergewissern, dass sie echt waren.

Ich hatte die Option, noch ein weiteres Semester in Florenz zu studieren. Die Monate dort waren die schönste Zeit meines Lebens; ich hatte mich sogar in einen Geschichtsprofessor verknallt, der zwar verlobt war, für meine Ansichten zur hierarchischen Teilung am Hof der Medici aber echte Bewunderung zu hegen schien. Nur aus Angst, mein Vater könne vor Ende des nächsten Semesters sterben, kehrte ich nach New York zurück.

Es war Weihnachten, als ich zurückkam, und in unserem Haus türmten sich, wie immer an den Feiertagen, Weingeschenkverpackungen von Bolla und Panettone-Schachteln – Aufmerksamkeiten der vielen italoamerikanischen Patienten meines Vaters. Panettone ist eine Mischung aus Brot und Kuchen, versetzt mit getrockneten Früchten und gewürzt mit einem Schuss süßen Likörs. Als Kind habe ich diese Speise nie angerührt, aber als ich im Januar zu meinem letzten Semester auf den Campus zurückkehrte, gab mir mein Vater ein paar Flaschen Barbaresco und einen riesigen Panettone in einer schicken schwarz-roten Blechdose mit. Studenten mit nächtlichen Heißhungerattacken essen fast alles, und so schnitten meine Freunde und ich eines Abends den Panettone auf. Begleitet von Rotwein und anderen exotischen Substanzen, schmeckte er nicht schlecht. Ob es an der Dose lag oder an den chemischen Zusätzen – der Panettone blieb jedenfalls den ganzen Winter über weich und essbar. Wir schnitten jede Nacht ein Stück davon ab, ohne dass er weniger zu werden schien. Selbst in der Fastenzeit war er noch genießbar.

Am Morgen nach meiner letzten Prüfung musste sich mein Vater einer Notoperation am Herzen unterziehen. Diesen Eingriff überlebte er nicht. Er starb drei Tage vor meinem Abschluss. Den Umschlag mit seinem Brief darauf, den er mir geschickt hatte, als ich in Florenz war, besitze ich immer noch. Er hat seinen festen Platz ganz oben in meiner Briefschatulle. Immer mal wieder nehme ich ihn zur Hand und lese die handgeschriebenen Zeilen, um mich daran zu erinnern, welche Überraschungen die Liebe bereithält.

Für Panettone habe ich kein Rezept. In den letzten Jahren habe ich sämtliche Bäckereien von Little Italy und dazu die teuren Patisserien der Upper East Side abgegrast, um einen Kuchen zu finden, der so köstlich schmeckt wie der, den mein Vater mir in jenem Jahr mitgegeben hat. In der Weihnachtszeit kaufe ich immer verschiedene Panettone, und in der Woche zwischen Weihnachten und Neujahr esse ich dann jeden Morgen ein Stück (und gelegentlich ein zweites am Abend). Manchmal bin ich enttäuscht von dem, was ich nach Hause gebracht habe, dann auch wieder mal recht zufrieden. Doch einen, der so perfekt ist wie der meines Vaters, habe ich noch nicht gefunden. Gut möglich, dass das nie passieren wird.

Das Sieges-Frühstück

Selbstsicher hatte ich mit Kit Schluss gemacht. Ohne guten Grund bildete ich mir ein, die lange Durststrecke ohne festen Freund, die ich von der Geburt bis zu meinem dreiundzwanzigsten Lebensjahr durchlitten hatte, läge weit hinter mir. Kit hatte ganz schnell wieder eine neue Beziehung, doch nach allem, was ich darüber wusste, hatte diese eine *Wer hat Angst vor Virginia Woolf?*-Dynamik. Bei mir dauerte es etwas länger, bis sich zu meiner Martha der George fand. In diesen einsamen Jahren machte ich mir, wann immer ich traurig war und nur wenig Appetit hatte, Pastina. Pastina. Diese winzigen kleinen Sternchennudeln sind eine italienische Babynahrung, sozusagen »Babys erste feste Nahrung«, wie auf der Ronzoni-Packung steht. Als ich ein Baby war und auch später, wenn ich krank war, pflegte meine Mutter diese für mich zuzubereiten. Ich habe immer eine Schachtel Pastina im Haus für den Fall, dass ich mich nicht wohl fühle oder mir nicht nach Kochen zumute ist. Das Gericht geht schnell, ist einfach und unheimlich tröstlich.

Pastina

50 g Sternchennudeln
1 Prise Salz
1 Ei, leicht verquirlt
1 TL Butter
1 EL frisch geriebener Parmesan
frisch gemahlener Pfeffer

In einem kleinen Topf 220 ml Wasser zum Kochen bringen, Sternchennudeln und Salz dazugeben und so lange kochen, bis fast das ganze Wasser aufgesogen ist, das dauert etwa 3 bis 4 Minuten. Den Herd ausschalten, das Ei zu den Nudeln geben, so dass es auf der heißen Pasta gart, dann mit Butter, Käse und ein wenig Pfeffer abschmecken.

Reicht für 1 Person.

Als Single sind die Hochs hoch und die Tiefs tief. Man hat die Chance zu größerer Begeisterung und Freude als jemand in einer festen Beziehung, und man darf diese auch ausleben, wie man möchte, da einem der Boden urplötzlich unter den Füßen weggezogen wird, während man sich noch obenauf wähnt. Doch ehe nun alle Verheirateten dieses Buch zuschlagen, räume ich schnell ein, dass auch die Ehe ein Höhenflug sein kann, ich hatte nur noch nicht die Gelegenheit, das zu entdecken. Sehr wohl herausgefunden habe ich jedoch, dass es langweilig wird, das Beziehungskarussell immer wieder neu in Gang zu setzen. Oder aber – so geht es mir – man wird zu alt, um sich darauf einzulassen. Kurzum, früher oder später sehnt man sich nach der Stabilität einer festen Partnerschaft. Ich verspürte diese Sehnsucht jetzt schon einige Zeit, doch sie wurde einfach nicht erhört.

In den vier Jahren zwischen Kit und meiner nächsten festen Beziehung gab es eine Menge Fehlstarts – aufregende Anfänge, ungewisse Mittelteile und niederschmetternde Enden, und das alles in einer Zeitspanne von ein oder zwei Wochen. Das abrupte Aus setzte mir jedes Mal sehr zu, aber den anfänglichen Rausch genoss ich stets. In jenen Jahren kochte ich nicht viel, und wenn es zu seltenen Anlässen doch einmal vorkam – für mich, meine Freunde oder eine neue Liebe –, dann dachte ich: ›Oh, ich erinnere mich, dass ich das früher mal richtig gut konnte!‹ – meist jedoch aß ich auswärts.

Und bekam beim Gedanken an Kit regelmäßig das heulende Elend.

Das meiste davon bekam Ginia ab. Sie war die Freundin einer Freundin einer mir nicht sehr nahe stehenden Studienkollegin, und wir hatten uns 1989 in einer Sommernacht auf einer Party in einem Brooklyner Hinterhof kennen gelernt. Ginia war eine aufstrebende Journalistin und arbeitete bei einem inzwischen wieder eingestellten Umweltmagazin mit dem Namen *Garbage*, zu einem Zeitpunkt, als Recycling gerade mal ein Schimmer in Al Gores Augen war. Doch richtig befreundet haben wir uns erst Jahre später, als Ginia beim *Time* Magazin für die »Leute«-Seite schrieb und ich in der Werbeabteilung von Penguin arbeitete. Ich brauchte gerade dringend Pressemeldungen für eine Party, auf der die Veröffentlichung von Robin Leachs *The Lifestyles of the Rich and Famous Cookbook* gefeiert wurde. Mit Rezepten von Kenny Rogers und Vanna White war dieses Buch eine kulinarische Geschmacklosigkeit, aber irgendeine Pechsträhne hatte mich dazu ausersehen, es zu bewerben. In den Tagen davor verfielen mein Chef und ich in

Panik, wie wir mit Ivana und Donald Trump umgehen sollten, die sich gerade erst getrennt hatten. Unsere Sorge war vergebens, denn keiner von beiden tauchte auf, aber dass ich dort mit einer Journalistin vom *Time* Magazin aufwarten konnte, war ein Pluspunkt für mich. Doch so lecker der in Strömen fließende Taittinger Champagner auch war, ich konnte es kaum erwarten, von dort wegzukommen. Bei der ersten Gelegenheit packte ich mir Ginia, und wir gingen ins *Trader Vic's*, eine polynesische Themenbar im Plaza Hotel. Ich stelle mir gerne vor, wie in diesem Hotel, das so heute leider nicht mehr existiert, die Schüler von Privatschulen in den fünfziger Jahren ihre Mädchen zu süßen Drinks überredet haben. Inmitten der tikis und lei-geschmückten Kellner tranken Ginia und ich Mai Tais und unterhielten uns stundenlang. Ich wohnte damals noch mit Kit zusammen und öffnete mich ihr, indem ich von seinem möglichen Alkoholproblem erzählte, während ich eine recht beeindruckende Menge Rumpunsch trank. Sie gestand mir, in Brad Meyerson verliebt zu sein, einen Freund, der kaum je etwas sprach – nicht über seine bald zu enthüllende Zuneigung zu ihr, und auch sonst über nichts.

Seit jenem Abend ist Ginia meine beste Freundin. Wir haben vieles gemeinsam: Ihr Vater stammte wie meiner aus Italien und achtete ebenso penibel darauf, stets gut angezogen zu sein. Ihre Mutter war in den Staaten geboren und stammte von sizilianischen Eltern ab, wie meine auch. Die Leute behaupten sogar, wir sähen uns ähnlich. In unseren Gesprächen geht es oft um die New Yorker Medienwelt, aber genauso um unsere Erinnerung an Weihnachts-Cassatas. Und vor allem reden wir gern über unsere Verabredungen. Ginia ist inzwischen verheiratet, also hat sie an dieser Front weniger zu bieten. Aber dafür halte ich den Geschichtenfluss in Gang. Sie ist ebenfalls eine ausgezeichnete Köchin, die mir schon eine Vielfalt köstlicher Gerichte kredenzt hat, während sie mit mir die Höhen und Tiefen meiner romantischen Erlebnisse auslotete.

Die erste Geschichte, die sie mit mir durchleiden musste, war die von Serge, einem kroatischen Übersetzer, den ich auf einer Lesereise kennen gelernt habe. Während ich in ihrem Wohnzimmer in Park Slope saß und sie mir Polenta mit Pilzen und Gorgonzola auftischte, erklärte ich ihr, er sei meine *grande passione*. Das hatte ich mir nämlich eingeredet. Ich musste es; ständig sprach er vom Heiraten, und das waren Worte, die zu hören ich mich verzehrte, zumal Kit sie niemals ausgesprochen hatte. So sehr hatte ich mir gewünscht, von Kit einen Heiratsantrag zu bekommen, obwohl ich mir ziemlich sicher war, dass dies keine gute Idee gewesen wäre. Aber nach zwei Monaten mit Serge wurde mir klar, dass ich seinen Anblick nicht mehr ertrug, und das nicht zuletzt, weil er sich über den Schimmel an meinem Duschvorhang mokierte, obwohl er selbst in einem von Mäusen bevölkerten Apartment an der Upper East Side lebte. Vielmehr aber deshalb, weil ich Kit noch immer liebte. Die meiste Zeit, die ich mit Serge zusammen war, weinte ich; ich weinte, wenn wir im Bett waren, ich weinte im *Barney's*, wenn Neil Youngs »Harvest Moon« gespielt wurde, während wir Hemden einkauften (Kit und ich hatten uns dieses Album immer auf unseren Fahrten nach Connecticut angehört). Ich drehte durch, rannte aus dem Laden und fuhr allein nach Hause.

Bald darauf begann ich eine Fernbeziehung mit dem Freund eines Freundes aus Chicago. Sie begann mit flapsigen Telefongesprächen, während ich noch mit Kit zusammen war. Als Tim dann zu Besuch nach New York kam, entdeckten wir, dass das sexuelle Verhältnis genauso gut klappte wie das telefonische. Ich zögerte, mich auf eine Beziehung einzulassen, die Flüge erforderlich machte, aber Tim bedrängte mich und hinterließ mir Nachrichten mit überzeugenden Worten auf dem Anrufbeantworter wie »Es wäre mir eine Ehre, dich wieder küssen zu dürfen«. Damit köderte er mich, aber das Ende war bereits nahe, als ich begann Richtung Westen zu fliegen, was ich meistens tat, denn Tim hatte Flugangst.

Als Nächstes ging ich mit einem weißen angelsächsischen Protestanten aus Rhode Island, der nie etwas aß, wenn wir ausgingen. »Ich möchte mir meinen Scharfsinn bewahren«, erklärte er. Da mir meine Trägheit weniger ausmachte als mein Hunger, aß ich stets, bevor wir uns trafen, denn für gewöhnlich war das ohnehin nach der Essenszeit. Er erinnerte an ein J.-Crew-Model und hatte schon die Hälfte der im Verlagswesen tätigen Frauen im Bett gehabt. Als ich eines Morgens in seinem Apartment aufwachte, klingelte das Telefon. Nachdem er das Gespräch beendet hatte, teilte er mir mit, ich müsse wegen einer anderen Frau seine Wohnung verlassen – die »ich irgendwann mal, aber nicht heute kennen lernen könne« –, weil diese kein heißes Wasser habe und zum Duschen zu ihm kommen müsse. Ich beschloss daraufhin, dass unsere Beziehung heute – nicht irgendwann – beendet war.

Dann gab es eine Sommerromanze mit einem viel jüngeren Neokonservativen, der mit seinen einundzwanzig Jahren Kommentare für das *Wall Street Journal* schrieb. Für einen Konservativen nahm er sehr viele Drogen, aber er war überaus intelligent. Er schickte mir mit FedEx zwanzigseitige Liebesbriefe aus seinem Büro in Downtown zu meinem in Uptown. Ich wünschte, ich hätte sie aufgehoben, aber ich tat es nicht, weil sie mir ein wenig unheimlich waren. Er beschrieb darin seine Traumvorstellungen von mir, in einer musste ich nur drei Mal mit meinen Absätzen klappern, um ihn in Ekstase zu versetzen. Ich machte mit ihm Schluss, als er für ein weiteres Semester an die University of Chicago zurückkehrte, was er, während wir zusammen waren, vergessen hatte zu erwähnen. Er schrieb eine letzte Notiz über ein verletztes Reh, dass er neben der Straße entdeckt hatte. Zusammen mit seinen Freunden hielt er an und versuchte ihm zu helfen, aber es musste getötet werden. In diesem Gewaltakt sah er eine Parallele zu dem, was er mit seiner Liebe zu mir machen musste.

Von dem Moment an, da wir unser Blind Date vereinbart hatten, einen Monat vor unserem ersten Treffen, glaubte ich fest daran, einst einen satirischen Schriftsteller aus einer reichen Familie zu heiraten – der dem jungen David Helfgott ähnelte, jenem geisteskranken Wunderkind am Klavier, oder zumindest dem Schauspieler, der ihn in dem Film *Shine – Der Weg ins Licht* verkörperte (nicht Geoffrey Rush, sondern der jüngere). Ich war so besessen von diesem Mann und davon, bei unserer Verabredung alles richtig zu machen, dass ich tatsächlich eine der Autorinnen von *Die Kunst, den Mann fürs Leben zu finden: The Rules*, einem unglaublich erfolgreichen Verabredungs-Knigge, basierend auf der Weisheit der fünfziger Jahre, telefonisch konsultierte. Dieses Privileg wurde mir über eine Freundin kostenlos zuteil, die für dieses Buch die Werbetrommel rührte. Als ich ihn dann an besagtem Abend traf, verstieß ich jedoch gegen die Kardinalsregel. Ich schlief mit ihm, und alles kam genauso, wie diese Besserwisser es vorhergesagt hatten.

Ich traf mich ein paar Mal mit einem Typen, dessen Nachnamen ich mir nie merken konnte, der mir aber nach unserer dritten Verabredung die Nachricht hinterließ, er werde die Stadt für immer verlassen. Dies fand ich dann doch eine überflüssige Nettigkeit.

Obwohl ich meine Kochkünste außerhalb von Beziehung und Häuslichkeit vernachlässigt hatte, war mir Essen nach wie vor wichtig. Vor allem eine Köstlichkeit vermag stets die fröhlicheren Momente dieser Jahre heraufzubeschwören. Ich nenne sie Sieges-Frühstück.

Selbst wenn ich es für mich machen wollte, könnte ich das nicht: denn dazu wäre ich viel zu verkatert. Nein, das Sieges-Frühstück lässt man sich am besten in einem New Yorker Feinkostgeschäft oder einem Coffeeshop zubereiten. Es besteht aus Speck, Eiern und Käse auf einem Brötchen, ganz so, wie es viele Städter jeden Morgen zu sich nehmen. Ich dagegen gestatte mir eine derart dekadente Köstlichkeit nur selten. In jenen Jahren verspäteter Adoleszenz war es das, was ich am Morgen nach einer feuchtfröhlichen Nacht aß, die ihre Fortsetzung in einer Knutscherei mit einem sexy, aber unzuverlässigen Kerl fand, vorzugsweise von hundert Zigaretten begleitet.

Das Sieges-Frühstück ist genau das Richtige, um den Magen nach einer solchen Nacht zu beruhigen. Der Name kam mir in den Sinn, während ich nach einer langen Nacht mit einem flotten Kriegsreporter, für dessen Roman ich die Werbekampagne leitete, eines Morgens auf die Zubereitung dieses Frühstücks wartete. Ian und ich hatten uns eines Augustabends getroffen, um etwas trinken zu gehen und um über Geschäftliches zu reden. Er wohnte bei mir um die Ecke, also trafen wir uns in einer Bar in der Nähe, einem alten viktorianischen, mit Holz vertäfelten Raum, vielen hohen Spiegeln und Schnitzereien. Ich trug einen ähnlich romantischen Cynthia-Rowley-Rock, einen Mini aus gelbem Damast, dazu ein weißes Tanktop und eine passende Strickjacke, die ich mir um die Schultern gelegt hatte.

Ian hatte einen Barhocker für mich freigehalten, als ich zu unserer Verabredung um 19 Uhr pünktlich eintraf. Wir bestellten zwei Gläser Brooklyn Lager. Ian rauchte wie ein Wahnsinniger, und damals rauchte auch ich wie eine Wahnsinnige, sobald ich an einer Bartheke neben einem Kerl saß, der rauchte.

Ian erzählte amüsante Geschichten von seiner Stiefmutter, die nach dem Tod seiner Mutter von der Pflegerin zur Ehefrau aufgestiegen war, ihren Ehemann aber immer noch »Boss« nannte. Die Details von Mussolinis Hinrichtung übten eine merkwürdige Faszination auf ihn aus; er hatte den Krieg und das Leid erlebt und viel riskiert. Während wir ein Bier nach dem anderen tranken, rauchte ich die wenigen Zigaretten, die ich dabeihatte, um dann zu seinen männlichen Winstons überzuwechseln. Wir vertrieben uns die Zeit bis zwei Uhr morgens mit Nikotin, Hopfen und Gesprächen. Ich hatte noch keinen Happen gegessen, Ian ebenso wenig, und da auf der Hand lag, dass wir zu dieser Stunde nirgendwo mehr etwas zu essen kriegen würden, lud ich ihn zu mir nach Hause ein – auf was wohl?

Ich hatte den Bezug zu mir selbst noch nicht so weit verloren, dass meine Küche nicht noch ein paar Dosen italienische Tomaten und Schachteln mit Nudeln verschiedenster Hersteller enthielt: De Cecco, gekauft an Tagen, an denen ich in Hochstimmung war; Barilla, gekauft an Tagen, an denen ich niedergeschlagen war; selbst ein oder zwei Schachteln Ronzoni, offenbar von einem Großeinkauf. Im Kühlschrank hatte ich stets ein Stück Parmesan und im Regal über der Spüle ein paar Flaschen Wein. Ich zog einen Roten heraus und schenkte Ian und mir ein Glas ein (als ob wir noch mehr trinken müssten).

Wir aßen die Nudeln an dem kleinen Essplatz, den ich mir in einer Nische meines Apartments eingerichtet hatte. Ian wünschte Nachschlag. Wusste er, dass mit diesen dünnen Teigstreifen Bedingungen verknüpft waren? Wieder auf dem Sofa, wagte ich meinen Vorstoß: »Es ist vier Uhr morgens, und du sitzt auf meiner Couch, wann werden wir knutschen?«, fragte ich.

Ian war ein Gentleman, also kam er meinen Wünschen ein bisschen entgegen, erklärte mir dann aber, er habe eine Freundin, der er versprochen habe, sie nicht zu betrügen. (Ich weiß nicht, ob ich einem Typen trauen würde, der versprach, mich nicht zu betrügen, aber das war nicht mein Problem.) Ian betrog sie nicht und ging gleichzeitig mit mir und meinen Erwartungen auf sehr elegante Weise um, so dass das unverschämte Selbstvertrauen, das meine kühne Bemerkung hervorgebracht hatte, nicht angeknackst wurde.

Es war nicht das erste – und traurigerweise auch nicht das letzte Mal –, dass ich mich einer derart aggressiven Aufforderung bediente. Vor Kit blieb ich an fast jedem mit einem interessanten Mann verbrachten Abend ungeküsst, und auf dem College konnten meine Freundinnen mein Gejammer schon nicht mehr hören, dass ich bei den Jungs, die ich mochte, einfach nicht vorankam. Als ich einmal mit Elliot Goldkind allein war, einem angehenden Komponisten und einem der wenigen gut aussehenden Heteromänner, die es auf dem Campus gab, konnte ich diese Gelegenheit nicht ungenutzt verstreichen lassen. Wir hatten auf einer vom College gesponserten Cocktailparty eine Flasche Wein mitgehen lassen und tranken sie in seinem Zimmer, wo wir stundenlang über unser beider unartiges Verhalten redeten und lachten. Ich saß vorerst auf seinem Bett und er auf seinem Schreibtischstuhl, aber ich konnte sein Zimmer unmöglich verlassen, ohne mehr berichten zu können. »Meine Freundinnen werden mich umbringen, wenn ich dich heute Nacht nicht so weit bekomme, mit mir zu knutschen«, sagte ich irgendwann gegen vier Uhr morgens. Elliot reagierte auf meine Bemerkung nicht so sportlich, wie das Ian viele Jahre später tun würde. Er erklärte knapp, ich hätte den lustigen Abend, den wir zusammen verbracht hatten, kaputt gemacht.

Als der freundlichere, sanftere Ian sich verabschiedet hatte, machte ich den Abwasch und ging dann gegen halb sechs Uhr morgens zu Bett. Bald schon war es Zeit zum Aufstehen und Fertigmachen zur Arbeit. Ich fühlte mich absolut nicht müde, dazu war die Nacht viel zu aufregend gewesen. Als ich im *Honey-Bee*-Feinkostladen gegenüber meinem Büro in der Schlange stand und auf mein Sandwich wartete, fiel mir der passende Name ein: das Sieges-Frühstück, eine schmackhafte Belohnung für eine mühsam gewonnene Schlacht. Kaum hatte ich das Sandwich verzehrt, rief ich Ginia an, um ihr von meiner Nacht Bericht zu erstatten. Sie war von meiner Forschheit so überrascht, wie ich es war. Und kurz nachdem ich aufgelegt hatte, rief Ian an, um mir zu sagen, was für ein schöner Abend es gewesen sei. Ich fragte mich, ob er sich an den Kuss-Teil überhaupt noch erinnerte.

Dies war nicht das letzte Mal einer Serie. Als der nächste Schriftsteller zu einer Dinnerparty zu mir nach Hause kam und noch blieb, nachdem alle anderen Gäste gegangen waren, dachte ich mir wieder, dass er sich bestimmt nicht hier herumtrieb, um mir beim Abwasch zu helfen, also brachte ich erneut meine »Es ist vier Uhr morgens«-Zeile. Henry hatte keine Freundin, daher funktionierte es diesmal besser, aber er war nicht eigentlich an mir interessiert, sondern wusste (von mir), dass ich Ian geküsst hatte, und glaubte nun, dass ihm der Komplettservice der Werbeabteilung vorenthalten wurde. Mir war das egal, aber daran, dass sämtliche Männer sich nicht für meinen Körper zu interessieren schienen, hatte ich ganz schön zu knabbern. Ihr Interesse an meinem Geist war ich nämlich leid, denn dieses ließ mich zu 100 Prozent unbefriedigt. Aber das alles fand ein Ende, als ich schließlich mit Ethan zusammenkam.

Die Ethan-Binder-Kochschule

Ich kannte Ethan schon ein wenig, als wir zusammenfanden. Was heißt, ich verfügte über ausreichende Informationen, die jedes vernünftige Mädchen hätten das Weite suchen lassen. Mich aber zogen sie nur umso mehr in seine Richtung, die sich zufälligerweise dort befand, wo die Küche war.

Tatbestand war, dass es neun Monate und etwa siebenundzwanzig Mahlzeiten bedurfte, um ihn für mich zu gewinnen, und dann gab es da noch seine Vergangenheit mit Anne, einer guten Freundin von mir, die sieben Jahre lang mit ihm zusammen gewesen war, vier davon in einer gemeinsamen Wohnung. Als wir uns begegneten, waren sie schon seit drei Jahren kein Paar mehr.

Ich freundete mich im Sommer 1997 mit Anne an, als wir beide zu einer Gruppe gehörten, die sich ein Sommerhaus auf Shelter Island teilte. Anne arbeitete damals nicht, also wohnte sie die ganze Woche über dort, und wenn wir am Freitag eintrafen, stellte sie immer kleine Vasen mit frisch gepflückten Blumen neben jedes Bett. Wir wurden sofort Freundinnen. Anne gehört zu den lustigsten Menschen, die ich kenne, weil sie kein Blatt vor den Mund nimmt. Außerdem ist sie zufällig auch noch eine unglaublich fantasievolle Köchin. Sie spielt mit Zutaten, die zusammenzustellen mir nie in den Sinn käme, wie etwa schwarze Bohnen mit Ingwer und Curry als Dip für Tortilla Chips, was sie dann Jaipur nachos nennt.

In jenem Sommer hing sie noch sehr an Ethan, und auch er

hatte sie noch nicht ganz losgelassen. Stacey, eine von Ethans Freundinnen, war ebenfalls im Haus, und von Zeit zu Zeit quetschte Anne sie über ihren Exfreund aus. Da Klatsch in unserer Gruppe sogar noch ein beliebterer Sport war als Schwimmen oder Tennis, beteiligten sich alle und warteten mit Theorien über Ethan auf, der momentan mit einer bedeutend jüngeren Frau zusammen war. Eins dieser Gespräche hörte ich mit, und auch ich konnte es mir nicht verkneifen, an der psychoanalytischen Einschätzung dieses schwierigen Mannes mitzuwirken, den ich gar nicht kannte.

Niemals hätte ich gedacht, dass ich mich in Ethan verlieben würde. Ich rechnete nicht einmal damit, ihm zu begegnen, aber im folgenden Januar, nachdem wir einen Nachmittag lang auf der Suche nach einem neuen Sofa gewesen waren, betraten Anne und ich am frühen Abend ein Café im West Village, um etwas zu trinken – und da trafen wir ihn: Er saß mit seinem Freund Perry an der Bar. Das also war Ethan, auf den meine liebe Freundin so fixiert war. Warum nur sah er genauso aus wie der Mann, nach dem *ich* schon so lange suchte, genauer gesagt seit ich begonnen hatte, nach einem Mann Ausschau zu halten?

Mein Hang zu cleveren jüdischen Jungs lässt sich bis in mein zwölftes Lebensjahr zurückverfolgen, als ich mich in Träumereien über Jeff Goldblum erging, der damals Co-Star einer kurzlebigen Krimiserie mit dem Titel *Tenspeed and Brown Shoe* war. Warum mich sein besonderer Ausdruck so anzog, kann ich nicht sagen, doch ich vermute, es hat etwas mit seiner Ausstrahlung eines Unterdrückten zu tun. Unterdrückte Menschen ziehen mich an wie ein blubberndes Lasagneblech, das man gerade aus dem Bratrohr gezogen hat – vielleicht weil sie durch nichts verraten, was sie denken, und mir somit erlauben, alles auf sie zu projizieren, so eine Art Rorschach. Außerdem sind sie meist irrsinnig komisch.

Ich kenne keinen Menschen, der so viel geistvollen Humor versprühte wie Ethan. Er vermochte alles, was an Leuten komisch war, punktgenau zu definieren, und zufällig kannten wir eine Menge davon und kamen so ganz leicht ins Gespräch, als ich es an diesem Abend endlich geschafft hatte, ihn anzusprechen (nachdem ich mich an die zwanzig Minuten mit Perry unter dem Vorwand abgegeben hatte, mich für den Plot von *Little Dieter Needs to Fly* zu interessieren, einen Film, den sein Dokumentarfilmklub, der sich momentan mit dem Werk von Werner Herzog beschäftigte, gerade angesehen hatte).

Ethan hatte grüne Augen von der Größe und Form von Mandeln, die hinter schmalen Brillengläsern funkelten. Darunter befand sich eine gewaltige Nase mit prächtigen Nasenlöchern. Es mag anhand dieser Details vielleicht nicht deutlich werden, aber er sah unglaublich gut aus. Er überzeugte als Gesamtkunstwerk, auch wenn meine Beschreibung dies nicht ganz einfängt. Auf mich übte er jedenfalls eine wilde Anziehungskraft aus. Ich attackierte in unserem Gespräch alle erdenklichen Zeitschriftenredakteure und Fernsehautoren unseres gemeinsamen Bekanntenkreises. Ich brachte Ethan mit den größten Lächerlichkeiten zum Lachen, die mir über die Lippen gingen. Und jedes Mal, wenn er auf seine Heimatstadt zu sprechen kam, schreckte ich nicht davor zurück, »Detroit Rock City« zu singen, einen Kiss-Song. Von meiner Albernheit angestachelt, ließ Ethan zu, dass der beißende Witz und die Intelligenz hinter seiner gelassenen Haltung hervorkamen. Er war Redakteur beim *New Yorker* gewesen und schrieb für den *Rolling Stone*; damals produzierte und schrieb er gerade eine Show für MTV. Die meisten jungen Männer in New York City hätten sich aufgrund dieser Referenzen für weiß Gott was für heiße Typen gehalten, aber Ethan war tatsächlich einer, denn er ging damit ganz lässig um.

Ethan sah mich an und nicht an mir vorbei, wie das die meisten mir bekannten Männer taten. Er schien sich für das zu interessieren, was ich zu sagen hatte, und sich nicht nur in seiner eigenen Glorie bespiegeln zu wollen. Er hatte seinen Weg im New Yorker Medienzirkus gemacht, aber sein Interesse galt anderen Themen, vornehmlich der Geschichte: er las Barbara Tuchman und Pat Barker. Musik war seine Leidenschaft. Er spielte Gitarre und hatte in seinen Zwanzigern in mehreren Bands gespielt, seine Rockstarambitionen dann aber aufgegeben, um Schriftsteller zu werden. Die Klavier- oder Gitarrenstunden, die ich als Kind bekommen hatte, waren ohne nachhaltige Wirkung geblieben, aber ich bin eine ganz gute Sängerin, habe ein ausgezeichnetes Gehör und verfüge über ein enzyklopädisches Wissen der Songtexte zu fast jedem Rock'n'Roll Song, der zwischen 1968 und 1990 geschrieben wurde. Ethan machte noch immer hin und wieder zum Spaß mit einer Gruppe von Freunden Musik. Von Annic wusste ich, wo seine musikalischen Vorlieben lagen – es waren dieselben wie die ihren, und diese waren dieselben wie die meinen. Ohne einen Funken Ironie hörten wir uns Siebzigerjahre-Bands wie ELO und Chicago an, aber uns gefiel auch vieles aus der aktuellen Szene, postmoderne Bands wie Pavement und Teenage Fanclub.

Ich wusste außerdem, dass Ethan gutes Essen zu schätzen wusste. Nach dieser kurzen Begegnung kam ich zu dem nicht ganz falschen Schluss, dass er die Liebe meines Lebens war.

Ein paar Wochen später traf ich ihn wieder auf einer Dinnerparty, die Stacey aus dem Sommerhaus ausrichtete. Stacey ist eine Erbin und entschieden keine Köchin, also ließ sie das Essen von einem Feinkostladen aus der Second Avenue kommen. Zum Menü gehörten Ochsenbrust, Kugel und Käseplinsen; Ethan wurde neben mir platziert und erklärte, er sei beeindruckt davon, wie gut ich mich bei diesem Festschmaus zurechtfand. Ich liebte diese Speisen und war mit ihnen genauso groß geworden wie mit den Gerichten meiner eigenen Tradition. Meine Mutter war in einem jüdischen Viertel aufgewachsen und hatte stets ein Faible für traditionelle jüdische Speisen gehabt. Und nicht selten kehrte sie noch heute in ihr altes Viertel zurück, um für unsere Geburtstage mehrstöckige Torten zu kaufen. Um unsere Speisekammer für unser alljährliches Steh-spät-auf-und-gammle-den-ganzen-Tag-im-Pyjama-herum-Neujahrstagsessen zu füllen, ging sie zu *Weinstein's* auf der Avenue U. Dann gab es Räucherlachs und Bagels zum Frühstück und koschere Hotdogs mit Knishes, die wir den Rest des Tages zusammen mit den traditionellen italienischen Linsen aßen, von denen wir auf Wunsch meiner Mutter »wenigstens einen Löffel voll« runterbringen mussten, damit uns das neue Jahr Glück brachte. In unserer Speisekammer gab es mindestens so viele Produkte von Manischewitz wie von Progresso, und es war nichts Ungewöhnliches, wenn sie für uns Kartoffel-Latkes oder eine Matzensuppe kochte.

Ich fühlte mich an diesem Abend jedenfalls sehr wohl neben Ethan. Er war ein so begeisterter Esser wie ich und ein gleichermaßen lustiger Tischpartner. Wir lachten über Staceys deutschen Freund, einen recht fragwürdigen Filmproduzenten, der mit starkem deutschem Akzent das Essen miesmachte und erklärte, das Paar zöge es vor, »kleine, gesunde Gerichte« zu sich zu nehmen. Ich dagegen wollte Ethans jüdische Ehefrau sein und ihm solche opulenten, dickmachenden Gerichte regelmäßig auftischen. Dabei hatte ich das Gefühl, als wäre auch Stacey der Meinung, dass wir gut zueinander passten. »Weißt du überhaupt, dass er bei seiner LSTA hervorragend abgeschnitten hat, sich dann aber doch dagegen entschied, Jura zu studieren?«, erzählte sie mir, als wir beim Abwasch unter uns waren. Als hätte es noch eines weiteren Grundes bedurft, mir Ethan in den Kopf zu setzen.

Aber es gab noch etwas Tieferes, das mich zu Ethan hinzog. Etwas in ihm schrie mit einer vorsichtig gestählten Stimme: »Kümmere dich um mich.« Er stellte eine Herausforderung dar, die mir wie gerufen kam: Dort Ethans Mauer und hier meine Entschlossenheit, sie einzureißen, waren die perfekte Paarung.

Unsere erste Verabredung fand am Valentinstag statt. Ich lud *ihn* ein und verkaufte es als eine »Anti-Valentinstag-Verabredung«, was für mich nicht weiter von der Wahrheit hätte entfernt sein können. Die Idee dazu kam mir eines Morgens bei der Arbeit (wo reinste Langeweile mir erlaubte, mich fantasievoll mit meinem Privatleben zu beschäftigen). Anne, die gerade erste zarte Bande zu einem buddhistischen Dichter knüpfte, in den sie ziemlich verknallt war (und mit dem es Ginia später ebenfalls versuchte, aber mit demselben Counter-Nirwana-Ergebnis), gab ihren Segen dazu. Wenige Stunden später ging ich ausgerechnet mit Kit zum Mittagessen, und als wir die Sixth Avenue überquerten, *Bingo*, da liefen wir Ethan über den Weg. Ich nahm dies als Zeichen, dass auch Gott meinen Plan unterstützte, und beschloss deshalb, ihn ihm gleich zu unterbreiten.

»Ethan! Das ist ja verrückt, dass wir uns hier begegnen, ich habe gerade an dich gedacht«, kreischte ich.

»Tatsächlich, und was hast du gedacht?«, erwiderte er vorsichtig.

»Nun, am Samstag ist Valentinstag, und du hast keine Freundin, und ich habe keinen Freund, aber alle unsere Freunde haben jemanden. Deshalb sollten wir zusammen ausgehen, damit wir am Ende nicht wie absolute Verlierer zu Hause hocken.«

»Ich werde darüber nachdenken«, entgegnete Ethan. »Ich werde dich anrufen.«

Beim Sushi sagte Kit mir offen seine Meinung: Seinem männlichen Auge zufolge hätte Ethan nicht desinteressierter wirken können. Später kam ich dahinter, dass Ethan über die Gabe verfügte, es den anderen zu überlassen, wie sie seine Stimmungen und Reaktionen interpretierten, anstatt diese aktiv zu zeigen. Kit sah, was er sehen wollte, und ich ebenso – also protestierte ich, dass Ethan von meiner Einladung begeistert gewesen sei. Meine Interpretation erwies sich als die richtige: Ethan rief am folgenden Morgen an, um mir zu sagen, er wolle am Samstag tatsächlich mit mir essen gehen.

Wir einigten uns auf das *Red Rose*, ein altmodisches italienisches Restaurant und eines der letzten Relikte jener Zeit, als das Viertel von der italoamerikanischen Arbeiterklasse bevölkert war, die die hohen Mieten inzwischen vertrieben hatten. Als wir durch die heruntergekommene Smith Street liefen, wo ein erst kürzlich eröffnetes französisches Bistro und eine Taschenboutique die Herzen der Anwohner in der Hoffnung auf Neubelebung höher schlagen ließen, kommentierte Ethan spöttisch: »Ein Restaurant und ein Taschenladen machen doch noch keine Geschäftsstraße.« Ich fand seinen Zynismus unterhaltsam, doch offen gestanden freute ich mich über das Bistro und das Taschengeschäft. In Ersteres, das *Patois*, warf ich einen Blick. Es war gut gefüllt mit Paaren, die hier ein besseres Essen bekamen, als man uns im *Red Rose* servieren würde. Als wir dort unsere Plätze eingenommen hatten, wurde ich verlegen, und das nicht nur, weil uns der Kellner eine Flasche Rotwein mit rosa Herzen auf dem Etikett anbot. Nun, da ich Ethan dort hatte, wo ich ihn haben wollte, verließ mich mein Selbstvertrauen. Mir wollte kein Gesprächsthema einfallen, das auch nur im Entferntesten spannend gewesen wäre, nicht einmal etwas Banales – zum ersten Mal brachte ich bei einer Verabredung keinen Ton heraus.

Während meiner gesamten Highschoolzeit hatte ich wie eine Besessene für Doug Olivieri geschwärmt, den Bruder des Freundes meiner Schwester Carla. Doug war vier Jahre älter als ich und besuchte die New York University. Ich tauchte oft spontan in seinem Wohnheim auf oder rief ihn an, um mit ihm über das U2-Konzert zu sprechen, das ich gerade gesehen hatte, und hielt ihn dann stundenlang am Telefon fest (man muss bedenken, dass das in den Anfangsjahren der Band war, als diese noch ziemlich coole Musik machte). Doug war meine erste Liebe, für die ich gekocht habe; ich grillte ihm gerne Hamburger aus der Tiefkühlpackung, die meine Mutter stets vorrätig hatte, und quasselte dabei unentwegt. Die Hamburger schmeckten Doug sehr gut, sein Interesse an mir war eher gering. (Die Tatsache, dass er immer wieder vorbeikam, sprach, wenn man es sich recht überlegte, allerdings eine andere Sprache, denn *so* gut waren diese Hamburger nun auch wieder nicht.) Als ich ihn fragte, ob er mich auf den Schülerball begleiten würde, willigte er ein. Ich konnte es kaum glauben, dass ich endlich Gelegenheit haben würde, meinen Mitschülern zu beweisen, dass der Junge, von dem ich in den vergangenen vier Jahren unablässig erzählt hatte, tatsächlich existierte. In den Wochen vor diesem Tag probierte ich vor dem Spiegel regelmäßig meinen Kleiderschrank durch, und immer wieder landete ich bei meinem rosa Secondhandkleid mit dem paillettenbesetzten Oberteil und der lavendelfarbenen Unterwäsche von Christian Dior. Als Doug dann tatsächlich auf unser Haus zukam, war ich wie erstarrt. Und als er dann auf der Cocktailparty, die Denise vor dem Ball in ihrem Garten abhielt, meine Hand nahm, war ich zum ersten Mal in meinem Leben sprachlos. Es gab nichts auf der Welt, was ich mir mehr wünschte, als mit ihm zusammen zu sein, aber als es dann so weit war, schämte ich mich dafür, so viel zu wollen. Und dies führte zu einem meiner seltenen Schweigemomente.

Nach dieser Erfahrung entwickelte ich eine Methode, mit solchen Situationen umzugehen. Ich begann meiner Begleitung Fragen zu stellen, was mich eher wie eine Vernehmungsbeamtin des FBI denn wie eine potentielle Freundin wirken ließ. Während wir mittelmäßigen Kabeljau in Knoblauchsauce und fade Hühnchen-Rollatini aßen, fand ich also meine Sprache wieder und fragte Ethan über seine Familie aus. Er belohnte mich mit Geschichten über seine drei Schwestern und deren Familien. Er schien seine Nichten und Neffen sehr zu mögen und eine gewisse Ehrfurcht für die Mühe zu empfinden, die seine Schwestern mit der Kindererziehung auf sich nahmen. »Sie und ihr Ehemann werfen sie hin und her wie Fußbälle«, beschrieb er das Familienleben seiner jüngsten Schwester, die ein wenig überfordert war, nachdem sie zwei Schreihälse direkt nacheinander geboren hatte. Ethans Eltern verband eine lange, glückliche Ehe. Sie hatten sich auf der Cornell University kennen gelernt, wo beide zusammen mit Nabokov studiert hatten. Seine Mutter war Malerin, und die beiden unterhielten gemeinsam eine Kunstgalerie. Im Familiendomizil in Detroit stand sogar eine winzige Henry-Moore-Skulptur, die sie unter Glas aufbewahrten, wie Ethan mir erzählte. Auch er hatte die Cornell besucht. Mir gefiel es, dass Ethan offenbar eine sehr enge Bindung an seine Familie hatte; seine Zuneigung für seine Geschwister erinnerte mich an meine eigene, eine komplizierte Form der Hingabe. Nach ein paar Gläsern Chianti del Cuore, oder was immer wir da tranken, lockerte sich auch mein verkrampfter Griff um Besteck und Serviette, und ich gab ihm eine Zusammenfassung meiner Familienverhältnisse. Meine älteste Schwester Nancy, eine Professorin für Psychologie, die in Orange County lebt, ist geschieden und hat eine Tochter, die ich leider nicht so oft sehe, wie ich es gerne hätte. Carla, eine Yogalehrerin und Sprachtherapeutin, ist mit Ken verheiratet, die beiden haben einen Sohn namens Max. Von meinen Brüdern war zum damaligen Zeitpunkt noch keiner verheiratet; Nick lebte in Japan (von dort brachte er seine spätere Frau Yuki mit), und Matthew war Reporter für eine Zeitung in Connecticut (wo er später auch seine Frau Elizabeth kennen lernte). Ethan hörte aufmerksam zu, und als die Rechnung kam, ließ ich zu, dass er sie beglich, obwohl er einen Moment zögerte. Ich bekam vom Restaurant daraufhin ein herzförmiges Keramikgefäß geschenkt, das in rotes Zellophan gewickelt war, was Ethan ein Lächeln entlockte und mein Unbehagen noch verschlimmerte. Dennoch hob ich dieses kitschige Ding jahrelang auf.

Ethan versuchte die Verabredung zu beenden, als wir seinen Block erreichten, aber ich war noch nicht bereit, ihn zu entlassen.

»Du kannst jetzt nicht einfach nach Hause gehen, wir haben erst elf Uhr. Komm doch noch auf einen Bourbon mit Soda zu mir«, preschte ich vor.

Zunächst weigerte er sich, aber auf mein beharrliches Drängen hin gab er schließlich nach.

In meiner Wohnung angekommen, mixte ich unsere Drinks. Ethan hatte Bourbon mit Soda und Limette (mein damaliges Lieblingsgetränk) noch nie zuvor probiert und gratulierte mir zu dieser Zusammenstellung. Ich ging davon aus, dass mir dies seine Aufmerksamkeit noch eine Weile sichern würde. Um das nicht dem Zufall zu überlassen, sprang ich in dem Versuch, ihn mit den größten Hits meiner CD-Sammlung zu beeindrucken, zwischen Sofa und Stereoanlage hin und her und hoffte gleichzeitig, dass mein Po in meiner grau-braun karierten Chaiken-Hose nicht zu dick aussah, während ich die CDs wechselte. Ich hatte mich für diese Verabredung nicht allzu sehr herausgeputzt, weil ich einen lässigen Eindruck machen wollte, meine Absichten jedoch waren alles andere als lässig. Ich wünschte mir nichts dringender als einen Hinweis, dass Ethan mich mochte. Am liebsten hätte ich ihn geküsst. Doch ich kam einfach nicht voran. Ethan kam nicht aus seiner Sofaecke heraus, in der er es sich gemütlich gemacht hatte.

»Was braucht es denn, um dich zu verführen?«, platzte ich schließlich heraus, benebelt von Alkohol und Unruhe.

Ethans Gesicht verzog sich zu einem nervösen Lächeln, das mir nur allzu vertraut werden sollte. »Ich denke, wir sollten einfach Freunde sein.«

Was braucht es, um dich zu verführen?

Wie war ich plötzlich dazu gekommen, in die Rolle von Alexis Carrington aus dem Denver Clan zu schlüpfen? Nicht dass ich mir diese Serie je angesehen hätte. Meine Worte verfolgten mich in dieser Nacht bis in den Schlaf. Übernächtigt und voller Befürchtungen wachte ich auf.

»Es lief alles wunderbar, bis ich mich ihm an den Hals geworfen habe!«, jammerte ich erst Ginia und später Anne am Telefon vor. (Was ich tatsächlich gesagt hatte, konnte ich natürlich unmöglich zugeben.) Am folgenden Abend saß ich mit Jen zusammen und ging mit ihr das Horrorszenario gerade zum x-ten Mal durch, als das Telefon läutete. Es war Ethan.

»Ich hatte Spaß bei unserer Verabredung«, sagte er. »Wir sollten das wiederholen.«

Wie bitte?!

Zwischen diesem und dem nächsten Anruf von Ethan kam ich mit einem sexy, aber total verkorksten Typen zusammen, der an der Columbia University seinen Abschluss gemacht hatte, dessen momentane Beschäftigung aber darin bestand, Fische für eine Firma zu malen, die diese auf T-Shirts druckte, welche dann in Urlaubsregionen wie Paradise Island oder Antigua verkauft wurden. Für ihn habe ich nie gekocht; wir hingen meistens in seinem Apartment im East Village herum und sangen Songs, die er auf der Gitarre begleitete. Immer wieder spielte er »Dead Flowers« von den Rolling Stones mit den Zeilen *»Send me dead flowers to my wedding«* und *»and I won't forget to put roses on your grave.«* Eric machte kein Geheimnis daraus, dass er seine Exfreundin Evgenia noch immer liebte. Zweifelsohne dachte er auch an sie, wenn er dieses Lied sang, aber ich stimmte trotzdem mit ein. An weniger sentimentalen Abenden lagen wir im Bett und trällerten sämtliche Werbesongs, die uns einfielen. Eric hatte etwas von einem Trauerkloß, aber er war gefühlvoll und trug das Stigma des deprimierten Ivy-League-Absolventen, der hinter den Erwartungen zurückblieb. Ich versuchte ihn mit dem Versprechen einer hausgemachten Mahlzeit nach Brooklyn zu locken – und er hätte weiß Gott eine brauchen können –, aber in letzter Minute sagte er ab und entschuldigte sich mit einem Bläschenausschlag.

Ethan meldete sich wieder, und wir nahmen uns vor, bei mir zusammen die Oscarverleihung zu gucken. Obwohl ich mit Eric und seinen Rolling-Stones-Songs zu Gange war, bedeutete Ethan mir noch genug, um ihm anzubieten, für ihn zu kochen. Ich beriet mich mit Anne darüber, was ich auftischen sollte, und sie schlug etwas Gesundes vor und ließ durchblicken, dass Ethan klar definierte Gerichte mochte. Diese Vorgaben ließen mich an Nudeln mit Gemüse, das vor Krebs schützt, und Früchten und Nüssen, die als Antioxidantien wirken, denken. Also bereitete ich Penne mit einer Sauce aus in Knoblauch geschmortem Brokkoli zu, bestreut mit dicken Rosinen und gerösteten Walnüssen.

Gesunde Penne

500 g Brokkoli
2 EL Olivenöl, plus noch etwas zum Abschmecken
1 Knoblauchzehe, gehackt
1 Prise scharfes Paprikapulver
100 g Rosinen
Salz
100 g gehackte Walnüsse
250 g Penne
frisch geriebener Parmesan

Den Brokkoli putzen, waschen und in Röschen schneiden; die Stiele nicht verwenden. In einer Pfanne von ausreichender Größe für Nudeln und Brokkoli das Olivenöl bei mittlerer Temperatur erhitzen, dann Knoblauch und Paprikapulver dazugeben. Wenn der Knoblauch goldbraun ist, Brokkoli, Rosinen und 1 große Prise Salz dazugeben. 15 bis 20 Minuten schmoren lassen, ein wenig Wasser angießen, wenn die Mischung zu trocken wird. Inzwischen die Walnüsse in einer kleinen Pfanne 5 bis 6 Minuten bei mittlerer Hitze rösten, dabei die Pfanne immer wieder schütteln. Nicht anbrennen lassen! Wenn sie geröstet sind, von der Kochstelle entfernen und beiseite stellen.

Nudeln nach Anweisung auf S. 27 kochen. Abtropfen lassen, und die Penne zum Brokkoli in die Pfanne geben, dann noch einen Spritzer Olivenöl und die gerösteten Walnüsse dazugeben.

In warmen Tellern servieren. Den Parmesan am Tisch dazureichen. (Wenn Sie eine Laktoseintoleranz haben – Ethan hatte diese, aber Käse machte ihm dennoch nichts aus –, können Sie den Käse durch 40 g geröstete Semmelbrösel ersetzen, was ebenfalls lecker schmeckt.) Klopfen Sie sich ruhig auf die

Schulter, weil Sie Gemüse zu Ihren Kohlenhydraten gegessen haben.

Reicht für 2 Personen, und es bleibt noch was übrig.

Titanic sahnte nahezu jeden Preis ab, aber anders als Kate Winslet bekam ich am Ende des Abends keinen Kuss. Das Einzige, worum mich Ethan bat, war der Rest des Essens zum Mitnehmen.

Ich halte mich nicht für eine Frau, die stets bekommt, was sie sich verzweifelt wünscht, und Gott mag seine Gründe dafür haben. Auch bin ich nicht so dumm, dem Unmöglichen nachzujagen. Aber Ethan gab immer genauso viel von sich, dass meine Hoffnungen am Leben blieben. Er rief regelmäßig an oder schickte E-Mails. Wenn ich vom Samstagsbrunch mit meinen Freundinnen nach Hause kam, empfing mich seine Stimme auf dem Anrufbeantworter. Wir bombardierten uns mit elektronischen Nachrichten und debattierten über John Lennons kontra Paul McCartneys Solowerke nach der Trennung der Beatles. Ich begeisterte mich für die Wings, Ethan gab Lennon den Vorzug, aber ihm gefielen die Sachen, die McCartney vor den Wings gemacht hatte. Er stellte für mich eine Kassette von Pauls ersten beiden Soloalben zusammen, die er mit sämtlichen Songtiteln beschriftete, was ich eine wirklich sehr romantische Geste fand. Inzwischen machte Eric Schluss mit mir, indem er erklärte, er liebe Evgenia noch immer. Ich kaufte mir mein erstes Paar Gucci-Schuhe, und das ließ mich sofort aufhören, mich zu fragen, warum Eric mich nicht lieben konnte, da mich jetzt die Frage quälte, ob es wirklich eine gute Idee gewesen war, meine Kreditkarte mit 457 Dollar zu belasten.

Ethan hielt sich hartnäckig. Als der Sommer kam, tauchte er jedes Wochenende in unserem Haus auf Shelter Island auf, obwohl er nicht zur Gruppe der Mieter gehörte. Bei näherer Betrachtung dieser Angewohnheit war ich gezwungen, mir einzugestehen, dass es für ihn abgesehen von meiner Person durchaus auch andere Gründe geben konnte, dies zu tun. Die Insel liegt sehr schön, und man kann hier unheimlich gut abhängen. Da man sie nur mit der Fähre erreicht, gibt einem schon allein die Fahrt das Gefühl, alles hinter sich zu lassen. Unser Haus, ein umgebautes Pfarrhaus aus dem achtzehnten Jahrhundert, war so zauberhaft wie die Insel selbst. Vor dem Gebäude befand sich ein Teich, dahinter ein Blauregenspalier, unter dem wir mittags im Freien aßen. Das Haus gehörte einer Künstlerfamilie, deren Gemälde die Wände zierten. Die Möbel waren bequem und die Küche bestens ausgestattet. Am Esstisch fanden zwölf Leute Platz. Für gewöhnlich bewohnten wir das Haus zu acht, aber zu sorgfältig geplanten und sich stets als wunderbar entpuppenden Essenseinladungen kamen oft Freunde von der Insel oder aus den Hamptons.

Wir trafen freitags ein und verließen das Grundstück dann höchstens noch einmal, um Lebensmittel einzukaufen. Die schmackhaftesten Tomaten, Auberginen, Zucchini und Basilikum fanden wir stets an einem Stand ohne Verkäufer. Dort waren die Preise auf einer Tafel angeschrieben, und man schob das Geld einfach durch den Schlitz einer roten Schatulle mit Vorhängeschloss. Unseren Fisch kauften wir beim Commander, einem Marineoffizier im Ruhestand, in dessen Hausladen im Untergeschoss es frischen und gebratenen Fisch gab. Der Commander schien sich die meiste Zeit ziemlich zuzukiffen. In unserer Gruppe waren einige ausgezeichnete Köche, die beste war Anne, die sich die meiste Zeit zurückhielt und eine organisierende Rolle einnahm, um uns dann mit so fantasievollen Köstlichkeiten wie Lavendeleis zu beglücken. Eine neue Freundin, Astrid, zauberte spanische Tortillas, kalten Borscht oder wunderbar marinierte Flank Steaks. Ihr Freund Robert, ein Akademiker aus Polen, war das nackte Maskottchen des Sommerhauses; er vertiefte sich mit Begeisterung in jedermanns Privatleben und erteilte allen gute Ratschläge neben dem Teich, wo er nackt seine Sonnenbäder nahm. Belinda und Jeremy, eine Journalistin und ein Architekt aus Australien, waren keine Köche, doch ihr einziger Beitrag – gegrillte aufgeschnittene Bananen mit geschmolzener Schokolade gefüllt – war eins der denkwürdigsten Desserts in einem Sommer voller Nachtische. An den meisten Abenden vergaßen wir bei Gesprächen und Wein vollkommen die Zeit, so dass wir das Abendessen nicht vor zehn Uhr auf den Tisch bekamen.

Das erste Gericht, das ich für Ethan auf Shelter Island kochte, war ein sizilianisches Rezept von meiner Großmutter: Heilbutt in einer süßsauren Sauce aus Rotweinessig, gelben Zwiebeln, Rosinen und Minze. Ethans Begeisterung für dieses Gericht überwältigte mich, und ich interpretierte dies als verstecktes Lob an meine Person. Noch am nächsten Tag am Teich schwärmte er davon.

ladung in seiner Wohnung. Dort hatte ich ihn noch nie zuvor besucht. Interessanterweise lag auf seiner Stereoanlage ein Stapel brandneuer Stevie-Wonder-CDs. Könnte das etwas damit zu tun haben, dass ich ihm beim letzten Mal, als er bei mir war, Stevie Wonder vorgespielt hatte? Dass er ihn ebenfalls mochte, hatte er bisher noch nie erwähnt. Er steckte die Discs in seinen Fünffach-CD-Wechsler und drückte den Knopf für Zufallswidergabe mit der Erklärung, dies sei seine Art, sich in neue Musik einzuhören. Mir gefiel diese Idee, aber ich konnte sie nicht aufgreifen, da ich damals nur einen Sony Discman besaß, der mit meiner alten Anlage verbunden war, die noch aus Highschoolzeiten stammte.

Da mich Ethan nach dem Essen noch auf eine Party begleitet hatte, sah es für mich mehr und mehr danach aus, als führte er etwas im Schilde. Inzwischen war es schon halb zwölf, und für gewöhnlich lag er bereits um Mitternacht in den Federn. Wir platzierten uns auf einem Heizkörper vor dem Fenster und unterhielten uns nur miteinander, und zwar Geschichten vom »ersten Mal«. Danach begleitete mich Ethan, der sich normalerweise stets an der Ecke von mir verabschiedete, bis zu meiner Haustür. Und dort sprach er die romantischsten Worte, die ein Mann je zu einer Frau gesagt hat: »Darf ich noch mit hoch zu dir in die Wohnung kommen? Ich muss nämlich pinkeln.« Da Ethan nur ein paar Häuserblocks entfernt wohnte, wusste ich mit Gewissheit, dass er mehr im Sinn hatte, als nur meine Keramik zu benutzen.

Wir brachten eine halbe Stunde damit zu, ein Buch mit jiddischen Ausdrücken durchzublättern, das ich auf dem Kaffeetisch liegen hatte – ein Geschenk meines Autors Henry, der wusste, dass ich mich für das Jiddische begeisterte. Ethan gefielen besonders gut jene Redewendungen, die mit *tuches* [Gesäß] zu tun hatten. Ich musste mich an dem Buch vorbeimogeln, um ihn zu küssen, aber er leistete keinen Widerstand. Nachdem wir uns einen oder zwei Songs lang geküsst hatten (wieder *Fulfillingness' First Finale*, die helleren Tage wurden nun immer deutlicher), hielt Ethan inne und drückte mich eine ganze Weile an sich. Seine Kapitulation war spürbar. Doch selbst als wir zusammen ins Bett gingen, war ich noch nicht davon überzeugt, dass etwas passieren würde, und nun war nicht einmal ich geneigt, es zu forcieren. Ich zog ein Nachthemd an, das im konservativen Sinn sexy war. Und ich sollte es nicht lange anbehalten.

»Beispiellos«, nannte Ethan das, was in den folgenden Stunden passierte. Ich schlug das Wort später nach, um es auf seinen tieferen Sinn zu untersuchen. Desgleichen tat ich mit dem Wort *vielversprechend*. Das hatte er nämlich *Drovers Tap Room* zugeordnet, dem Ort, an dem wir uns kennen gelernt hatten.

Die beiden Worte wurden während eines Frühstücks mit Kürbis-Walnuss-Brot immer wieder strapaziert, das zufällig noch von dem Trostbesuch übrig war, den mir Ginia am Morgen abgestattet hatte, als ich um meinen komplizierten Gesprächspartner trauerte. Wie sich in nur vierundzwanzig Stunden alles verändert hatte!

Das »Morgen danach«-Kürbisbrot

(Nach einem Rezept von Vern Bertagna, *Bon Appétit*)

Butter und Mehl für die Form
125 g weiche Butter
330 g Zucker
2 große Eier
220 g Kürbisfleisch (aus der Dose)
330 g Mehl mit ¾ Päckchen Backpulver und 1 Prise Salz

½ TL gemahlene Nelken
½ TL Zimtpulver
½ TL Ingwerpulver
100 g Walnüsse, gehackt

Den Backofen auf 180 °C vorheizen.

Eine Kastenform mit Butter einfetten und mit Mehl bestäuben. Butter und Zucker mit einem elektrischen Rührgerät schaumig schlagen, dann Eier und Kürbisfleisch dazugeben. Mehl mit den Gewürzen in eine andere Schüssel sieben, zur Kürbismischung dazugeben, mit den Walnüssen vermengen. Den Teig in die gebutterte Form geben.

Backen, bis die Hölzchenprobe sauber ausfällt – etwa 70 Minuten. Das Brot 10 Minuten in der Form auf einem Gitter abkühlen lassen, dann die Ecken mit einem Messer lösen und das Brot stürzen. Auf dem Gitter auskühlen lassen.

Ergibt 6 bis 8 Portionen.

Natürlich bedeutete die Tatsache, dass wir eine Nacht miteinander verbracht hatten, nicht notwendigerweise, dass Ethan und ich nun zusammen waren. Aber das neunmonatige Vorspiel machte deutlich, dass er kein von spontanen Launen beherrschter Mann war. Schließlich hatte ich Ethan am Samstagabend so aufgewühlt erlebt, dass einfach starke Gefühle dahinterstecken mussten. Doch so gerne ich nach diesem Erlebnis auch vor mich hin träumte, achtete ich doch darauf, mich nicht gänzlich von meinen Fantasien mitreißen zu lassen. Als Ethan jedoch am Dienstag anrief, um sich zu erkundigen, was ich am Abend vorhatte, fiel mir nur eines ein: Ich wollte ihm ein Abendessen kochen.

Ich machte ein scharfes Risotto mit Taleggio-Käse und

Artischockenherzen. Wie die Liebe, so erfordert auch ein Risotto viel Arbeit und Geduld. Bei Ethan lagen diese Anstrengungen zum Glück hinter mir, für den Moment jedenfalls, und ich war bereit, um der alten Zeiten willen ein paar Mal mehr kräftig umzurühren.

Risotto mit kunstvoll geschichteten Herzen

1 ¾ l heiße Hühnerbrühe
2 EL ungesalzene Butter
½ kleine Zwiebel, klein gehackt
220 g Arborio- oder Carnaroli-Reis
50 ml Weißwein
1 kleine Dose Artischockenherzen, klein geschnitten
100 g Taleggio in Würfeln
Salz zum Abschmecken
frisch gemahlener Pfeffer

Die Hühnerbrühe bei mittlerer Temperatur erhitzen und köcheln lassen.

In einer großen Schmorpfanne 1 Esslöffel Butter bei mittlerer Hitze schmelzen lassen und die Zwiebel dazugeben. Die Zwiebel etwa 2 Minuten glasig dünsten, dann den Reis dazugeben und mit der Butter und der Zwiebel rösten, bis die Körner durchsichtig sind, etwa 2 Minuten. Mit dem Wein ablöschen und unter ständigem Rühren aufsaugen lassen, dann die heiße Hühnerbrühe schöpflöffelweise dazugeben und so lange rühren, bis die Flüssigkeit vom Reis aufgesogen wurde.

Immer wieder Brühe dazugeben und rühren, bis das Risotto cremig ist und die Körner weich, aber nicht matschig sind.

Nach etwa 15 Minuten kosten, um die Konsistenz zu prüfen, aber wahrscheinlich werden 20 bis 25 Minuten aufmerksames Rühren erforderlich sein. (Mensch, du hast neun Monate auf Ethan gewartet, was bedeutet da eine halbe Stunde?) Wenn Sie keine Brühe mehr haben, das Risotto aber noch garen muss, verwenden Sie Wasser, das Sie im Topf mit der Brühe erhitzen.

Wenn Sie mit der Konsistenz zufrieden sind, nehmen Sie den Topf vom Herd, geben den restlichen Löffel Butter dazu, die Artischockenherzen und den Taleggio, dann noch einmal umrühren, mit Salz abschmecken, 1 Minute ruhen lassen und mit frisch gemahlenem Pfeffer servieren.

Ergibt 2 Portionen.

Vor lauter Aufregung darüber, dass die Beziehung, nach der ich mich so lange gesehnt hatte, endlich wahr geworden war, konnte ich in den ersten paar Wochen kaum schlafen, wenn Ethan neben mir im Bett lag. Schon früh am Morgen stand ich auf und ging direkt in die Küche, um das Geschirr des vergangenen Abends aufzuräumen. Es machte einen ziemlichen Lärm, die vielen Töpfe und Pfanne in meinen einzigen Schrank zu schichten, und ich entschuldigte mich dafür.

»Ich finde das eigentlich beruhigend«, erklärte er mir.

Ethan liebte alles, was mit Essen und Fürsorge zu tun hatte. Und das funktionierte gut, denn als wir erst einmal zusammen waren, überkam mich der Drang, so für ihn zu kochen, dass ich damit alle bisherigen Gerichte in den Schatten stellte. Ich war eifersüchtig auf Anne und die vielen fantastischen Gerichte, die sie sicher für ihn gekocht hatte. Diese Gedanken setzten mir so zu, wie andere Frauen von Bildern komplizierter Verrenkungen heimgesucht werden, die ihr Freund mit seinen früheren Freundinnen im Bett gemacht hatte. Was nicht heißen soll, dass ich mir diesbezüglich keine Sorgen machte. Aber mein Steckenpferd war eindeutig das Kochen. Es entspannte mich. Es war neben Ethan zum Wichtigsten in meinem Leben geworden. Es ermöglichte mir, meinem inneren Chaos einen Sinn zu geben. Beim Kochen geht es um Logik und Ordnung. Was man hineingibt, bestimmt in jeder Hinsicht, was man bekommen wird. Bei der Liebe ist das nicht so eindeutig.

Ethan und ich unterhielten uns ausgiebig über das, was wir essen wollten. Während für Kit ein Gespräch darüber, was auf den Tisch kommen sollte, eher ein Ärgernis gewesen war, sah Ethan darin eine willkommene Unterbrechung seiner Schreibtätigkeit. Stundenlang diskutierten wir am Telefon die Für und Wider verschiedener Gerichte – auf Kosten meines Arbeitgebers. Manchmal beschlossen wir auch auszugehen, aber sehr viel häufiger setzte ich mich an den Computer, rief epicurious.com auf und suchte nach Rezepten, die zu Ethans Stimmung passten. Dieser Lachs mit Zitronen-Estragon-Butter wurde für uns zum einfachen Alltagsgericht, das aber auch sehr beeindruckend sein kann, wenn es für Gäste auf einem Linsenbett serviert wird.

Dinner für Dienstagabend

Diese Rezepte sind für 2 Personen, können aber verdoppelt werden.

Rucola-Avocado-Salat

(Einem Rezept von Levana Kirschenbaum nachempfunden)

100 g kleinblättriger Rucola
1 kleiner Kopf Endiviensalat
½ Avocado
1 ½ EL Olivenöl
1 ½ TL naturtrüber Apfelessig
½ TL Meersalz
frisch gemahlener Pfeffer

Rucola putzen, waschen und trocknen. Den Endiviensalat putzen, waschen und die Blätter in Streifen von ½ Zentimeter schneiden. Die Avocado schälen und in Stücke von 1 Zentimeter schneiden. Alles zusammen in einer großen Schüssel mit Öl und Essig mischen, dann salzen und mit schwarzem Pfeffer würzen.

Reicht für 2 Personen.

Ethan machte mir in zahlreichen E-Mails Komplimente zu meinen Kochkünsten, die er stets mit einem Kuss besiegelte (SWAK – Sealed With A Kiss – schrieb er wie ein Viertklassmädchen ins Poesiealbum einer Freundin; mir gefiel das). Von mir war er ebenso begeistert wie von meinem Essen. Oft schwärmte er von meinem Gesicht, indem er bemerkte, ich hätte ein »süßes *punim*«. Er war zärtlicher, als ich es mir je erträumt hatte, und darüber hinaus übertraf er all meine Vorstellungen von einem Freund. Er war der perfekte Partner, ein Gefährte des anderen Geschlechts, mit dem man wahnsinnig viel Spaß haben konnte und mit dem alles so unkompliziert war wie mit einer Freundin – nein, sogar besser als das, da wir auch Sex hatten. Intimes mit einer Freundin zu versuchen, war nie meine Absicht gewesen, auch wenn ich manche Frauen sehr bewunderte – und das, obwohl ich aufs Sarah-Lawrence-College ging, wo es einem weitverbreiteten Vorurteil nach alle miteinander taten.

Es gab niemanden auf der Welt, mit dem ich glücklicher war als mit Ethan. Er war der wichtigste Mensch in meinem Leben und kam vor meinen Freundinnen, vor meiner Familie. Mit ihm befand ich mich in einer eigenen kleinen Welt, und das war mir sehr angenehm. Uns verband das Essen, uns verband die Musik, und im Bett teilten wir Lust und Spaß. Und dann verband uns noch etwas: unsere Misanthropie. Wir erfanden gern hässliche kleine Geschichten oder Lieder über unsere Verwandten und Bekannten, die ich hier aber unmöglich wiedergeben kann. Glauben Sie mir, sie waren zum Lachen, auch wenn Ethan und ich die Einzigen waren, die das Komische daran verstanden.

Nie mehr habe ich so herzhaft gelacht wie in jener Nacht, als ich uns zu viel Suppe kochte. Es war ein kalter Wintersonntag, und ich hatte mir gerade einen 13-Liter-Topf gekauft. Den füllte ich nun mit Huhn, Gemüse und Kräutern und rundete das Ganze dann mit Nudeln und kleinen Fleischbällchen ab. Aber es waren nur Ethan und ich, für die diese 13 Liter bestimmt waren. Als Tochter meines Vaters war ich stets in Sorge, etwas zu vergeuden, und so aß ich drei Teller, während Ethan zwei aß. Wir hatten so viel Spaß bei Tisch, dass ich, als das Telefon klingelte, nicht aufstand, um dranzugehen. Am späteren Abend hörte ich die Nachricht ab. Sie war von Ethans Freund David, der in Manhattan wohnte, zufällig mit seiner Freundin in unserer Gegend gewesen war und gerne vorbeigekommen wäre. Ich verfluchte mich dafür, den Hörer nicht abgenommen zu haben. Es wäre doch so viel Suppe da gewesen!

Später im Bett zog mich Ethan wegen meiner Fixierung auf. Wir malten uns im Scherz aus, dass er den Suppentopf nehmen, ihn mit Gurten auf einen Handwagen schnallen und ihn sich am nächsten Tag bei seinem MTV-Autorentreffen mit den Jungs teilen könnte. Beim Verteilen der Portionen würde er ein Gesetz verabschieden, das alle ihre Freundinnen zum Suppenkochen verpflichtete. »Also, Rick, dann kann ich deine Ilene für eine Kartoffel-Lauch-Suppe einplanen«, sagte er mit der Stimme eines alten Mannes aus Brooklyn. Beim Gedanken daran, dass Ilene Rosenzweig, eine Zeitungsredakteurin und Designerin, die zwar durchaus eine häusliche Seite hatte, aber in keiner Weise so eine *balabusta* war wie ich, für das Autorentreffen Suppe kochte, musste ich so heftig lachen, dass mir die Tränen kamen und ich nach Luft schnappen musste. In dieser Nacht wurde ich in regelmäßigen Abständen von Lachkrämpfen geweckt, wenn ich daran denken musste. Dadurch weckte ich Ethan, der, sobald er mich vornübergebeugt meinen Bauch halten sah, ebenfalls zu lachen anfing.

Ethan wich kaum von meiner Seite, auch dann nicht, wenn gerade keine Abendessenszeit war. Als ich mir ein Fahrrad kaufte, erwarb er das männliche Gegenstück dazu. Er ging auch zu Randall, meinem Friseur. Wir machten aufeinander folgende Termine aus, und Ethan bekam die Haare geschnitten, während ich mit Folien auf dem Kopf darauf wartete, dass meine Strähnchen Farbe annahmen. »Wenn Sie willens sind, sich ihm in diesem Zustand zu zeigen, dann muss es Liebe sein«, betonte Randall. Selbst Leute, die uns nicht kannten, hielten uns für das perfekte Paar; einmal liefen wir Henry über den Weg, der gerade mit einer seiner Exfrauen essen ging, und später erzählte er mir, sie habe geäußert, was für ein glückliches Paar wir doch seien.

Ich nahm Ethan mit zu Verlagspartys und Autorenessen, wo er auf meine Unzufriedenheit mit meinem Beruf zu sprechen kam, die ich mir selbst damals noch nicht eingestehen wollte. »Du stellst dein Licht unter den Scheffel«, pflegte er zu sagen, und ich gab ihm Recht, wollte aber nicht näher darüber nachdenken. Stattdessen sublimierte ich meine kreativen Neigungen in der Zubereitung von Gerichten für Ethan. Mehr wollte ich nicht, jedenfalls redete ich mir das ein; ich wollte nichts weiter, als seine Frau sein. Er durfte den Künstler in sich ausleben und dabei im Stillen all meine Verrücktheiten bewundern, wie zum Beispiel den »Was braucht es, um dich zu verführen?«-Ausspruch, den er, wie er mir eines Abends gestand, sehr bewundernswert gefunden hatte.

Ethan konnte sich sogar für die sinnlosen Aussprüche meiner Mutter begeistern, wie etwa »Was gibt es Neues in der Welt des Sports?« – ihrer typischen Begrüßung für ihn. Er lachte auch über »Auf uns, auf dass wir noch lange winken können«, ihren Toast bei jeder Mahlzeit. Hier wird deutlich, woher meine Tendenz zu merkwürdigen Sprachwendungen kommt. Weil Ethan diesen Spleen zu schätzen wusste und auch selbst gerne etwas dazu beitrug, passte er hervorragend in unsere Familie. Ich dagegen kam nicht umhin, Ethans reichen Onkel als lächerlich zu betiteln – seine Ehefrau schickte uns nämlich jedes Mal, wenn wir sie auf ihrem Anwesen in den Hamptons besuchten, mit einer gewaltigen Einkaufsliste los, die den Lebensmittelbedarf der Familie für den ganzen Sommer zu umfassen schien (vom Ketchup über Toilettenreiniger bis hin zu Glühbirnen), und machte Ethan dann das Leben schwer, wenn er um Rückerstattung der Kosten bat. Aber hinter unserer unbekümmerten Verachtung all derjenigen, die wir von Geburt an am Hals hatten, verbarg sich eine ganze Vorratskammer an Liebe und Loyalität. Da Ethan seiner Familie treu ergeben war, wollte auch ich ein Teil davon werden, und wünschte mir zugleich, er würde Teil von meiner.

Dies bedeutete jede Menge Flugreisen. Ich lernte Detroit, Tucson und Des Moines kennen, lauter Orte, die ich nie zuvor besucht hatte und mir jetzt mit Freuden ansah. Ethan war der erste feste Freund, dessen Familie ich kennen lernte. Ich war nie in North Dakota gewesen, um Kits Mutter zu treffen, und das hatte meine eigene immer mal wieder zu der bekümmerten Frage veranlasst: »Warum hast du seine Mutter nie kennen gelernt?« Hier erlebte ich nun das genaue Gegenteil und fand es aufregend, dass Ethan Wert darauf legte, mich mit seinen Schwestern, Cousins, Nichten und Neffen bekannt zu machen. Wir sahen weitaus mehr Mitglieder von seiner Familie als von meiner, denn leider haben wir mit unseren amerikanischen Kusinen und Vettern ersten Grades nicht viel gemein. Doch unsere Verwandten zweiten und dritten Grades besuchen wir gelegentlich. Außerdem lebt ein Großteil unserer Familie in Italien, und auf die sind wir ganz wild (höchstwahrscheinlich, weil sie dort leben). Wenn wir bei Ethans Familie waren, kam es oft vor, dass ich das Kochen übernahm, sofern sein Onkel, der *macher*, uns nicht zum Essen ausführte. Dass ich in der Küche kompetent war, verbreitete sich rasch, aber während ich anfangs die Gelegenheit, seine Eltern mit improvisiertem Risotto primavera oder einem aus dem Stegreif gezauberten Bœuf bourguignon zu beeindrucken, beim Schopf packte, ärgerte es mich im Lauf der Zeit, dass alle immer mich ansahen, wenn es um die Zubereitung der Mahlzeiten ging.

Ethans Mutter war wie ich eine Frau gewesen, die, wenn es darum ging, den eigenen Mann zu erfreuen, von der Wichtigkeit des Kochens überzeugt war. Traurigerweise litt sie, als ich sie kennen lernte, bereits an Demenz, und das in recht jungen Jahren. Aber weil ich zu der Mutter des Mannes, den ich liebte, eine Beziehung aufbauen wollte, verbrachte ich bei diesen Besuchen viel Zeit mit ihr allein. Wir unternahmen lange Spaziergänge zusammen und schafften es sogar, einander zum Lachen zu bringen, indem wir die nachbarlichen Gärten beißender Kritik unterzogen. Ethan und sein Vater blieben lieber im Haus und schauten sich im Fernsehen die French Open oder *Carnal Knowledge* an, wobei ich Letzteres immer verstörend fand, wenn ich rechtzeitig zurückkam, um die letzten Minuten mitzubekommen.

Ethan, der mir die Person nahebringen wollte, die seine Mutter in ihrer Blütezeit gewesen war, zeigte mir ihr Lieblingskochbuch, *Thoughts for Buffets*. An den Rand hatte sie Notizen über die Reaktionen ihres Mannes zu jedem Gericht geschrieben. »Allen hat es geschmeckt!«, stand da, oder »Das nächste Mal weniger Salz!« Ich musste kichern angesichts ihrer schlichten, präfeministischen Hausfrauen-Einstellung, aber im Grunde war ich aus genau dem gleichen Holz geschnitzt.

Als wir von unserer ersten gemeinsamen Reise zurückkamen – wir waren in Iowa beim vierzigsten Geburtstag von Ethans Schwester gewesen –, fragte ich meinen Freund, ob er mich liebe. Er antwortete darauf, ohne zu zögern, mit einem Ja, und von da an erklärte er mir seine Liebe auch unaufgefordert. Ich weiß immer noch nicht, ob es an mir lag, an der Tatsache, dass es so lange gedauert hatte, ihn zu erobern, oder vielleicht auch an dem einen Abend in der Woche, den er unbedingt in seiner Wohnung verbringen wollte, jedenfalls verließ mich das Gefühl nie, Ethans Liebe immer eine Mahlzeit hinterherzuhinken. Im Scherz erwähnte ich gern, dass ich die Ethan-Binder-Kochschule besuchte, da ich mich in meinem unerschöpflichen Bestreben, ihm zu gefallen, oft an meine Grenzen brachte und gastronomische Leckerbissen zubereitete, an die ich mich normalerweise niemals herangetraut hätte.

Zum Pessachfest machte ich Ethan einen Seder, wozu ich mir zwei Tage freinahm, denn ich wollte die traditionellen Gerichte alle von Grund auf selbst zubereiten. Dieses Vorhaben brachte mich fast um. Vom ersten Kochtag bereits erschöpft, reagierte ich unwirsch auf Ethan. »Deine Religion ist frauenverachtend!«, herrschte ich ihn zur Begrüßung an der Tür an.

Ethan, der mit Konfrontation nicht gut umgehen konnte, ging in die Defensive: »Ich habe dich nicht darum gebeten!« Das stimmte, gebeten hatte er mich nicht, aber an irgendjemandem musste ich meine Wut einfach auslassen. Und da ich mit dem Alten Testament vertraut war, wusste ich, dass man Jahwe besser nicht als Zielscheibe benutzte. Ethan dagegen kam mit meinem Zorn gut zurecht und brachte mir zum eigentlichen Ereignis einen Strauß Rosen mit.

Ich rollte Matzenklöße und ließ sie dann in die hausgemachte Hühnerbrühe fallen, die den ganzen Tag auf dem Herd geköchelt hatte; ich schnitt Äpfel klein und röstete und mahlte Walnüsse für das *Charoset*; ich rieb frischen Rettich zum Bestreuen. Ich verwendete das Ochsenbrustrezept von Ethans Mutter, bei dem – genau wie bei der Mutter meines früheren Freundes – eine Zwiebelsuppenmischung sowie Chilisauce zum Einsatz kamen. Das alles bereitete ich zu, und es schmeckte ausgezeichnet, aber an dieser Stelle erspare ich Ihnen die Zutaten von Lipton und Heinz und stelle Ihnen stattdessen die wunderbare süßsaure Brust (zu der man Coca-Cola verwendet) von Levana Kirschenbaum vor, Jen Warrens Guru für koschere Gerichte. Auch heute noch besuche ich gelegentlich mit Jen zusammen ihre Kurse. Levana betont dabei stets voller Stolz die Einfachheit ihrer Rezepte. »Wenn das schwierig ist, dann gibt es nichts Leichtes«, pflegt sie zu sagen. Sie ist eine geistreiche und engagierte Lehrerin, aber selbst diese Schickse nimmt gerne den ein oder anderen praktischen Tipp von mir an – etwa den, wie man Zitronen einlegt (in ein Glas mit Salz geben und drei Wochen lang verwahren). Da ich es nicht lassen konnte, ein wenig von meiner eigenen Kultur einzubringen, machte ich zu den jiddischen Gerichten noch broccoli di rape, Sprossenbrokkoli – dieser ist kein Kraut, er kann jedoch bitter schmecken, wenn man ihn nicht richtig zubereitet.

Ein Seder für Ungläubige

Levana Kirschenbaums süßsaurer Ochsenbrust nachempfunden

1 mittelgroße Zwiebel, geschält und geviertelt
1 Stück Ingwer, geschält, 5 cm
6 große Knoblauchzehen, geschält
100 g Dijonsenf
100 ml Rotwein
100 ml Coca Cola
100 ml Ketchup
50 g Honig
50 ml Weinessig
50 ml Sojasauce
100 ml Olivenöl
1 TL gemahlene Nelken
1 EL grob gemahlener Pfeffer
3–3 ½ kg magere Ochsen- oder Rinderbrust

Den Backofen auf 180 °C vorheizen.

Für die Marinade Zwiebel, Ingwer, Knoblauch und Senf in der Küchenmaschine (oder mit dem Pürierstab) zu einer glatten Masse verarbeiten. Die restlichen Zutaten dazugeben und noch einmal durchmixen.

Das Fleisch in einen Bräter geben, der gerade groß genug für das Stück ist, mit der Marinade bedecken, fest mit Alufolie verschließen und 2 Stunden im Ofen schmoren. Das Fleisch wenden und offen noch 1 weitere Stunde braten.

Das Fleisch auf ein Schneidbrett legen und mit Folie abdecken. Die Flüssigkeit aus dem Bräter in einem kleinen Topf bei mittlerer Hitze auf etwa ½ Liter einkochen. Wenn das Fleisch etwas abgekühlt ist, in dünne Scheiben schneiden und mit der Sauce übergießen. Restliche Sauce am Tisch reichen.

Ergibt 8 bis 10 Portionen.

Broccoli di Rape

1 kg Sprossenbrokkoli
Salz
2 TL Olivenöl
2 Knoblauchzehen, fein gehackt
1 Prise scharfes Paprikapulver

Bringen Sie einen großen Topf mit Wasser zum Kochen. Eine große Schüssel mit Wasser und Eis bereitstellen. Die zähen Stängel des Brokkolis entfernen. Wenn das Wasser zu kochen beginnt, Salz und dann den Sprossenbrokkoli in den Topf geben. 3 Minuten blanchieren (das entzieht dem Brokkoli die Bitterkeit), abgießen und ins Eisbad legen.

Das Olivenöl in einer großen Pfanne bei mittlerer Temperatur erhitzen, Knoblauch und Paprikapulver dazugeben. Wenn der Knoblauch goldbraun ist, den Brokkoli abgießen, das überschüssige Wasser gut ausdrücken, und den Brokkoli in die Pfanne geben. Bei kleiner Hitze etwa 10 Minuten bissfest kochen. Wenn das Gemüse weich sein soll, 20 Minuten kochen. Falls nötig, noch etwas Wasser dazugeben.

Reicht für 6 Personen.

Hühnersuppe

Die Zutaten für eine gute Hühnersuppe sind variabel, und so werden auch Variationen dieses Rezepts am Ende gut schmecken.

1–1,5 kg Hühnerteile oder 1 ganzes Huhn, samt Muskelmagen
1 mittelgroße weiße Zwiebel, geschält und halbiert
2 Selleriestangen (auch mit Blättern)
2 Karotten, geschält und halbiert
1 Pastinake, geschält und geviertelt
4 EL Petersilie
4 EL Dill
2 EL Salz
Dill zum Garnieren

Alle Zutaten in einem 8-Liter-Suppentopf mit etwa 3 Liter Wasser (Zutaten sollen mehr als bedeckt sein) bei mittlerer Hitze zum Kochen bringen. Wenn das Wasser kocht, mit einer Schaumkelle das sich oben absetzende Fett abschöpfen. Die Suppe 1 Stunde lang köcheln lassen.

Die Suppe durch ein Sieb gießen. Das Hühnchenfleisch können Sie für einen Geflügelsalat verwenden oder Sie entfernen das Fett, schneiden das Fleisch klein und servieren es in der Suppe zu den Matzenklößen, wenn Ihnen nach was Herzhafterem zumute ist. Garnieren Sie jeden Teller mit ein wenig Dill (mit der Schere zerkleinern).

Sie können die gleiche Suppe zubereiten und anstatt der Matzen die Fleischbällchen von S. 218 dazugeben. Sie müssen dann nicht abgebräunt werden, lassen Sie sie in der Brühe ziehen oder geben Sie 220 g Eiernudeln 10 Minuten vor dem Servieren dazu.

Ergibt 8 bis 10 Portionen.

Matzenklöße

(Mezze-Knödel, Matze-Klöße, Kne[a]idlach)

4 Eier
4 EL leichtes Olivenöl
4 EL kaltes Selterswasser
1 TL Salz
¼ TL weißer Pfeffer
220 g Matzemehl
Salz fürs Wasser
Dill zum Garnieren

In einer mittelgroßen Schüssel Eier und Öl verrühren, das Selterswasser dazugeben. Salz, Pfeffer, dann nach und nach das Matzemehl einrühren und so lange rühren, bis alles gut vermischt ist. Mit einer Plastikhaube abdecken und 15 bis 30 Minuten in den Kühlschrank stellen.

Einen großen Topf mit Salzwasser zum Kochen bringen. Aus der Masse mit einem Esslöffel Nocken abstechen und zu Klößen formen. Die Klöße gehen beim Kochen auf. In das Salzwasser geben, die Hitze reduzieren und die Klöße abgedeckt 45 Minuten lang ziehen lassen.

Die gekochten Matzenklöße aus dem Wasser nehmen und zur Hühnersuppe geben. Mit etwas Dill servieren.

Ergibt 14 bis 16 Portionen.

»Das ist der erste Seder, der wirklich mein eigener ist«, sagte Ethan, als er über der Haggadah saß. Der Text aus dem Exodus brachte ihn zum Nachdenken. »Mir gefällt dieses Motiv nicht, dass die Juden sich für auserwählt halten«, erklärte er. Zog man Ethans Mangel an Selbstvertrauen in Betracht, dann war diese Behauptung durchaus zutreffend. Wie konnte er an die Idee, Mitglied eines von Gott auserwählten Volkes zu sein, glauben, wenn er nicht einmal sein eigenes Potential zu erfassen vermochte? So erfolgreich Ethan auch war, eigentlich hätte er viel erfolgreicher sein können. Immer wieder hatten sich während seines Werdegangs Chancen ergeben, die er ungenutzt hatte verstreichen lassen. Mit dem Vorhaben, Musiker zu werden, hatte er ein Demoband zu Alan McGee, dem legendären britischen Produzenten geschickt, der Oasis entdeckt hatte. McGee meldete sich tatsächlich bei Ethan, doch dieser rief nie zurück. Sollte Ihnen McGee kein Begriff sein, dann stellen Sie sich einfach vor, Sie wären gern ein Dinosaurier in einem Film und würden nicht auf eine Nachricht von Steven Spielberg reagieren. Jann Wenner, dem legendären Gründer und Herausgeber des *Rolling Stone*, gefielen die wenigen Artikel, die Ethan für die Zeitschrift verfasst hatte, und er hätte ihn gern unter Vertrag genommen. Ethan beschloss stattdessen, das Magazin zu verlassen und zum Fernsehen zu gehen, da er sich dort besser aufgehoben glaubte. Ich will damit eigentlich sagen, dass Ethan keine Freude an seinen Erfolgen hatte.

Stacey, die gerade zurück zu ihrem Glauben fand, widersprach ihm, ebenso Hank (der gerade dabei war zu konvertieren). Ich hingegen war einfach nur glücklich zu hören, dass ich Ethan einen Seder bereitet hatte, den er für seinen hielt.

Unsere erste gemeinsame Reise führte uns nach Rom, wo ich ihn in meine Lieblingsrestaurants und in ein paar der edleren Geschäfte wie Ermenegildo Zegna und J. P. Tod's führte. Ethans Stil – zu dem, ehe ich ihn in die Finger kriegte, eine abstoßende Lederjacke mit einem verrückten Gürtel gehört hatte – bekam unter meiner Aufsicht eine Generalüberholung, doch ich fürchtete, mit diesen Bemühungen schlafende Hunde geweckt zu haben. Ethan brachte Stunden in diversen Läden zu, wo er sich fragte, ob er das blaue oder das beige Hemd nehmen sollte und ob ihm die Schuhe in vierundvierzig oder in fünfundvierzig besser passten – wobei beide nicht optimal saßen. Die Grenze meiner Belastbarkeit war erreicht, als wir eine mit Mühe errungene Reservierung zum Mittagessen bei Il Moro verpassten, weil wir zu viel Zeit in einer Boutique verschwendet hatten, deren Verkäufer großes Interesse daran zeigte, Ethan von Kopf bis Fuß neu einzukleiden. »Ich konnte nichts machen. Er hat mich ausstaffiert wie eine kleine Puppe!«, jammerte Ethan, der fast alles kaufte, was er anprobiert hatte, inklusive der Schuhe, die sich schließlich als unbequem erwiesen und ungetragen in ihr Heimatland – die Vereinigten Staaten – zurückkehrten.

Seine Reaktion auf den Schuhkauf überraschte mich nicht. Komfort stand für Ethan an erster Stelle – ständig suchte er danach, aber trotz großer Anstrengungen fand er ihn nicht. Ich hätte ihm nur zu gern etwas von meinem eigenen abgegeben, wenn ich nur gewusst hätte wie. »Du kennst mich überhaupt nicht!«, schrie er mich mit der Stimme eines wütenden alten Griesgrams an, wann immer ich versuchte, ihm etwas vorzuschlagen, das das Leben leichter machte, zum Beispiel Einlegesohlen oder Schuhspanner. Niemand schlief so schlecht wie er, niemandes Rücken oder Nacken schmerzte so sehr wie seiner. Er hatte den Körper mit den meisten Zipperlein.

Seufzend bestrich ich Kabeljau mit Butter, als wäre es Schmerzsalbe, und wickelte ihn in Schinken – genauso wie Ethan seinen Hals während eines besonders stressigen Besuchs im Haus seiner Eltern in Tucson einhüllte.

Orthopädischer Kabeljau

(Nach einer Idee von Nigella Lawson, *The New York Times*)
Er bewirkte zwar keine Besserung von Ethans Nacken, schmeckt aber köstlich.

2 Kabeljaufilets (à 180–240 g)
3 EL Butter, geschmolzen
4 Scheiben luftgetrockneter Schinken
1 gehäufter EL gehackte Petersilie

Den Backofen auf 200 °C vorheizen.

Die Kabeljaufilets mit der Hälfte der geschmolzenen Butter bestreichen; jedes Filet mit ein oder zwei Scheiben Schinken umwickeln, dann mit der restlichen Butter erneut bestreichen. Auf ein mit Folie ausgelegtes Backblech legen und 20 Minuten lang backen.

Sofort mit Petersilie bestreuen und zu den Linsen von S. 100 servieren.

Ergibt 2 Portionen.

Eine kleines bisschen Komfort fand er zumindest auf jenem artischockenfarbenen Sofa im Shabby-Chic-Stil, das ich an dem Tag gekauft hatte, als wir uns zum ersten Mal begegnet waren. Es war groß und weich, und man versank darin regelrecht, ganz zu schweigen davon, dass es der perfekte Aussichtspunkt war, um meine Essenszubereitung zu verfolgen. An sonntäglichen Winternachmittagen, wenn die Sonne gerade unterging, kuschelten Ethan und ich uns aneinander und hörten Musik. Inzwischen hatte er mich davon überzeugt, mir einen CD-Wechsler zu kaufen, wie er selbst einen besaß, und mir dabei geholfen, diesen nach Hause zu transportieren. Außerdem hatte er ein neues Regal für mich zusammengebaut, auf dem der CD-Spieler seinen Platz fand. Das Sofa war das eine unter meinen Möbelstücken, das einfach stimmig war. Es gefiel Ethan so gut, dass er selbst ein ähnliches haben wollte, und die Suche danach wurde während eines Großteils der Dauer unserer Beziehung zu unserer Wochenendbeschäftigung. An Samstag- und Sonntagnachmittagen suchten wir bei Macy's, Crate & Barrel, Pottery Barn oder Bloomingdale's nach einer Couch für Ethans Wohnung, die so bequem war wie meine. Sobald er eine gefunden hatte, die in Frage kam, unterzog er sie einer Reihe von Tests. Als Erstes setzte er sich darauf; wenn sie seine Bedürfnisse dahingehend erfüllte, legte er sich hin, um sich zu vergewissern, ob sie auch die richtige Länge hatte. Für sein Lese- und Fernsehvergnügen war von großer Bedeutung, wie sein Kopf auf den Lehnen zu liegen kam. Hatte das Sofa sämtliche Tests bestanden, wurde ich gebeten, mich neben ihn zu legen, um herauszufinden, wie gut wir zusammen draufpassten. Ich machte mit und täuschte Komplizenschaft vor, aber eigentlich gefiel mir der Kontext der Sofasuche nicht. In meiner Vorstellung verschmolzen unser beider Leben mit dem Mobiliar, Ethan dagegen arbeitete an einem »getrennt, aber gleich«-Szenario. Ich brachte viel Zeit auf der Couch meines Therapeuten damit zu, von Ethans Sofakauf zu berichten.

Außerdem bekam ich es mit der Angst, wann immer er mich fragte, wie eines seiner Lieblingsgerichte zubereitet wurde. Wozu würde er mich noch brauchen, wenn er erst mein Sofa und mein Rezept für Tomatensauce hatte? Aber Ethan fand nie die passende Couch, und er lernte auch nie kochen, jedenfalls nicht, solange er mit mir zusammen war.

Ich brachte es während meiner Zeit mit Ethan mit meinen eigenen Kochkünsten so weit, dass ich zu 99 Prozent lieber daheim aß, als zum Essen auszugehen. Das Essen in Restaurants ist meiner Erfahrung nach weitaus häufiger enttäuschend als beglückend, und das selbst in den hoch gelobten Restaurants – *vor allem* in den hoch gelobten Restaurants, denn es ist unmöglich, derart überzogenen Erwartungen gerecht zu werden. Zu einem zauberhaften Abend bedarf es der richtigen Chemie. Die Platzwahl, die eigene Stimmung und die des Partners, das Verhältnis zum Kellner – alle diese Elemente sind ebenso wichtig wie das Essen selbst. Leider verbinden sie sich nur selten zu einer harmonischen Einheit. Aber wenn es doch einmal passiert, dann ist das eine so überragende Erfahrung, dass man das Risiko hin und wieder eingehen sollte. Ohnehin braucht jeder Koch hin und wieder eine Pause.

Für die asiatische Küche lohnt es sich, das Haus zu verlassen, denn sie ist sensationell, und obwohl ich stets mit großer Begeisterung neue Gerichte koche, werden Sie mich niemals rohen Fisch in Reis und Seetang wickeln oder mit Fischsauce und Sesamöl experimentieren sehen. Ich halte mich in meiner Küche an die westliche Tradition. Ethans einziges Lieblingsessen, das ich nicht für ihn zubereitete, war Sushi. In den neunziger Jahren während unserer Beziehung war das *Nobu der*

Laden für japanisches Essen, aber sofern man nicht Robert De Niro oder Heidi Klum hieß, brauchte es viel Glück, um dort einen Tisch zu ergattern. Ich war bereits ein paar Mal auf Spesen zum Mittagessen dort gewesen und wollte das *Nobu* nun meinem Freund zeigen, weil ich wusste, dass es ihm gefallen würde. Eines Abends, als unsere Was-wollen-wir-heute-essen-Gespräche zu keinem Ergebnis führten, nahmen wir uns vor, dort unser Glück zu versuchen. Ethan und ich betraten das Restaurant, ohne reserviert zu haben, näherten uns der wie ein Model aussehenden Maître d' auf dem Podium und fragten kühn, ob es noch einen freien Tisch gäbe. Sie zögerte einen Augenblick, schaute in ihren Computer und verkündete dann ja, denn es habe jemand kurzfristig abgesagt.

Wir bestellten das omakase – ein mehrgängiges Menü aus vom Chefkoch ausgewählten Gerichten – und eine Flasche trockenen Sauvignon blanc. Als man uns die einzelnen Köstlichkeiten vorsetzte – schwarzen Miso-Kabeljau oder ein Stück wunderbar frischen Thunfisch –, wurde Ethan von seinen Gefühlen so überwältigt, dass sich diese in unkontrollierten Lachanfällen entluden. Ich wusste nicht, ob ich besorgt oder erfreut sein sollte (ich *bezahlte*), und am Ende war ich ein wenig eifersüchtig auf diesen Fisch: Ich war nie Anlass zu einem derartigen Ausbruch wie dem, der dem Seeigel im *Nobu* zuteilwurde. Mir blieb nur, mich der Hoffnung hinzugeben, Ethans Gefühle für mich seien so tief wie das Meer, aus dem unser Essen kam, aber so richtig überzeugt war ich nicht.

Ethan war jetzt mit mir zusammen, aber was die Zukunft betraf, war ich mir nicht so sicher. Ich wünschte mir, ihn zu heiraten, aber als ich nach etwa einem Jahr Gespräche über dieses Thema anzuschneiden begann, verliefen sie entmutigend. Das erste Mal konfrontierte ich ihn damit an einem Tag, an dem ich von den fabelhaften Erfolgen zweier meiner besten Freundinnen erfahren hatte. Ginia war gerade von der *New York Times* engagiert worden, und Jen Warren hatte sich verlobt. Ich hingegen saß noch immer in der Werbeabteilung bei einer Arbeit fest, die ich mit hinter dem Rücken zusammengebundenen Händen hätte erledigen können, und war mit einem Mann zusammen, der zwar eine Liste langfristiger Beziehungen vorweisen konnte, es aber nie bis zur Chuppah geschafft hatte. An diesem besagten Abend gingen Ethan und ich in das Lieblingsrestaurant unseres Viertels, zu Saul, wo wir ein paar unserer typischen, heftigen Ausweich-Gespräche führten, für die aber nicht die Lokalität verantwortlich war. Sobald die Hilfskellnerin uns das Wasser eingeschenkt hatte, platzte ich mit der Frage heraus, auf die Sie … nun, wenn Sie schon fragen, die Antwort bereits kennen.

»Was denkst du über uns?«

»Ich denke überhaupt nichts«, sagte Ethan.

Verstört und ohne irgendwelche befriedigenden Antworten auf sämtliche Folgefragen bekommen zu haben, die ich mir ausgedacht hatte, um mir ein Bild von unserer Zukunft zu machen, schluchzte ich am Ende in das Brotkörbchen, während sich Ethan Sorgen machte, was der Kellner wohl denken mochte.

Zu Ethans vierzigstem Geburtstag fuhren wir nach Venedig. In den Wochen davor suchte ich sämtliche Restaurants heraus, die wir dort aufsuchen würden, und nahm Reservierungen vor. Beim fritto misto im legendären Da Fiore beschloss ich, das Thema Ehe in einem zweiten Versuch anzugehen.

»Da du jetzt vierzig wirst, findest du es nicht langsam an der Zeit zu heiraten?«, fragte ich ihn und hörte mich dabei an wie seine Mutter oder eine besorgte Tante. Ethan blickte drein, als hätte ich gerade erwähnt, dass nun der richtige Zeitpunkt sei, um eine Übersiedlung nach Äquatorialguinea in Erwägung zu ziehen.

Während wir an diesem Wochenende im Regen die Kanäle entlangschlenderten, war ich die meiste Zeit niedergeschlagen. Ich weinte oder schmollte sogar während der Mahlzeiten, egal, wie köstlich diese waren.

»Was macht dich so sicher, dass wir nicht heiraten werden?«, fragte mich Ethan, als ich am Malpensa Airport weinend in der Schlange vor der Zollabfertigung stand, nachdem ich auf der vierstündigen Bahnfahrt von Venedig nach Mailand durchgehend geheult hatte. Undurchschaubar wie immer, gab Ethan durch nichts zu erkennen, was in ihm vorging, ob er mit einer Entscheidung rang oder überhaupt »irgendetwas dachte«. Ich wusste nur, dass ich Venedig hasste.

Ich beschloss, das Thema für ein paar Monate auf Eis zu legen.

Am Silvesterabend entschieden wir uns für ein ruhiges Abendessen zu Hause. Ich suchte ein Rezept für einen Salat mit Rapunzel (Feldsalat) aus, kleinen, nussigen Salatblättern, die Ethan gern mochte. Nach einem langen mit Lebensmitteleinkäufen verbrachten Tag ohne Pause für ein Mittagessen kam ich schließlich zum Gemüsemarkt. Weil es dort stets eine recht ordentliche Auswahl an Grünzeug gab, wäre ich nie auf die Idee gekommen, es könnte das, wonach ich suchte, nicht geben.

»Hätten Sie mich Anfang der Woche angerufen, dann hätte ich ihn für Sie bestellen können«, teilte mir der Besitzer mit.

Ich hätte mich in den Hintern treten können. Wie hatte ich es nur versäumen können, ein so seltenes Grünzeug im Voraus zu bestellen, wo es doch ein wesentlicher Bestandteil meines

Menüs war? Ich versuchte es noch in drei anderen Läden, aber keiner hatte Feldsalat. Kurz erwog ich, in die U-Bahn zu steigen und nach Manhattan zu fahren, wo ich sicherlich fündig geworden wäre, aber ich fühlte mich zu erschöpft, um noch so weit zu fahren. Ausgehungert und vollkommen groggy gab ich mich mit einem Kopfsalat zufrieden, den ich in kleine Stückchen zerpflückte. Ethan erkannte den Unterschied nicht, aber ich fühlte mich den ganzen Abend lang elend. Mein Abendessen war nicht perfekt, und bei mir musste jedes Essen perfekt sein, besonders am letzten Tag des Jahres.

Ein Salat, der einen perfekten Silvesterabend verhinderte: Feldsalat, Granatapfel und Walnüsse

(Nach einem Rezept aus der Zeitschrift *Gourmet*)

1 Granatapfel
½ TL Zucker
½ TL Rotweinessig
2 EL Olivenöl, extra vergine
100 g Feldsalat
2 EL gehackte Walnüsse, geröstet
Salz und Pfeffer nach Geschmack

Granatapfel halbieren und 2 EL Samen aus der einen Hälfte nehmen; die andere Hälfte mit der Zitruspresse entsaften – es sollte 2 EL Saft ergeben. In einem kleinen Topf den Saft mit Zucker und Essig erhitzen und kochen, bis er auf 1 Esslöffel reduziert ist, dann auf Zimmertemperatur abkühlen. Die Saftmischung auf zwei Salatteller verteilen und mit Öl beträufeln.

Geputzten, gewaschenen Feldsalat, Walnüsse und Granatapfelsamen auf die Teller verteilen und mit Salz und Pfeffer würzen.

Ergibt 2 Portionen.

Am Ende schaffte auch noch so viel Feldsalat es nicht, Ethan Binder dazu zu bewegen, mich zu heiraten. Nach drei Jahren erklärte ich meine Versuche für gescheitert. Ein letztes Mal machte ich mich stark dafür, indem ich ihm ein Ultimatum stellte: Ich weigerte mich, an der nächsten Unternehmung der Binder-Familie teilzunehmen – einer Reise nach Detroit, um den siebzigsten Geburtstag von Ethans Vater zu feiern –, sofern wir uns zuvor nicht verlobten. Ich war fest überzeugt, damit Erfolg zu haben – seine Familie liebte mich, und er kam viel besser mit ihr zurecht, wenn ich dabei war.

Ethan fuhr ohne mich.

Mitch Smith leckte den Teller sauber

Unsere erste Verabredung war für mich ein Blinddate, für ihn dagegen nicht. Ich war Mitch bereits vor drei Jahren, als ich gerade am Anfang meiner Beziehung mit Ethan stand, auf Henrys Bücherfest aufgefallen. Wie er mir später erzählte, hatte ihn meine Angewohnheit, mich überall gründlich umzusehen und alles in mich aufzunehmen, beeindruckt. Sollte dies tatsächlich meine Mission auf jener Party gewesen sein, dann hatte sie ihren Zweck verfehlt, denn er war mir überhaupt nicht aufgefallen. Und so hatte ich, als Henry mich am nächsten Tag anrief, um mir zu sagen, dass sein Freund für mich schwärmte, überhaupt keine Ahnung, auf wen er sich bezog.

»Läuft es noch gut zwischen dir und Shiny?«, erkundigte sich Henry unter Verwendung des Spitznamens, den er für Ethan erfunden hatte, da er fand, dieser habe eine glänzende (shiny) Stirn. (Ethan hasste Spitznamen – und aus diesem und anderen Gründen auch Henry.) Ich bejahte, doch neugierig war ich trotzdem.

»Wer ist er denn?«

»Er ist Schriftsteller und hat schon zwei Romane veröffentlicht; sein erster ist sogar verfilmt worden.«

Ich wollte mehr in Erfahrung bringen, auch noch, nachdem ich erfahren hatte, dass der Film sofort als Video herausgekommen war.

»So gut kenne ich ihn nun auch wieder nicht. Ich treffe ihn

auf Bücherfesten, manchmal spielen wir zusammen Basketball, und außerdem geht er zu AA-Treffen«, berichtete Henry und verstieß dabei unbekümmert gegen das namengebende Prinzip der Anonymen Alkoholiker.

Also war Mitch zusammen mit Henry in Therapie. Das störte mich nicht. Alkoholismus in der Lebensgeschichte trägt zur Komplexität – vielleicht sogar zu Komplikationen – bei, und so etwas mag ich. Nachdem ich einen Alkoholiker geliebt und mit ihm zusammengelebt hatte, der sich seine Sucht nicht eingestand, bewunderte ich jeden, der sein Problem erkannt hatte und sich ihm stellte. Kit musste erst eine Menge durchmachen, ehe er so weit war.

Eine kurze Überprüfung bei Amazon ergab, dass ich Mitchs Bücher ein paar Meter neben meinem Arbeitsplatz finden konnte. Sie waren bei Simon & Schuster verlegt worden, meinem derzeitigen Arbeitgeber. Ich ging den Flur entlang zum Lager, wo die alten Backlisttitel verwahrt werden, und suchte die Regale ab. Mit seinem ersten Roman kehrte ich in mein Büro zurück und schloss die Tür. Es ging darin um ein fünfzehnjähriges Mädchen, das unbedingt Sex mit einem Jungen aus einer Band haben wollte. Mitch war so eine Art Judy Blume des Punkrock. Ich bereute es, ihn einst übersehen zu haben.

Einen Sommer lang trauerte ich um Ethan. Als die Wunde verheilt war, fiel mir Mitch wieder ein. Ich rief Henry an.

»Hey, erinnerst du dich noch an den Typen, von dem du mir erzählst hast, ich hätte ihm auf deinem Bücherfest vor zwei Jahren gefallen?«, fragte ich ihn am Telefon.

»Mitch Smith, ja.«

»Was meinst du, würde er immer noch mit mir ausgehen wollen?«, erkundigte ich mich.

»Ich finde es für dich heraus.«

Mitch meldete sich am nächsten Tag bei mir.

»Der gute alte Henry«, stellte Mitch fest, und seine Stimme klang kantig und fast ein wenig irisch am Telefon.

Wir kamen überein, uns am folgenden Dienstag zum Kaffee im *Coffee Pot*, nicht weit von meinem Büro, zu treffen. Er hatte die Wahl getroffen. Weil Mitch trocken bleiben wollte, verabredete er sich meist in Cafés. Er schien jedes in Manhattan und die meisten in Brooklyn zu kennen. Mitch arbeitete von zu Hause aus, sein Apartment lag in Williamsburg, einem Brooklyner Viertel, das von meinem Viertel aus nicht gut zu erreichen war.

Es war kurz nach dem 11. September 2001. In jenen Wochen tat ich das, was der Präsident uns riet: Ich kaufte ein. In der Arbeit war wenig los, da die meisten Lesereisen und Veranstaltungen abgesagt worden waren. Der Roman, den ich zu dieser Zeit bewarb, handelte von einem verrückten Professor für Graphikdesign an einem staatlichen College im westlichen Pennsylvania Anfang der achtziger Jahre, und man konnte ihn beim besten Willen nicht so interpretieren, dass er der momentanen Situation gerecht wurde. Weil ich mich an meinem Schreibtisch langweilte, schlich ich mich regelmäßig mitten am Tag aus meinem Büro, besuchte die Geschäfte des Rockefeller Center, stöberte durch die zahlreichen Sonderangebote und kaufte Kleidung. So trug ich meinen Teil dazu bei, die Wirtschaft anzukurbeln. Inzwischen beugte ich mich auch den Verlockungen des Kabelfernsehens, nachdem ich immer stolz darauf gewesen war, eine der letzten Standhaften zu sein. Ohne den Sendemast auf dem World Trade Center gab es kein freies Fernsehen mehr in Brooklyn. Dies waren merkwürdige und einsame Tage. Man brauchte das Fernsehen. Und noch mehr als das brauchte ich einen neuen Freund. *Die Sopranos* vermochten mich zwar wirksam von den Problemen der Welt abzulenken, aber ich wünschte mir mehr als Carmelas inkorrekte, aber schrecklich vertraute Aussprache von »sfogliatelle«, meinem neapolitanischen Lieblingsgebäck, um mir über Ethan hinwegzuhelfen.

Das Versprechen dieses geheimnisvollen Mannes, der mich bereits mochte, gab mir neuen Auftrieb. In den Tagen zwischen unserem Telefonat und der Verabredung joggte ich lange Strecken und dachte über ihn nach. Es gab nicht viel, worauf ich mich stützen konnte, bis auf ein wenig schwungvolle Prosa über ihn, die ich mithilfe von Google fand, aber es reichte, um mein Blut in Wallung zu bringen, wenn ich den letzten Hügel der Schleife von Prospect Park 5 K nahm. Als der Dienstag endlich da war, steckte ich meinen Körper – superschlank von Kummer und Training – in einen neuen knielangen khakifarbenen Rock mit Gehschlitz von H&M, einen eng sitzenden, tief ausgeschnittenen Pullover von Banana Republic und burgunderfarbene Slingpumps von Saks mit Pfennigabsätzen und machte mich im Dämmerlicht eines kühlen Spätoktobertags auf den Weg zum *Coffee Pot*. Obwohl ich von Mitchs Autorenfoto nur noch eine verschwommene Erinnerung hatte, spürte ich intuitiv, dass er der Typ sein musste, der am wenigsten den Eindruck machte, als würde er auf seine Verabredung warten. Er saß weit vom Eingang entfernt und starrte in den Bildschirm des einzigen Computers im Café. Ich ging kühn auf ihn zu und stellte fest, dass ich richtig geraten hatte. Irgendwie, vielleicht aufgrund der Informationen aus dem Internet, wusste ich, dass dieser Mann sich als schwierig erweisen würde. Aus der Nähe betrachtet wirkte Mitch harmlos. Er hatte grau melierte braune Haare, sehr kurz geschnitten; er trug eine Hornbrille, ein burgunderfarbenes Le-Tigre-Hemd,

Jeans und Adidas-Sneakers. Er pflegte einen Kleiderstil, wie er bei Jüngeren üblich war, aber er stand ihm. Mit seinen vierzig plus trug er die Kleider eines Twens mit eleganter Lässigkeit.

»Ich komme gerade von der Hochzeit meines jüngeren Bruders«, war so ziemlich das Erste, was Mitch zu mir sagte, als wir in der Kaffeeschlange anstanden. Dabei wedelte er mit einer gefalteten Fünf-Dollar-Note, um anzudeuten, dass unsere Getränke auf ihn gingen. Ich erschrak ein wenig angesichts der Tatsache, dass er schon am Anfang unserer fast blinden Verabredung von einer Hochzeit sprach. *The Rules*, meine schräge Verabredungs-Bibel, weist Frauen nämlich an, beim ersten Date niemals die Worte Hochzeit oder Ehe, in welchem Kontext auch immer, in den Mund zu nehmen. Es gefiel mir gar nicht, dass hier mit zweierlei Maß gemessen wurde. Die Hochzeit hatte in Portland, Oregon, stattgefunden, wo Mitch aufgewachsen war und seine Familie noch immer lebte. Der jüngere Bruder war schon Mitte dreißig.

Wir trugen unseren Kaffee zu einem Stehtisch mitten im Raum und setzten uns einander gegenüber auf Barhocker. Mitch erzählte von seiner Schriftstellerei, er hatte sogar Fotokopien von Rezensionen seiner ersten beiden Romane dabei, die ich zu lesen vorgab. Nach unserem Treffen wollte er bei der Post vorbei, um sie einem Agenten zu schicken, den er für sich gewinnen wollte. *O Gott, schon wieder ein verunsicherter Schriftsteller*, warnte die praktische Hemisphäre meines Gehirns, *von denen habe ich in meinem Arbeitsleben mehr als genug.* Aber die vorherrschende Hemisphäre, die für die Rubrik Verzweifelter-Wunsch-von-unmöglichen-Männern-geliebt-zu-werden zuständig war, fand diesen Schriftsteller süß und seltsam fesselnd. Während wir uns unterhielten, hatte ich nicht das Gefühl, als würde es zwischen uns funken, aber als wir dann auf das Thema Psychotherapie zu sprechen kamen, wurde unser Austausch ein wenig intimer. Es enttäuschte mich zu erfahren, dass er seinen preiswerten Therapeuten in Ausbildung am New York University Hospital seit kurzem nicht mehr aufsuchte. Jede Hilfe ist eine gute Hilfe, dachte ich mir, und obwohl ich Mitch erst seit wenigen Minuten kannte, war mir klar, dass er Hilfe brauchte. Wer brauchte die schließlich nicht? Aber Mitch hatte nicht das Gefühl, dass ihm die Behandlung etwas brachte, er probierte es stattdessen mit buddhistischer Meditation. Ich bevorzugte bei geistigen Schwierigkeiten westliche Lösungen, auch wenn ich von meinem eigenen Psychologen nicht hundertprozentig überzeugt war. Ich ging noch immer zum selben Therapeuten, mit dem ich »zu arbeiten« begonnen hatte, kurz bevor ich Ethan kennen lernte. Dieser aber schien wie die meisten meiner Freunde mehr Interesse an meinen Rezepten als an »meinen Problemen« zu haben. Das Thema Essen wurde oft angesprochen, was natürlich auch an mir lag. Aber brauchte ich tatsächlich seinen Rat, Orangenschale zur Cranberrysauce zu geben, wenn wir uns übers Thanksgivingdinner unterhielten? Gewiss ist es ein guter Tipp, aber als ich gute Ratschläge benötigte, wie ich über Ethan hinwegkommen sollte – der Grund, weswegen ich ihn aufsuchte –, hatte er keine brauchbaren Tipps auf Lager. Meine Hilfe würde sich aus anderen Quellen speisen müssen. Ich verließ mich auf Mitch, auch wenn Liebe während unseres Kaffeetreffens noch in weiter Ferne lag, denn er redete viel, und ich redete wenig, und die Punkte, an denen wir uns trafen, sofern man überhaupt von einem Dialog sprechen konnte, waren äußerst sparsam gesät. Erst als er mich zur U-Bahn begleitete, wurde es ein wenig besser.

»Du hast wunderschöne Augen«, bemerkte Mitch völlig unvermittelt, während wir die Ninth Avenue entlangliefen. So, jetzt ging es voran. Es hatte zwei Stunden gedauert, aber nun endlich bekam ich einen Hinweis auf die Anziehungskraft, die ich auf Mitch ausübte. Zu wissen, dass ich ihm vor so langer Zeit auf einer Party sympathisch gewesen war – so sehr, dass er mich drei Jahre danach anrief –, hatte dem Abend eine zusätzliche Erwartungshaltung aufgebürdet. Bis gerade eben hatte ich mich gefragt, ob er von mir enttäuscht war. Darüber nachzudenken, ob ich vielleicht vielmehr von ihm enttäuscht war, kam mir nicht in den Sinn: Ich musste wieder geliebt werden, und das bald.

Während wir unseren Weg fortsetzten, gestand mir Mitch, er habe mich vor unserer Verabredung gegoogelt. Er fand eine alte Rezension eines Pulp-Konzertes, die ich für *Addicted to Noise* geschrieben hatte, ein inzwischen eingestelltes Online-Musikmagazin, das mein Bruder Matthew herausgegeben hatte und für das alle Mitglieder meiner Familie (meine Mutter ausgenommen) und mehr als ein paar unserer Freunde irgendwann einmal etwas geschrieben hatten. Die Rezension war ein Liebesbrief an Jarvis Cocker, Pulps damaligen Frontmann, gewesen, dessen ergebener Fan ich war. Mitch meinte scherzend, er habe darüber nachgedacht, sich für unser Treffen getönte Brillengläser zuzulegen, Jarvis' Markenzeichen. Ich gab nicht zu, Mitch ebenfalls gegoogelt zu haben.

»Welche CD hast du im Moment in deinem CD-Spieler?«, fragte ich ihn, als wir durch den Bryant Park liefen. Diese Frage hatte mir mal jemand bei einer ersten Verabredung gestellt, und ich dachte, probieren könne man es ja mal. Gut möglich, dass man mit etwas so Peinlichem wie Olivia Newton-John erwischt wurde, wenn man an diesem Tag in entsprechender Stimmung – und aufrichtig war. Mitch aber sagte, er höre gerade die Strokes, eine New Yorker Band, die binnen einer Woche in der ganzen Welt bekannt sein werde. Ich nahm mir vor, ihre CD am nächsten Tag zu kaufen. Als wir zur Fifth Avenue kamen, blieb Mitch stehen und küsste mich auf den Mund.

»Möchtest du am Samstagabend ins Kino gehen?«, fragte er mich, als wir um den Block zur U-Bahn bogen.

»Aber ja«, erwiderte ich.

Dann ergriff er meine Hand und zog mich zu einem Eisengitter nahe des U-Bahn-Eingangs, wo wir uns noch mal küssten.

»Deine Brillengläser beschlagen«, sagte ich zu Mitch, als wir innehielten, um Luft zu holen.

»Natürlich tun sie das.«

Ich war erregt und ausgehungert, als ich zur U-Bahn hinunterging. Es war neun Uhr abends, und ich hatte seit der Mittagspause nichts mehr gegessen. Mich schwindelte beim Versuch, meine Gedanken über diesen schrulligen neuen Mann auf die Reihe zu kriegen und gleichzeitig noch zu überlegen, was ich mir zum Abendessen machen würde. Ich entschied mich für etwas Einfaches mit Zutaten, die ich bereits zu Hause hatte: Farfalle mit Thunfisch, Weißwein, Kapern und Zwiebeln. Mir war nach etwas Kräftigem, das mich wieder zurück auf die Erde brachte.

Schmetterlinge im Bauch

120 g Farfalle (Schmetterlingsnudeln)
Salz
1 EL Olivenöl
½ mittelgroße Zwiebel, in Würfel geschnitten
1 Prise scharfes Paprikapulver
1 Dose Thunfisch (180 g), in Olivenöl (wichtig!)
1 EL Kapern
¼ TL Salz
3 EL trockener Weißwein
1 Spritzer Olivenöl
2 EL gehackte glatte Petersilie
frisch gemahlener Pfeffer

Einen großen Topf mit Wasser bei hoher Temperatur zum Kochen bringen. Die Sauce geht so schnell, dass sie sich zubereiten lässt, während die Nudeln kochen. Nudeln nach Anweisung auf S. 27 zubereiten.

Inzwischen das Olivenöl bei mittlerer Temperatur in einer Pfanne erhitzen, die Zwiebel mit Paprikapulver dazugeben und etwa 2 Minuten schmoren, bis sie glasig ist. Die Dose Thunfisch öffnen und so viel Öl wie möglich abgießen (ich presse dabei mit aller Kraft, die ich aufbringen kann, über dem Abfluss mit dem geöffneten Deckel gegen den Fisch). Den Thunfisch zu den Zwiebeln geben, dann Kapern, Salz und Wein hinzufügen. Die Temperatur herunterschalten und die Sauce so lange auf dem Herd lassen, bis die Nudeln fertig sind.

Die Pasta abgießen und zum Thunfisch in der Pfanne geben, 1 Spritzer Olivenöl sowie die gehackte Petersilie dazugeben und mit schwarzem Pfeffer abschmecken.

Reicht für 2; oder für 1 Person und einen Rest für das nächste Mittagessen.

Ich aß die Nudeln, während ich mir im Fernsehen einen Spendemarathon für die Familien der Opfer des 11. September ansah. Das Thema war ein John-Lennon-Tribute. Sean Lennon trat auf, Yoko Ono ebenso. Als Kevin Spacey auf die Bühne kam und eine ziemlich beeindruckende Coverversion von »Mind Games« gab, war ich plötzlich in Hochstimmung. Ich konnte keine Minute länger warten und musste sofort Ginia anrufen, um ihr mitzuteilen, wie es mit Mitch gelaufen war.

Niemand vermag meine Aufregung wegen einer Verabredung so anzuheizen wie Ginia. Sie lässt sich zu Begeisterungsstürmen hinreißen, die ich mir niemals träumen lassen würde, und genau aus dem Grund rufe ich sie immer als Erste an. Am Ende des Gesprächs ist sie stets sicher, mich so gut wie verheiratet zu wissen, einschließlich zweier Kinder, einem ständig wachsenden Studienfonds und Geldreserven fürs Alter. Diese Feststellung baut mich in einer Weise auf, die meinem eigenen Vernunfturteil diametral entgegengesetzt ist, aber heute Abend brauchte ich solche Träumereien, und Ginia war wie immer bereit, sie lebhaft heraufzubeschwören. Sie freute sich für mich, was im Licht der Tatsache, dass sie meine Traurigkeit im Sommer hautnah mitbekommen hatte, nicht verwunderte.

Für den August hatten wir ein Haus auf Shelter Island gemietet, was ich wegen der vielen Erinnerungen an Ethan eigentlich nicht hatte tun wollen, aber Ginia überredete mich dazu. Es erwies sich als die richtige Entscheidung. Auch meine Freundin war zum damaligen Zeitpunkt Single. Wir liehen uns den alten weißen VW Käfer meines Bruders Matthew, ein Cabrio mit Sitzbezügen im Leopardendruck, und fuhren auf der Insel herum – wo wir uns an den Häusern der reichen Leute nicht sattsehen konnten und uns das elegante Leben ausmalten, das sich hinter diesen umwerfenden Fassaden abspielen mochte. Außerdem gingen wir zu den Partys der Hamptons. Zwischen langen Gesprächen auf der Veranda, in denen wir spekulierten, was Ethan wohl gerade dachte und machte, die immer zu dem Ergebnis führten, dass er ohnehin nicht gut genug für mich war, worauf dann für gewöhnlich ein Heulkrampf meinerseits folgte, gelang es uns, den Sommer zu genießen.

Ich brauchte jegliche Hilfe, die das Universum zu geben vermochte, um mit meiner Verzweiflung klarzukommen; sogar Gott flehte ich an. Jeden Sonntagmorgen fuhr ich mit meinem einsamen Raleigh-Zwillingsfahrrad (nunmehr von seinem Partner geschieden, der bei Ethan weilte) zu Our Lady of the Isle, der römisch-katholischen Kirche von Shelter Island. Fast die ganze Messe über weinte ich. Manchmal sang ich bei den von einem geriatrischen Chor angeführten und von einer Hammondorgel begleiteten Liedern mit, an die ich mich aus meinen katholischen Schultagen erinnerte. Ich sah einen kleinen Hoffnungsschimmer, als mir ein paar attraktive Männer auffielen, die allein die Messe besuchten. Der eine, im Blazer mit Madras-Karo und mit einem Mercedes-Cabrio aus den frühen Siebzigern, war sicherlich schwul, aber der andere, neben dem ich häufig zu sitzen kam, vermutlich nicht. Er hatte einen britischen Akzent und fuhr ein silbernes BMW-Cabrio. Wie schön, dass er seinem Glauben treu geblieben war, und noch dazu dem katholischen. Wie exotisch für einen Briten! Während des zweiten Briefs des Apostels Paulus an die Thessalonicher vervollständigte ich seine Geschichte in meinem Kopf. Er war ein Banker, den seine britische Firma, vielleicht Barcleys, in ihr New Yorker Büro geschickt hatte. Untermalt vom Chor, der sich durch eine besonders abgedroschene Version von »Were You There When They Crucified My Lord?« mühte, malte ich mir aus, wie ich mich diesem Mann näherte, den Ginia und ich unter uns »Nigel« nannten, um ihn zum Essen in unser Haus einzuladen. Aber ich brachte nie den Mut auf, ihn anzusprechen, abgesehen von den Worten »Friede sei mit dir«, wenn dieser Teil der Messe kam, und so blieb ich dabei, alle meine Beziehungsängste auf Mitch zu konzentrieren.

Ich stellte mir vor, dass er am Tag nach unserer Verabredung anrufen würde, aber er wartete bis zum übernächsten Tag. Bis dahin war aus dem Samstagabendfilm, den er vorgeschlagen hatte, ein Ausflug nach Williamsburg zu einem Band-Konzert mit einem Haufen seiner Freunde geworden.

»Hört sich gut an«, log ich.

»Okay, dann werde ich dich am Samstagnachmittag anrufen, damit wir was festmachen«, sagte Mitch.

Ich war enttäuscht, nicht nur, weil ich mich darauf gefreut hatte, mit Mitch allein zu sein, sondern auch weil dies bedeutete, dass ich in einer für Williamsburg passenden Kleidung erscheinen musste. Williamsburg, das Viertel von New York City, wenn nicht gar der ganzen Welt, das für elitäre Indiekultur stand, war nicht meine Szene, selbst wenn ich mich zu dem Typ Mann hingezogen fühlte, der dort lebte. Ich brachte den ganzen Samstagvormittag mit Shoppen zu, um das Richtige zu finden, und horchte gleichzeitig auf mein Handy, wo er sich melden wollte, um den Abend »festzumachen«. Endlich kam der Anruf; das passende Outfit leider nicht. (Man geht auch nicht in Boerum-Hill-Boutiquen zum Einkaufen, um sich für eine Verabredung in Williamsburg einzukleiden, sondern vielmehr zur Heilsarmee, wie ich erfahren sollte.) Meine Aussicht auf den Abend wurde etwas optimistischer, als Mitch mir vorschlug, bei mir vorbeizukommen, um in der Nähe zu Abend zu essen. Ich zog ein Tocca-Kleid aus dem Schrank, dessen Trendfaktor längst abgelaufen war (hausgemachtes Secondhand!), ein violettes Minikleid aus Tweed mit U-Ausschnitt und Flügelärmeln. Dieses trug ich zu braunen Lederstiefeln mit hohen Absätzen.

Es freute mich, dass Mitch meine Wohnung sehen wollte. Ich war stolz auf diese Räume, in denen ich seit nunmehr zehn Jahren wohnte, und war der Meinung, dass sie liebenswerte Dinge über mich offenbarten. Meine Schallplatten beispielsweise: Auf den Chromregalen – die Ethan als Ersatz für den handbemalten schwankenden Turm ausgesucht hatte, den ich zwar sehr liebte, den er aber für gefährlich hielt – stand jede einzelne Platte, die ich seit 1978 erworben hatte, aufgereiht – eine Sammlung von mehr als zweihundert Stück, darunter auch eine LP mit dem extended dance mix von Men Without Hats' »The Safety Dance«, die ich eigentlich schon vor Jahren hätte wegwerfen können. Ich malte mir aus, wie ich Mitch mit dem Satz »Komm hoch und schau dir meine Plattensammlung an!« einladen würde, sobald er vor meiner Tür stand. Ich bin immer auf der Suche nach witzigen Begrüßungen für leicht peinliche Begegnungen wie Therapiesitzungen oder zweite Verabredungen.

Als die schrille Türglocke mir Mitchs Ankunft verkündete, bekam ich schon beim Versuch, langsamen Schritts zur Tür zu gehen, Herzklopfen. Ich begrüßte ihn mit einem Kuss auf die Lippen. Die Bemerkungen mit den Platten ließ ich Gott sei Dank sein, und auch der Kuss war keine gute Idee gewesen. Mitch wirkte distanziert und schien sich nicht wohl zu fühlen. Er trat ein und setzte sich in die Couchecke. Ich bot ihm eins der nicht alkoholischen Getränke an, die ich während meiner fruchtlosen Suche nach einem Kleid gekauft hatte. Mit zwei Cokes ging ich zum Sofa und setzte mich ihm gegenüber. Es dauerte nicht lange, bis er, ohne dass ich Kurt Cobain, Hole, Drogenmissbrauch oder auch nur die Stadt Seattle hätte erwähnen müssen, damit begann, er sei einmal mit Courtney Love befreundet gewesen.

»Hast du mit ihr geschlafen?«, fragte ich.

Nun war Mitch zurückhaltend, dass er dieses Thema jedoch angeschnitten hatte, konnte nur bedeuten, er hatte mir genau diese Frage entlocken wollen. Ich war auf unerklärliche Weise fasziniert.

Langsam ging ich mit Mitch die Smith Street hinunter, den inzwischen wieder belebten Brooklyn Boulevard, der sich verändert hatte – trotz Ethans negativer Äußerung an jenem Valentinstag vor drei Jahren –, und zwar von einem heruntergekommenen Straßenzug mit Kneipen und Wäschegeschäften für alte Damen zu einer beeindruckenden Ansammlung von Restaurants und Boutiquen. Während ich noch überlegte, wo wir essen sollten, erzählte Mitch von einer Band mit dem Namen *At the Drive-In*, die er im Fernsehen bei Conan O'Brien gesehen hatte und die versprach, ganz groß rauszukommen. Mitch machte auf mich nicht den Eindruck, ein Gourmet zu sein, und ich hatte auch keine Ahnung, welche Preisklasse an Restaurants er sich leisten konnte. Anstatt eines polnischen oder griechischen Speiselokals, die Mitch sicher vertraut waren, entschied ich mich für ein einfaches italienisches Café, eine Paninoteca, die sich auf Sandwiches aus geschmolzenem Käse und gepökeltem Schinken spezialisiert hatte. Dort bekäme ich auch mein Glas Wein, das ich bitter nötig hatte, und zu teuer wäre es sicher nicht.

Ich mochte mein Viertel und hielt es für recht angesagt, aber als ich mit Mitch hindurchschlenderte, vermittelte er mir den Eindruck, dass er das anders sah. Mitch war post-hip. Gerade war »Emo« angesagt, erklärte er mir, während er seinen Salat aß, obwohl er mir nicht recht vermitteln konnte, was genau die Philosophie daran zu sein schien. Nach einem zwanzigminütigen Gespräch wusste ich gerade mal, dass es etwas damit zu tun hatte, dass man so aussah, sich gab und anhörte wie eine Bibliothekarin. War das alles, was man brauchte, um Mitch Smith scharfzumachen? Für unsere nächste Verabredung – sollte es denn zu einer kommen – könnte ich ja anstatt der Kontaktlinsen mal meine Brille aufsetzen.

Ich fühlte mich entschieden am falschen Platz, als Mitch sich über die unterschiedlichen Städte ausließ – Los Angeles, San Francisco, Portland und Prag –, in denen er im Lauf der letzten Jahre gelebt hatte. Ich hatte seit 1991 in ein und demselben Apartment gewohnt, der Wohnung, in die ich einst mit Kit eingezogen war. Ehe er trocken wurde, nahm Mitch eine Menge Drogen und schlief mit überdrehten Punkmädchen. Meine kurze Tändelei mit illegalen Substanzen war dagegen nicht gefährlicher als der Konsum von zu vielen Kremtörtchen. Ich schlief mit jüdischen Jungs, die Rückenprobleme hatten. Mitch stellte mir nicht viele Fragen, und wenn doch, dann waren es die falschen. Wie »Warst du auf dem College lesbisch?« Ich hatte die Gegenfrage dazu leider nicht parat.

Die Rechnung belief sich auf 21,95 Dollar.

»Soll ich mich beteiligen?«, fragte ich.

»Wenn du möchtest«, erwiderte Mitch.

Ich wollte nicht. Es war demütigend, ihm den Zehner zu geben, aber pflichtschuldig reichte ich ihn ihm.

Wieder auf der Smith Street liefen wir Henry über den Weg, der erstaunt war, dass wir zusammen ausgingen.

»Ich fasse es nicht, dass keiner von euch mir eine E-Mail geschickt hat! Wie lange geht das schon? Ist es euer erstes Mal?«, wollte er wissen.

»Wir sind schon verlobt«, sagte Mitch.

Sein Sinn für Humor war bis zu diesem Moment kaum in Erscheinung getreten. Stattdessen schien er die Absicht zu verfolgen, bei mir Eindruck zu schinden, oder besser, mich mit einer Litanei von Referenzen vor den Kopf stoßen, die zum Ziel hatten, mir zu beweisen, wie cool er war. Er erinnerte ein wenig an eine Figur aus einem Roman für Teenager, nur dass es hier keine ältere, klügere Person gab, die ihm hätte raten können, einfach »er selbst« zu sein.

Wir nahmen die G – eine rätselhafte Linie, die an der Bergen Street, meiner regulären U-Bahn-Haltestelle, hielt, ohne dass ich je in Versuchung gekommen wäre, mit ihr zu fahren – nach Williamsburg. Die G ist die einzige Linie im gesamten New Yorker Transportsystem, die nicht nach Manhattan fährt.

Dieser Underdog-Zug kam zu neuen Ehren, als Williamsburg zu einer beliebten Wohngegend für junge Alternative wurde. Er schlängelt sich durch Brooklyn nach Long Island City, das eigentlich in Queens liegt. Ich wunderte mich im Vorbeifahren über die Haltestellen: Fulton Street, Clinton-Washington Avenues, Classon Avenue. Wo in Gottes Namen waren wir?, aber die Frage, die mir wirklich unter den Nägeln brannte, lautete: Warum nur fühlte ich mich so schrecklich?

»Alles in Ordnung mit dir?«, erkundigte sich Mitch, dem mein Unwohlsein auffiel. Er nahm meine Hand und ließ sie dann, weil er wohl dachte, das sei keine besonders coole Geste, auch sofort wieder los. Stattdessen versuchte er mich zu trösten, indem er sich über sich lustig machte. »Du weißt doch, du hast um elf Uhr eine heiße Verabredung mit Mitch, und du fährst in der G-Linie«, betonte er, und ich lachte.

Wir stiegen an der Metropolitan Avenue aus – die ich zigmal vom Auto aus gesehen hatte, wenn wir über die Brooklyn-Queens Schnellstraße fuhren – und gingen dann zu *Pete's Candy Store*. Die Kneipe war so süß wie ihr Name, hatte vorne einen Thekenbereich, in der Mitte einen Raum, wo Bands spielten, und hinten einen Garten, in dem sich Mitchs Freunde mit Bierkrügen versammelt hatten. Ich trank auch Bier, Mitch nahm eine Cola. Wir unterhielten uns eine Weile mit den anderen und gingen dann in den Raum, um uns die Band anzusehen. Mitch legte beim Zuhören seinen Arm um mich, dann drückte er mir einen kleinen Kuss auf die Wange, wie er das schon am vergangenen Dienstag auf der Straße getan hatte. Als wir aufbrachen, war es zwei Uhr morgens.

Bei der U-Bahn-Station angekommen, zeigte mir Mitch, wo die Züge in westlicher Richtung abfuhren, und erklärte mir dann, er werde mit dem Zug in die östliche Richtung nach Hause fahren.

»Du wirst mich doch wohl nicht um zwei Uhr morgens allein mit der G fahren lassen?«, protestierte ich.

»Wie dumm von mir, natürlich geht das nicht. Als Verabredung bin ich wirklich schrecklich«, rief Mitch aus.

»Da gibt es mehrere Bereiche, die verbesserungswürdig sind«, erwiderte ich.

Ich wollte, dass Mitch mit zu mir nach Hause kam, und das nicht nur aus Sorge um meine Sicherheit, sondern auch weil ich noch immer hoffte, dieser Verabredung und meinen Gefühlen für ihn doch noch eine Wendung geben zu können, die der unseres letzten Treffens ähnlicher war.

»Nun, da du jetzt schon den ganzen Weg hierher auf dich genommen hast, kannst du genauso gut mit hochkommen und bei mir fernsehen«, sagte ich vor meiner Tür zu ihm in einem Ton, als wäre es mir völlig egal, ob er mitkam oder nicht. Wir legten uns nebeneinander auf meine Couch und schauten Videos auf MTV an. Es wurde gemütlich, und bald schon knutschten wir. Und da entdeckte ich auch, was Mitch tatsächlich an Glanzvollem zu bieten hatte: Es war unglaublich erregend, ihn zu küssen und von ihm berührt zu werden, obwohl er, als er mir ins Kleid griff, nicht widerstehen konnte, einen kritischen Kommentar abzugeben.

»Was ist das denn für ein kratziges Material?«, fragte er.

Wir kamen nicht sehr weit, aber das Herumalbern mit Mitch war etwas, das mir wirklich sehr gefiel. Es war so ganz anders, als mit ihm im Restaurant oder in der Bahn zu sitzen. Während wir witzige Dinge anstellten, die wir unvollendet ließen, waren wir im Einklang, und schließlich sagte er: »Danke für diesen lustigen Abend.« Wir küssten uns noch einen Moment lang an der Tür, dann sagte er »Wir sehen uns« und stieg die Vordertreppe hinunter.

Wir sehen uns.

Was sollte das nun bitte heißen? Würde ich ihn tatsächlich wiedersehen? Ich wagte es nicht, eine solche Vermutung anzustellen. Am nächsten Morgen traf ich Jen und ihren Ehemann Jeff im *Barney Greengrass* zum Brunch, und bei Bagels und Weißfischsalat unternahmen wir eine fruchtlose Analyse meines Treffens und der möglichen Bedeutungen des Abschiedssatzes. Jeff half mir stets gern dabei, meine Verabredungen zu sezieren, und für gewöhnlich ist er ziemlich scharfsinnig, aber in diesem Fall wusste selbst er weder ein noch aus, und natürlich konnte sowieso keiner von ihnen verstehen, warum mir so viel daran lag. Am Montag nach der Arbeit ging ich laufen, den Abend verbrachte ich zu Hause, wo ich auf Mitchs Anruf wartete. Am Dienstag besuchte ich eine Benefizveranstaltung im American Museum of Natural History und tat so, als wäre es mir egal, ob jemand anrief. Am Mittwoch um 21:48 Uhr klingelte das Telefon. Mitch und ich unterhielten uns eine Weile und streiften dabei Themen, die zu meiner Erleichterung eher bürgerlicher Natur waren. Es stellte sich heraus, dass auch Mitchs Vater Arzt war, und zwar Orthopäde.

»Spielst du Tennis?«, fragte er.

»Ein bisschen, warum?«

»Ich verfolge da so eine Theorie, dass alle Kinder von Ärzten wissen, wie man Tennis spielt.«

Jetzt bewegten wir uns auf derselben Höhe – normale Kinder der Mittelschicht im Wettkampf auf dem Spielplatz. Mitch hatte die Pose sozialer Deviation abgelegt, derer er sich noch vor vier Tagen befleißigt hatte. Dass unsere Interaktion jetzt so glatt über die Bühne ging, stimmte mich derart froh, dass ich bereit war, die Katastrophe vom Samstag lachend als schlichte Verirrung abzutun. Wir waren beide nervös gewesen, sagte ich mir, und wenn wir uns wieder verabredeten, würde das so lustig werden wie beim ersten Mal.

»Ja, ruf mich an, wenn sich irgendwo eine Party auftut«, sagte Mitch, ehe er auflegte.

Ich rief nicht an. Und ich wusste auch nicht, was ich als nächsten Schritt tun konnte, also las ich seinen ersten Roman, den über das Mädchen, das Sex mit dem Typen aus der Band haben möchte. Als ich damit fertig war, schickte ich ihm eine E-Mail und teilte ihm mit, dass mir das Buch gefiel. Es gefiel mir wirklich. Judy Blume ist noch immer eine meiner Lieblingsautorinnen, und ich liebe Musik, deshalb sprach mich die Kombination aus beidem an. Und ich bin mit genügend Schriftstellern befreundet, um zu wissen, dass es keinen gibt, dem ein Kompliment zu seinem Werk gleichgültig wäre.

Mitch rief mich am folgenden Nachmittag an, aber ich rief in einem letzten Aufbäumen all meiner Widerstandskraft nicht zurück. Am Montagmorgen schrieb er mir dann eine E-Mail mit der Frage, ob ich am Samstagabend mit ihm ins Kino gehen wolle.

»Ja«, antwortete ich.

»Gut. Aber du musst selbst zahlen«, erwiderte er.

Das sollte ein Scherz sein. Es war aber nicht lustig; ich zahlte für mich – und Mitch bezahlte für sich mit einem Zehn-Dollar-Schein, um sicherzustellen, dass keiner – nicht ich, nicht die Frau an der Kinokasse, nicht der Typ hinter uns – ihn fälschlicherweise für jemanden halten könnte, der womöglich zwei Karten kaufte.

Nach *Unterwegs mit Jungs*, einem Film über Teenagersex, kam Mitch mit zu mir, und wir hatten reiferen Sex. Es war so, wie ich es mir vorgestellt hatte. Mitch war trotz seiner bekloppten Attitüde unglaublich sexy. Ich stand total auf ihn und hoffte, es würde sich zwischen uns auch außerhalb des

Betts etwas entwickeln, was dem ähnelte, was sich drin abspielte.

Und so sehr er sich auch sträubte, war ich mir doch sicher, Mitch herumgekriegt zu haben. »Ich kann nicht glauben, dass ich woanders geschlafen habe«, sagte er am nächsten Tag. »Aber als ich aufwachte und die Sonne und die Bäume vor deinen Fenstern sah, wusste ich, dass ich am richtigen Ort war.« Natürlich lag ich nicht mehr im Bett, als er aufwachte. Ich war in der Küche und rührte den Teig für Pfannkuchen an. Die Prise Vanille, die ich dazugab, mochte Mitch nicht. Er wollte seine Pfannkuchen »neutral«. Wer schmeckt denn schon Vanille?, fragte ich mich. Sie unterstreicht doch nur den Geschmack. Aber Mitch schmeckte sie heraus. Die Vanille war die Erbse unter seinem Matratzenstapel.

Neutrale Pfannkuchen

(Übernommen von Mark Bittman, *The New York Times*)
Ich würde 1 TL Vanillezucker oder ein wenig Orangenschale dazugeben, und das sollten Sie auch tun, aber nicht, wenn Sie mit Mitch Smith zusammen sind.

220 g Mehl
1 EL Zucker
1 TL Backpulver
1 Ei
220 ml Milch
Butter

Die ersten fünf Zutaten miteinander vermengen. Man muss den Teig nicht allzu sehr bearbeiten, Mitch ist so schon Problem genug.

Eine beschichtete Pfanne bei mittlerer Temperatur erhitzen und 1 Teelöffel Butter pro Pfannkuchen darin schmelzen lassen. Wenn die Butter brutzelt, ein Achtel der Teigmenge (für einen Pfannkuchen von gut 12 Zentimetern Durchmesser 1 Schöpflöffel voll) in die Pfanne gießen. Wenn sich trockene Blasen auf dem Pfannkuchen bilden (etwa nach 1 Minute), den Pfannkuchen wenden und die andere Seite etwa 30 Sekunden braten.

Ergibt 8 Pfannkuchen.

Aufgrund unserer intensiven körperlichen Anziehung waren diese ersten Verabredungen etwas ganz Besonderes, und das trotz Mitchs gelegentlicher Launen. Doch jedes Mal, wenn wir uns trennten, blieb bei mir die Ungewissheit, ob ich wieder von ihm hören würde. Ich war entschlossen, aus seiner unberechenbaren Art das Beste für mich zu machen, ein Wunsch, der sich erfüllte, als ich eines Sonntagmorgens im Fitnessstudio Ethan antraf, nachdem ich schon ein paar Wochen mit Mitch zusammen war. Ich blieb stehen, um mit ihm zu plaudern, während er auf dem Fahrrad weiterstrampelte, ein weißes, vom Studio zur Verfügung gestelltes Handtuch um den Hals, den *New Yorker* vor sich auf der Lenkstange balancierend. Ich vernachlässigte meine Übungen, um mich mit ihm zu unterhalten. Da wir aber kein Ende fanden (dies hatte sich seit unserer Trennung nicht verändert), beschlossen wir, unser Training zu Ende zu führen und uns dann zum Mittagessen zu treffen. Während ich meine Dehnübungen machte, legte ich mir zurecht, wie ich ihm nur vermitteln konnte, dass es in meinem Leben jemand Neuen gab.

Wohl wissend, dass er irgendwann auf Musik zu sprechen

kommen würde (entweder das oder auf Restaurants), beschloss ich, ihm zu erzählen, dass ich bei den Strokes gewesen war und wer mich auf diese Band gebracht hatte.

»Und worauf fährst du in letzter Zeit musikalisch so ab?«, fragte ich ihn, als wir einander in einem der Bistros auf der Smith Street gegenübersaßen, das selbst ihm gefiel.

Badly Drawn Boy, ein nicht sehr rockiger Singer-Songwriter, von dem ich noch nie gehört hatte, war Ethans erste Wahl.

»Wer hat dir davon erzählt?«, fragte ich in der Hoffnung, er würde mir dieselbe Frage stellen, wenn ich ihm von den Strokes berichtete.

Und er tat es.

»Ein Mann«, erwiderte ich so vorgetäuscht frisch-fröhlich, dass es keiner weiteren Interpretation bedurfte. Ethan nahm diese Information nicht gut auf. Er warf mir vor, ihn demütigen zu wollen; ich revanchierte mich, indem ich ihm vorwarf, überhaupt erst die Situation dafür geschaffen zu haben, dass ich ihn demütigen wollte.

»Meine Verzweiflung ist abgrundtief«, sagte ich, ganz Sarah Bernhardt in seiner Gegenwart.

Es bereitete mir tatsächlich riesiges Vergnügen zu wissen, dass es Ethan umgehauen hatte, als er erfuhr, dass ich mit einem anderen zusammen war, noch dazu mit einem, der einen derart guten Musikgeschmack hatte. Natürlich war ich dennoch nicht ganz über ihn hinweg, und so stürzte ich mich mit neuer Kraft darauf, mir Mitchs wegen den Kopf zu zerbrechen, der sich wie üblich ein Übermaß an Zeit nahm, bis er sich wieder bei mir meldete.

Das nächste Mal rief er am Wahltag an, und als ich ihn schalt, so lange gewartet zu haben, erklärte er mir, er sei nicht an einer Beziehung interessiert, er wolle nur mit mir »befreundet sein«. Ich saß verstört in der Linie F zurück nach Brooklyn, als mir folgende Antwort einfiel:

»Wenn wir Freunde sind, warum können wir dann keinen Sex haben?«

Ich probierte sie an Mitch aus, als ich ihn aus dem Wahllokal über mein Mobiltelefon anrief. Die Zeile war direkt aus seinem ersten Roman gestohlen, was womöglich der Grund dafür war, dass sie funktionierte.

»Ich komme vorbei«, sagte Mitch.

Ich wählte, ging nach Hause und rührte einen Birnenkuchen zusammen, den ich ihm mit post-koitalem Kaffee servieren wollte.

Birnenkuchen für Freunde, die einem gut tun

(Nach einem Rezept aus der Zeitschrift *Bon Appétit*)

2 große Eier
70 ml leichtes Olivenöl
50 ml Vollmilch
abgeriebene unbehandelte Schale von 1 Zitrone
150 g Zucker (1 EL zurückbehalten)
330 g Mehl, gemischt mit 1 gehäuften TL Backpulver und 1 Prise Salz
4 Williams-Christ-Birnen, geschält, geviertelt, entkernt und in 1 cm dicke Scheiben geschnitten
Puderzucker

Den Backofen auf 190 °C vorheizen.

Eine längliche Kuchenform (20 cm lang) mit Öl einfetten und mit Mehl bestäuben oder den Boden mit Backpapier auslegen. Eier, Öl, Milch und Zitronenschale in einer großen Rührschüssel verrühren, 100 g Zucker unterrühren. Mehl dazugeben und so lange schlagen, bis ein glatter Teig entsteht. Die Birnen unterheben. Den Teig in die Form geben und die Oberfläche mit 1 Esslöffel Zucker bestreuen. Den Kuchen etwa 40 Minuten backen, bis die Oberfläche goldbraun ist und die Stäbchenprobe sauber ausfällt.

In der Form auskühlen lassen, dann auf eine Platte stürzen und mit Puderzucker bestäuben. Dieser Kuchen schmeckt auch wunderbar mit Pfirsichen.

Ergibt 8 Portionen.

Wir sagten nicht einmal Hallo zueinander. Wir fingen einfach mit Küssen an, sobald Mitch durch die Tür war. Seine Brille fiel ihm von der Nase und verbog sich etwas, sein iPod, dessen Kopfhörer in den ersten paar Sekunden noch in seinen Ohrmuscheln steckten, ging ebenfalls zu Boden und trug ein paar Kratzer davon. Es war wie in einer Szene aus der Teenieversion von 9 ½ Wochen. Wir machten es auf der Couch, im Hintergrund spielten die Strokes.

Danach kochte ich Kaffee, und Mitch verkrümelte den Kuchen über seine Brust und mein Sofa, als er versuchte, ein ziemlich großes Stück zu essen, während er neben mir lag. Mir machte das nichts aus, ich schaute mir glücklich die Wahlergebnisse an, und der Kuchen war beeindruckend (um Mitchs Wort zu verwenden). Mike Bloomberg wurde Bürgermeister, und Mitch blieb über Nacht. Aber wir gingen *nicht* miteinander!

Während ich auf den nächsten Anruf meines Freundes wartete, fragte ich mich, ob Alkohol etwas damit zu tun haben könnte, dass sich der Prozess des Kennenlernens bei Mitch so langsam gestaltete. Ich war noch nie mit einem Mann zusammen gewesen, der nicht trank. Und ich sehnte mich nach jenen entspannten und verbindenden Augenblicken, die sich ganz leicht über einer gemeinsamen Flasche Wein einstellen. Wir würden darauf verzichten müssen. Mitch war entschlossen, trocken zu bleiben, was für ihn sicher wichtig war, mir zum Kuckuck aber gar nichts brachte. Wie konnte man sich ohne Erfrischungen für Erwachsene überhaupt verlieben?

In der nächsten Woche lud mich Mitch dazu ein, mit ein »paar Leuten aus der Verlagsbranche« zum Bowling zu gehen. Ich habe zum Bowling ungefähr das gleiche Verhältnis wie zu einer Zahnreinigung, aber ich wollte Mitch sehen, also ging ich mit, zog diese abscheulichen Schuhe an und ließ die Kugel rollen, wobei ich sogar einen oder zwei Strikes erzielte. Die Freunde waren beeindruckender, als ich das Mitch zugetraut hätte. Unter ihnen gab es einen Herausgeber von *Paris Review*, einen Literaturscout und einen unabhängigen Filmproduzenten. Sie tranken krügeweise Bier, aber ich hielt mich aus Solidarität mit meinem nüchternen »Freund« an Cola.

»Was läuft da zwischen uns?«, fragte ich Mitch am späteren Abend, als wir wieder allein waren und in einem Eckbistro Pommes aßen. »Wir verbringen tolle Abende miteinander, und dann höre ich sechs oder sieben Tage lang nichts von dir. Ich kann so nicht weitermachen.«

»Ich habe Angst vor dir«, sagte Mitch.

»Du verletzt meine Gefühle«, gab ich zurück.

Offensichtlich wusste Mitch gar nicht, dass ich welche hatte. Ich versuchte ihn davon zu überzeugen, dass das sehr wohl so war (sofern Sie sich ein solches Gespräch vorstellen können, was Sie allerdings müssen, da ich es für immer aus meinen Gedanken verbannt habe) und dass er an diesen nicht unbeteiligt war. Ich glaube, etwas davon drang doch zu ihm vor. Wir kamen an diesem Abend voran, dorthin, wo uns ein paar Martinis (für mich bitte Gin) sehr viel schneller hätten hinbringen können. Draußen am Waverly Place verabredeten wir uns für das folgende Wochenende. Ehe ich ins Taxi sprang, steckte mir Mitch ein Stück Bazooka-Kaugummi in die Tasche meiner Jeansjacke, wo es dann auch fünf Jahre lang blieb. Jedes Mal, wenn ich die Jacke trug und den Kaugummi darin spürte, erinnerte ich mich an das erste Mal, als ich mich Mitch auch außerhalb des Betts verbunden gefühlt hatte.

Essen war Mitchs Sache eher nicht, jedenfalls nicht so wie für Ethan, aber er brachte für alles, was ich ihm auftischte, außerordentliche Begeisterung zum Ausdruck. Und ich musste mich dafür nicht sonderlich ins Zeug legen, schon ganz einfache Spaghetti mit Butter (Spaghetti al dente kochen, ein wenig ungesalzene Butter unterrühren, einen gehäuften Esslöffel Parmesan und etwas Pfeffer drüberstreuen), die ich für ihn an jenem Samstag als späten Snack zubereitete, machten ihn überglücklich. Sie schmeckten ihm sogar so gut, dass er den Teller ableckte. Er versuchte dies vor mir versteckt hinter meinem Rücken zu tun, indem er sich hinter meine Schulter duckte, denn wir saßen auf der Couch, weil wir beim Essen fernsahen. Ich ertappte ihn aber, was vielleicht auch beabsichtigt gewesen war. Er hielt dies für die witzigste Anekdote überhaupt, eine Bestätigung seiner Überzeugung, dass er nichts weiter war als ein Dorftrottel, der nicht wusste, wie er sich in meiner gebieterischen Anwesenheit verhalten sollte.

Am nächsten Morgen begleitete er mich in die Kirche und hielt während des Gottesdienstes meine Hand. Am darauffolgenden Wochenende fuhr ich zu einer Buchmesse nach Miami. Jeden Tag joggte ich am Strand, dachte an Mitch und hörte dabei auf meinem iPod die Strokes. Während ich dort war, schickte er mir eine Postkarte nach Hause. Offenbar schien er mich zu vermissen, das soll jedenfalls draufgestanden haben – ich habe sie nie bekommen. Er meinte, etwas Romantischeres habe er sich zuvor noch nie einfallen lassen.

Von da an übernachtete Mitch nahezu ständig in meiner Wohnung. Das war so nie geplant gewesen. Jeden Abend gegen neun Uhr bekam ich unweigerlich einen Anruf von einer unbekannten Nummer: Mitch, der mich vom Mobiltelefon eines anderen AA-Mitglieds anrief (er ging fast jeden Abend zu einem Treffen und hatte selbst kein eigenes Telefon). Ich hatte bis dahin mein Treffen auf einen Drink oder ein Essen mit jemand anderem beendet und war bereit, Mitch mit seinem Lieblingsgetränk, einem Ingwerbier, zu begrüßen, das ich für diese spontanen (doch regelmäßigen) Gelegenheiten immer im Kühlschrank hatte. Nur gut, dass ich schwach geworden war und mich auf Kabelfernsehen eingelassen habe. Wir lagen zusammen auf dem Sofa und schauten bis spätnachts fern. Ich mochte diesen Teil unserer Abendunterhaltung, da er die Überleitung zum Sexteil war, zu dem es gegen zwei oder drei Uhr morgens kam. Immer mal wieder erhob ich mich von der Couch, um uns etwas zum Essen zu machen. Seine Sparsamkeit schien auf mich abgefärbt zu haben, denn als ich eines Abends einen schon Wochen alten Käse und mehrere Tage altes Brot verwenden wollte, brachte ich es als von mir so genannten *mozzarella en carrozza* auf den Tisch, was ein WASP (weißer angelsächsischer Protestant) ohne Hang zu Kontinentaleuropa nicht aussprechen konnte. Ich war jedoch der Meinung, es sei von gegrilltem Käse nicht weit entfernt und würde seinen ungeübten Gaumen nicht überfordern. Und wieder war es ein durchschlagender Erfolg.

Italienischer Grillkäse

für Teenager WASPs

Olivenöl
1 italienisches Brot, es geht aber auch ein französisches Baguette, 1 oder 2 Tage alt, dünn geschnitten
Mozzarella, dünn geschnitten (auch dieser darf ruhig schon ein paar Tage alt sein)
1–2 Eier (je nachdem, wie viel Sie machen wollen), leicht verquirlt

Olivenöl in einer beschichteten Pfanne bei mittlerer Temperatur erhitzen. Aus Brot und Käse kleine Sandwiches machen und im Ei eintauchen. Wenn das Olivenöl heiß ist, die Sandwiches hineinlegen (wenn Sie das Gefühl haben, dass sie auseinanderfallen, können Sie sie mit einem Zahnstocher zusammenhalten) und braten, bis sie auf beiden Seiten goldbraun sind und der Käse geschmolzen ist. Die Sandwiches mit einem Wasserkessel oder einem Topf voll Wasser flach drücken (wenn Sie Zahnstocher verwenden, diese herausnehmen, sobald der geschmolzene Käse alles miteinander verbunden hat, und erst dann platt drücken).

1 Laib Brot ergibt 8 bis 18 Sandwiches.

Es sprach viel für meinen neuen und gänzlich anderen Lebensstil. Ich schlüpfte problemlos in die Rolle des Teenagers, zumal keine Eltern im Schlafzimmer oben lagen, während wir uns auf der Couch räkelten. Da ich im entsprechenden Alter nie mit einem Teenager zusammen gewesen war, genoss ich es, verspätet einen kleinen Nachgeschmack von dem zu bekommen, was ich damals versäumt hatte. Was für ein Mist nur, dass ich anstatt zur Schule am Morgen aufstehen und zur Arbeit gehen musste, während Mitch im Bett liegen bleiben konnte. Dösend sah er mir beim Anziehen zu. »Du siehst aus wie eine Vertretungslehrerin«, bemerkte er eines Morgens mit prüfendem Blick auf mein Outfit. Ich war beleidigt und kam später am Tag in einer E-Mail darauf zu sprechen.

»Nein, nein«, erwiderte er, »ich meinte damit die Vertretungslehrerin, die man für den Rest seines Lebens begehrt.« Er ließ handgeschriebene Notizen in meinem Apartment zurück, auf denen er mir für das Abendessen der vergangenen Nacht oder den Morgenkaffee dankte. »Alles, was mit dir zu tun hat, ist köstlich«, stand auf einer.

Diese Kleinigkeiten machten die Mühe wett, die ich mit ihm hatte, und erfüllten mich mit Hoffnung, dass zwischen uns doch noch richtig etwas werden würde und wir uns ein gemeinsames kleines Häuschen in Williamsburg kaufen könnten. Ja, ich würde sogar nach Williamsburg ziehen, sollte dies erforderlich sein.

Mitch verbrachte seine Tage schreibend in seiner Wohnung, obwohl es mit seiner Karriere in der Zeit unseres Zusammenseins nicht recht voranging. Sein zweiter Roman, der Erwachsene zur Zielgruppe hatte, war weniger erfolgreich als sein erster. In einem dritten Roman, der gerade von einem in San Francisco sitzenden Indie-Verleger herausgebracht worden war, ging es um zwei männliche Teenager, die versuchten, beim coolsten Teenagermädchen zu landen. Ich versuchte ihn davon zu überzeugen, bei der Belletristik für Heranwachsende zu bleiben, denn diesen Ton traf er ganz natürlich. Aber Mitch argumentierte – ziemlich überzeugend –, dies käme einem Verzicht auf seine Träume gleich, der nächste John Updike zu werden, und dazu sei er noch nicht bereit. Mitch schrieb jeden Tag von früh bis spät, und er schrieb schnell. In seiner Wohnung hatte er kistenweise Romane für Erwachsene herumliegen, doch er bekam keinen einzigen davon verkauft.

In einem dieser Romane ging es um eine einunddreißigjährige Frau, die ganz vage mich zum Vorbild hatte. Sie benutzte dieselben Kosmetika wie ich und trug sogar die gleiche Art von Schuhen. Allerdings schwamm sie in ihrem Job bei einer Zeitschrift ganz oben mit und war viel erfolgreicher als ich. Sie war eine strenge und fiese Chefin, eine, die die Leute niederbrüllte und alles bekam, was sie sich in den Kopf setzte. Allesamt Eigenschaften, die Mitch mir zuschrieb, die ich aber nicht besaß und zu denen ich nie fähig wäre. Ich half ihm dabei, dass sich ein paar Lektoren diesen Roman ansahen, weil ich an dem Projekt ja irgendwie beteiligt war, obwohl es nicht *eigentlich* um mich ging. Kein bisschen.

Mitch besuchte mich gern im Büro meines echten Lebens, nicht nur wegen der kostenlosen Büroartikel und Bücher, die ich ihm mitgab, sondern weil er meine Arbeit aufregend fand, auch ohne den Wagen mit Fahrer, der die von ihm geschaffene Romanfigur täglich hin- und zurückbrachte. Es beeindruckte ihn, dass mein Job es mir erlaubte, täglich mit Harold Bloom zu plaudern, und noch mehr, dass dieser mich als »Bärchen« ansprach (wie er jeden nannte, den er gern hatte). Harold war nicht nur der klügste, sondern auch der netteste Autor, mit dem ich je zusammengearbeitet habe. Kennen gelernt habe ich ihn noch zu Ethan-Zeiten, und wie der Vater, den ich nicht mehr hatte, brachte er seine große Sorge zum Ausdruck, Ethan werde mich nicht zum Traualtar führen. »Ein sehr gut aussehender Typ und ziemlich klug«, erklärte Harold mit seiner tiefen, nachdenklichen Stimme mit dem leichten britischen Akzent, »aber ich fürchte, er könnte ein Muttersöhnchen sein.« Der Fall lag nicht ganz so einfach, wie Harold vermutete, aber seine Besorgnis ehrte mich.

Mitch unterstützte mich während zweier großer beruflicher Entscheidungen. Nachdem ich mein Bewerbungsgespräch für den Job hinter mir hatte, den ich schließlich beim *Harper's Magazine* annahm, kam er zu mir in die Wohnung und erwog mit mir einen ganzen Tag lang die Fürs und Wider dieses Schritts. Während ich mir am Telefon von diversen Leuten, darunter auch Professor Bloom, Rat einholte, schrieb Mitch mir Fragen auf, die ich stellen sollte. Als ich später überlegte, einer anderen Zeitschrift wegen bei *Harper's* zu kündigen, rief ich Mitch an, der gerade seine Eltern in Portland besuchte, damit er sich mit dieser Frage den Kopf zermarterte. Es gab niemanden, mit dem sich eine schwierige Situation besser diskutieren ließ. Was nicht bedeuten soll, dass er besser als ich wusste, was ich tun sollte, aber er war genauso freudig erregt wie ich wegen der beiden phänomenalen Möglichkeiten, zwischen denen ich zu wählen hatte. Mitch war immer ganz für mich da, wenn ich ihn für solche Dinge brauchte.

Schließlich fand er sich mit dem ab, was offenbar seine Berufung war, und hatte auch bereits seine Traumagentin im Auge. Er schickte ihr einen neuen Roman, von dem er hoffte, dass sie ihn damit vertreten würde. Als sie ihn anrief, um mit ihm ein paar Bedenken zu diskutieren, die sie wegen des Manuskriptes hatte, bestand Mitch auf einem persönlichen Treffen. Er setzte sich mit ihr und ihren Mitarbeitern zusammen und erklärte ihnen, was sie nicht von ihm bekommen würden – und sie nahmen ihn auf der Stelle unter Vertrag. Habe ich schon erwähnt, dass er unglaublich überzeugend sein kann, wenn er möchte?

Es gab noch eine Situation, in der Mitch sich von der Rolle des hilflosen Teenagers lossagte, die er normalerweise einnahm, und dem Mann von zweiundvierzig Jahren ähnelte, der er tatsächlich war. Dies geschah an einem Sonntagmorgen, an dem er sich mit dem *New York Times'* »Mutual Fund Report« hinsetzte, um nachzusehen, wie seine Geldanlagen abschnitten. Obwohl Mitch in der Zeit, als wir zusammen waren, keine ausstehenden Verträge hatte, war er keinesfalls abgebrannt. Von seinen Vorschüssen, den Tantiemen und dem Filmvertrag für sein erstes Buch hatte er einen Haufen Geld auf der Bank liegen. Aber anstatt es auszugeben, investierte er es in offene Investmentfonds. Wie viele Männer können ein Mädchen schon mit Electroclash und dem Indexfonds bekannt machen? Sieben Jahre später setzt meine Ladytron-CD Staub an, und mein Vanguard-Konto verliert ständig an Wert. Letzteres werde ich trotz der momentanen Unbeständigkeit behalten. Die CD werde ich vielleicht wegwerfen; sie hat mir ohnehin nie richtig gefallen.

Mitch sorgte dafür, dass seine Unkosten gering blieben, er zahlte wenig Miete, und seine Brooks-Brothers-Hemden aus Oxfordstoff kamen von der Heilsarmee (obwohl er sich seine »Tennisschuhe«, wie er sie nannte, etwas kosten ließ; es war wichtig, die richtigen Adidas oder Pumas zu haben). Hatten Nachbarn irgendwo alte Schuhe und Kleider auf ihre Treppen gestellt, die sie loswerden wollten (eine gängige Praxis in den Brooklyner Sandsteinhaus-Vierteln), pflegte er stehen zu bleiben und sich alles genau anzusehen; genauso machte er es bei den Drogenabhängigen an der U-Bahnstation der Second Avenue, die Hehlerware vertickten. Ich hegte den Verdacht, dass er dies hauptsächlich tat, um mir eine Reaktion zu entlocken, also ermunterte ich ihn. »Ja, diese Schuhe sehen wirklich gut aus, mach schon, probier sie an«, pflegte ich zu sagen. Wenn ich ihm nichts zu essen kochte, aß er zu Hause Hotdogs. In einer jener seltenen Nächte, die ich bei ihm verbrachte, machte ich uns eine Frittata mit Eiern und Tiefkühlerbsen, die ich in dem Laden an der Ecke holte. Mitch sprach vor dem Essen das Dankgebet und dankte Gott für mich und seine neue Agentin.

Frugale Frittata

220 g Tiefkühl-Erbsen (oder frische, wenn man so glücklich ist, welche zu haben – was bei Mitch nie vorkam)
Salz
1 EL Butter
1 El Olivenöl
1 kleine rote Zwiebel, gehackt
6 Eier
frisch gemahlener Pfeffer
50 g frisch geriebener Parmesan

Einen mittelgroßen Topf zur Hälfte mit Wasser füllen und bei hoher Temperatur zum Kochen bringen. Erbsen und ein wenig Salz dazugeben und 5 Minuten lang kochen lassen. Abgießen und zum Auskühlen beiseitestellen.

Die Butter mit dem Öl in einer Gusseisenpfanne oder einer anderen Pfanne, die man auch in den Backofen schieben kann, bei mittlerer Hitze zum Schmelzen bringen, die Zwiebeln dazugeben und diese fast weich garen.

Den Backofengrill vorheizen.

Die Eier leicht verquirlen, dann Salz, Pfeffer, Parmesan unterrühren und die ausgekühlten Erbsen dazugeben. Die Temperatur erhöhen und die Eier in die Pfanne zu den Zwiebeln geben. Stocken lassen und ein oder zwei Mal mit einem Holzlöffel umrühren. Wenn die Eier auf der Unterseite fest sind, die Pfanne unter den Grill stellen und so lange garen, bis die Masse goldbraun ist, etwa 3 oder 4 Minuten. Ständig beobachten – beim Grillen sind die Grenzen zwischen schönem Goldbraun und fürchterlich verbrannt fließend.

Aus dem Ofen nehmen und die Frittata 1 oder 2 Minuten stehen lassen. In der Pfanne servieren oder auf einem Teller anrichten.

Ergibt 4 Portionen.

Ich lud Mitch ein, Thanksgiving bei meiner Familie in Connecticut zu feiern. Seine einzige andere Option war ein Essen mit einer Gruppe alter Männer von den Anonymen Alkoholikern. Sagte er jedenfalls. Mitch war ein Experte darin, seine Freunde, seine Familie, sich selbst und die meisten Situationen, in die er geriet, abzuwerten. Ich hielt dies für eine Pose, vielleicht war er aber auch wirklich überzeugt davon. Er überlegte sich seine Antwort drei Tage lang. Dann rief er an, und seine Stimme zitterte vor Angst. »Ich möchte Thanksgiving bei dir zu Hause feiern.«

Höchste Zeit, sich einer anderen Zwickmühle zu stellen: Was sollte Mitch meiner Mutter als Geschenk mitbringen? Ich wollte, dass sie Mitch mochte, also steckte auch ich in dieser Zwickmühle.

»Sie mag gern Schokolade«, sagte ich.

»Aber ich weiß nicht, welche Sorte ich kaufen soll.«

Ich brachte Mitch dazu, dass er sich mit mir im *La Maison*

du Chocolat traf, das meinem Büro gegenüberlag. Alles im *La Maison du Chocolat* kostet ein Vermögen. Selbst jetzt, da ich dies niederschreibe, muss ich bei der Vorstellung von Mitch im *La Maison du Chocolat* kichern, aber schließlich war es wichtiger, bei meiner Mutter Eindruck zu schinden, als Mitch ein paar unangenehme Momente in einer schicken französischen Konfiserie zu ersparen. Es dauerte gute zwanzig Minuten, bis wir unter dem vielfältigen Angebot etwas Passendes fanden, das Mitchs sorgsam gehütetes Bankkonto nicht überstieg: eine große Tafel Blockschokolade. Diese meiner Mutter zu überreichen, war eine weitere Schreckensvorstellung, der sich Mitch nicht stellen wollte, also übernahm ich das für ihn, während er daneben stand. Ich erklärte ihr, es sei eine sehr gute Blockschokolade und sie solle ruhig ein Stück abbrechen und essen, wenn ihr danach sei, wie die Verkäuferin im Laden es empfohlen hatte. Meine Mutter war entzückt. Mitch ebenfalls.

Beim Essen erkundigte sich meine Familie, wie wir uns kennen gelernt hatten.

»Ich habe mich auf einer Party vor zwei Jahren in sie verknallt, aber sie hat mich nicht bemerkt. Als sie niemand anderen mehr hatte, rief sie mich endlich an«, verkündete Mitch.

Ihm war es unangenehm, der Nachfolger von Ethan zu sein. Er wusste, dass ich meinen letzten Freund hatte heiraten wollen, weil ich ihm die Wahrheit gesagt hatte, als er mich nach dem Grund für unsere Trennung ausfragte. Ich hatte daraufhin versucht ihm klarzumachen, es habe mit Ethan und mir nicht funktionieren können, weil Mitch mein »Schicksal« sei.

»Ich bin nicht dein Schicksal!«, hatte er erwidert. »Ich bin nur der letzte Junge, der auf der Bank übrig geblieben ist und nun aufs Spielfeld gerufen wird, weil sonst keiner mehr da ist.

›He du, du bist zwar klein und nicht der beste Spieler, aber das muss reichen‹, schreit der Trainer. ›Komm raus hier!‹«

In jenen Tagen habe ich ehrlich nur dann an Ethan gedacht, wenn sich Mitch affektiert benahm. Dann dachte ich mir, danke, Ethan, danke, dass du mich derart den Wölfen vorgeworfen hast. Ja, am Anfang, war ich begeistert, Mitch zu haben, um ihn Ethan um die Ohren zu hauen – das Verlangen nach Rache liegt mir wohl leider in meinem zur Hälfte sizilianischen Blut –, aber dann stellte ich fest, dass Mitch mich auf eine Weise glücklich machte, auf die Ethan das nie gekonnt hatte. Die beiden könnten von verschiedenen Planeten stammen, und ich passte mich, solange ich das jeweilige Terrain bewohnte, ihren Lebensweisen an, die sich krasser nicht unterscheiden konnten. Mitch brachte mich mit tausenderlei Dingen in Berührung, die Ethan mir nicht geben konnte. Beispielsweise Sex. Damit will ich nicht sagen, dass Ethan und ich kein befriedigendes Sexleben hatten, denn wir amüsierten uns durchaus. Lassen Sie es mich lieber so ausdrücken: Ethan war auf eine Weise empfindlich, wie Mitch das nicht kannte. Und ich bin froh, dass ich mit Mitch diese Art von Leidenschaft erleben konnte. Natürlich wusste ich nicht, was ich verpasste, als ich mit Ethan zusammen war. Aber so ist das eben: Wir können vorher nicht wissen, was das Leben für uns bereithält, also gibt es wirklich keinen Grund, sich allzu sehr aufzuregen, wenn man etwas verliert. (Was aber denjenigen, der gerade seinen Verlust beklagt, kaum überzeugen wird, mich jedenfalls nicht, die ich noch Monate nach unserer Trennung Ethan nachgetrauert hatte.)

Mitch ist der einzige Mann, mit dem ich je zusammen war, der eifersüchtig wurde, oder wenigstens zugab, dieses Gefühl zu kennen. Das fand ich erfrischend. Ich winde mich beim Gedanken an die Exfreundinnen irgendeines meiner Freunde und grübelte besonders oft über die von Mitch nach. Ethan konnte ich jedes romantische Detail meines Zusammenseins mit Kit erzählen, er zuckte nicht mit der Wimper. Mitch wollte die Geschichten gar nicht erst hören, und er wollte auch Kit nicht kennen lernen. Eines Nachmittags kam Mitch vor einem Termin mit einem vielversprechenden Lektor bei mir im Büro vorbei, und sein Blick fiel auf eine E-Mail von Ethan auf meinem Bildschirm. Er ging zu diesem Zeitpunkt nicht darauf ein, aber als er mich nach seinem Treffen nicht anrief, wusste ich, dass etwas im Busch war. Am nächsten Morgen schickte er mir eine E-Mail, in der er mir mitteilte, was er gesehen hatte. »Ich saß meinem Lektor gegenüber, aber der einzige Gedanke, der mich beschäftigte, war: Warum schreibt dieser Kerl ihr noch immer E-Mails? Was ist da los? Benutzt sie mich als Druckmittel, damit er sie doch noch heiratet? Sie hat nie erwähnt, dass sie noch miteinander reden oder in Kontakt stehen. Ich dagegen erzähle ihr haarklein, was ich mit meinen Exfreundinnen mache.«

Ethan und ich standen nicht in Kontakt. Ich war ihm an diesem Morgen nur zufällig in der U-Bahn über den Weg gelaufen, und er schrieb mir, um sich dafür zu entschuldigen, »ein wenig daneben gewesen zu sein«.

Selbst so etwas Unbedeutendes wie Petersilie konnte Mitch auf die Palme bringen. Eines Abends hackte ich einen Bund klein, und mein dreißig Zentimeter großes Schneidebrett schaukelte auf meiner fünfzehn Zentimeter Arbeitsfläche hin und her. Der Lärm regte Mitch auf. Er glaubte, ich würde damit eine auf ihn abzielende Wut abreagieren. Es gab viele Gründe, sich über Mitch zu ärgern, aber an diesem Tag wollte ich wirklich nur, dass meine Petersilie klein wurde.

Abgesehen von einem gelegentlichen lautstarken Streit wegen eines Krauts kamen wir während der Ferienzeit ziemlich gut miteinander aus. Mitch bat mich, ihn über Weihnachten zu seiner Familie in deren Ferienhaus in Mexiko zu begleiten. Obwohl ich viel Zeit mit den Binders verbracht und erlebt hatte, dass dies am Ende auch nicht zu mehr zwischen Ethan und mir geführt hatte, sah ich in dieser Einladung von Mitchs Seite ein Zeichen von Ernsthaftigkeit. Ich sagte sofort zu und erlaubte mir auch nicht, wegen des Tickets ein schlechtes Gewissen zu bekommen, da ich dafür, weil ich es wirklich fast in letzter Minute kaufte, eine regelrechte Unsumme ausgab. Mitch fuhr ein paar Wochen vor Weihnachten zu seinen Eltern nach Portland und von dort aus dann hinunter nach Mexiko. Ich blieb in New York und aß am Weihnachtsabend bei meiner Familie Hummer und viele andere Meerestiere, am Weihnachtsmorgen um 5 Uhr stieg ich dann ins Flugzeug. Um zwei Uhr nachmittags lag ich mit Mitch bereits am Strand von Mexiko, trank Fanta und hörte mir Joseph Arthur auf meinem iPod an. Das Haus der Smiths, weißer Stuck mit einem Terracotta-Dach, war von Blumen umgeben. Dahinter führte eine kleine Brücke über einen Kanal und dann hinunter zum Ozean. Mitch und ich hatten unsere eigene kleine Suite im Untergeschoss mit eigenem Badezimmer, in dem nachts Eidechsen herumhuschten. Das Haus gehörte zu einer Anlage, in der eine Reihe Smithscher Nachbarn aus Portland Ferienhäuser besaßen. Mitchs Mutter und Vater waren da, ebenso seine Schwester und sein Schwager mit deren beiden kleinen Söhnen.

Mitchs Mutter briet für das Weihnachtsessen einen Truthahn, den sie bei Costco in Puerto Vallarta gekauft hatte. Er war ein wenig trocken, aber der Anblick des Pazifischen Ozeans, den ich während des Essens genoss, sorgte für ausreichende Befeuchtung. Ich brachte den Smiths einen Haufen Weihnachtskekse von meiner Mutter mit und eine große Schachtel

Pralinen von Jacques Torres, die Mrs. Smith auf ein Regal in der Küche stellte, aber nie anrührte. Mitch meinte, diese Pralinen machten ihnen Angst, wie das Daisy Buchanan mit Jay Gatsbys Hemden erging, denn sie hatten in ihrem ganzen Leben noch nie derart erlesene Pralinen gesehen. Das war wieder einmal eine typische Mitch-Erklärung. Da sie die Schachtel jedoch wirklich nie öffnete, hatte ich selbst keine bessere.

Die Smiths hüteten sich davor, mexikanisches Wasser zu trinken. Wir benutzten für alles dieses abgefüllte Zeug, selbst zum Zähneputzen. »Und achten Sie darauf, dass Sie Ihren Mund fest zupressen, wenn Sie unter der Dusche stehen«, wies mich Mrs. Smith an und verschloss fest ihre Lippen, um es mir zu demonstrieren. Gemüse war verboten, natürlich auch das wunderbare Obst, das auf der Straße feilgeboten wurde; die Smiths sahen mich an, als wäre ich verrückt, als ich davon sprach. Mitchs Mutter und Schwester hatten Spaß daran, auf den Markt unter offenem Himmel zu gehen, um sich die Einheimischen und deren Produkte anzuschauen, aber es wäre ihnen nie in den Sinn gekommen, dort etwas zu kaufen. Auf die Idee, dass man das Gemüse durch Blanchieren in kochendem Wasser für uns verträglich machen könnte, kamen sie gar nicht. Als ich diesen Vorschlag machte, nahm Mrs. Smith ihn dann aber doch mit Begeisterung auf und kaufte grüne Bohnen und Kartoffeln, die ich kochte und mit Olivenöl, Knoblauch und ein wenig Essig anrichtete. Wir aßen sie zu den Steaks, die Dr. Smith in einem riesigen Gefrierschrank gehortet hatte. Er mixte uns Cocktails aus Wodka und Orangensaft – »Grogs« nannte er sie –, während ich kochte.

Grüne Bohnen und Kartoffelsalat für Gringos

500 g grüne Bohnen (oder Buschbohnen oder wie immer Sie diese nennen)
500 g rote Baby-Kartoffeln
1 Knoblauchzehe, fein gehackt
2 EL Olivenöl, extra vergine
1 TL Rotweinessig
1 TL Salz
frisch gemahlener Pfeffer

Stellen Sie zwei Töpfe mit Wasser auf den Herd, und bringen Sie das Wasser zum Kochen. Entfernen Sie inzwischen die Enden der grünen Bohnen, und schälen und halbieren Sie die Kartoffeln. Wenn das Wasser kocht, jedes Gemüse in einen eigenen Topf geben. Die Bohnen brauchen etwa 6 Minuten, die Kartoffeln 12 bis 15 Minuten. Testen Sie beide, ob Sie Ihrem Geschmack entsprechen. Die Bohnen sollten weich sein, aber noch etwas Biss haben. Wenn beides fertig ist, die Bohnen in ein Sieb gießen und mit wenig kaltem Wasser abschrecken oder, was noch besser ist, zum Abkühlen in eine Schüssel mit Eiswasser geben und noch mal abtropfen lassen. Das beendet den Kochvorgang und verleiht ihnen eine leuchtende Farbe. Sie können das Gemüse abkühlen lassen oder auch gleich mit der Mischung aus Knoblauch, Öl, Essig, Salz und Pfeffer würzen.

Ergibt 6 bis 8 Portionen.

Mitchs Schwester Penelope machte mit ihrem Ehemann Michael eine spannungsgeladene Phase ihrer Ehe durch, während wir dort unsere Zeit verbrachten. Man brauchte Mitch und mir das Problem nicht näher zu erklären; sobald Michael ein T-Shirt trug, das für »Jonglieren für den Frieden« eintrat, hatten wir alle Erklärungen, die wir brauchten, und dazu noch etwas, das uns in den folgenden Jahren immer wieder zum Lachen brachte. Jemand, der so ernsthaft war, konnte in der Familie Smith nicht überleben. Doch ebenso ernsthaft war das Bemühen der Familie, Frieden zwischen diesem Paar zu stiften, so sehr, dass wir uns sogar auf ein echtes Risiko einließen und zum Essen in ein Restaurant gingen, um Michaels Geburtstag zu feiern. Solange wir uns von Kopfsalat und Eiswürfeln fernhielten, seien wir auf der sicheren Seite, mutmaßte Mrs. Smith. Waren wir aber nicht. Mitten in der Nacht überraschte Mitch und mich das erwartete Unwohlsein. Ihn überfiel es als Ersten, und als ich wach wurde, war er nicht mehr da. Anstatt im Bett befand er sich oben im Badezimmer seiner Eltern.

»Die gemeinsame Nutzung des Badezimmers hier unten wäre dann doch etwas zu viel«, erklärte Mitch, als er zurückkam. »Dich mit meinen Eltern und meinem Hund bekannt zu machen, ist meiner Meinung nach genug für diese Reise.« Nicht lange nach Mitch traf es mich. Ich hatte so heftige Schmerzen, dass ich auf dem Badezimmerboden ohnmächtig wurde, und Mitch musste die Tür aufbrechen und mich retten. So viel also zu gemeinsamer Nutzung! Und doch war es gar nicht so peinlich, wie es sich anhörte. Unsere Krankheit verband uns, und ich war gerührt von Mitchs Fürsorge und seinem Heroismus. (Ganz zu schweigen von dem eklatanten Kontrast zu Ethan, in den ihn dies setzte; wäre ich jemals unter den Augen meines letzten Freundes auf dem Badezimmerboden in Ohnmacht gefallen, hätte er mich dort verrecken lassen, während er mit der

Augenmaske auf dem Gesicht im Bett lag.) Für Mitch machte mich meine Krankheit menschlicher. Ich war schließlich doch nicht »perfekt«, sagte er.

Mitch und ich flogen am Silvestertag getrennt nach New York zurück. Als wir uns am Flughafen von Mexiko trennten, sagte Mitch: »Ich rufe dich an, wenn ich zu Hause bin.« Und so dämmerte das Jahr 2002 herauf, indem ich dem Taxifahrer, der mich von Newark nach Hause brachte, Gesundheit und Glück wünschte. Die ganze Nacht verbrachte ich neben dem Anrufbeantworter. Mitch meldete sich nicht.

Ich war so dumm gewesen, mir einzubilden, diese Reise hätte das Ende von Mitchs unvorhersehbarem Verhalten bedeutet. Da ich es vermutlich mitbekommen hätte, wenn eine Maschine von AeroMéxico irgendwo über Carolina abgestürzt wäre, hielt ich bis etwa zwei Uhr des Neujahrstags durch, ehe ich anrief, um ihn zu fragen, warum er sich nicht gemeldet hatte. Er nahm das gar nicht gut auf, und wir redeten ein paar Tage nicht miteinander. Während dieser Zeit leitete Mitch ein paar E-Mails seiner Mutter an mich weiter, aus denen hervorging, dass die Familie mich sehr gern hatte. Ich hatte sie auch gern. Insgeheim konnte ich mir vorstellen, als eine Smith zu ihnen zu passen, und dieses Glücksgefühl hatte mich auf dem Flug begleitet. Bis zu dem nicht erfolgten Anruf.

Mitch fand, dass ich schrecklich prosaisch sei, gleich derart aus der Haut zu fahren, nur weil er mich nicht angerufen habe, als er nach Hause kam, und das nur, weil er es zuvor erwähnt hatte. Wir gingen zu seinem Lieblings-Chinesen, dem *Sweet'n'Tart*, um das auszudiskutieren. Ich war gern in diesem Lokal mit seinen Nudelsuppen und Frühlingsrollen und den Rechnungen, die 14 Dollar nie überstiegen. Manchmal ging ich sogar ohne Mitch dorthin. Auf der Speisekarte standen auch süße Tees mit angeblicher Heilwirkung. Jede Geschmacksrichtung war mit einem Leiden gepaart, das gelindert werden sollte. Leider gab es nichts im Angebot, das die Verwirrung zu lindern versprach, mit einem Mann zusammen zu sein, zu dem man sich stark hingezogen fühlte, der einen aber ständig auf die Palme brachte.

Wir schafften es ziemlich reibungslos durch den Winter. Gelegentlich gingen wir ins Kino, und manchmal zahlte Mitch sogar. »Ich zahle gern für dich«, sagte er mit einer Stimme, in der Erstaunen mitschwang. An einem kalten und verregneten Sonntag besuchten wir die Matineevorstellung von *Die Royal Tenenbaums*, die nur den halben Eintrittspreis kostete. Ich schmuggelte eine Thermoskanne Kaffee hinein, der so gebrüht war, wie Mitch ihn mochte. Der Film bestach mit Luke Wilson, einem unglaublichen Soundtrack und dem Nerzmantel, den Fendi speziell für Gwyneth Paltrows Rolle entworfen hatte. Es war ein Lob auf die Bohème, das selbst mir gefiel. Als wir zurück in meine Wohnung kamen, kuschelten wir uns aufs Sofa, und Mitch küsste mein Gesicht einhundert Mal, wobei er jeden einzelnen Kuss zählte.

Inzwischen war ich entschieden dagegen, zum Valentinstag in ein Restaurant essen zu gehen, was auch gut so war. Ich konnte mir nicht vorstellen, dort mit Mitch zu sitzen und das Kerzenlicht *prix fixe à deux* zu genießen. Doch da ich nicht wenige Valentinstage allein oder mit meiner verwitweten Mutter in einem Restaurant verbracht hatte, bestehe ich jedes Mal darauf, diesen Feiertag zu begehen, wenn sich ein Mann in meinem Blickfeld befindet, wie unsicher der Kandidat auch sein mochte. Aber was sollte ich Mitch vorsetzen? Champagner kam nicht in Frage. Auf Austern oder Kaviar legte er nicht den geringsten Wert. Nein, er wäre mit einem einfachen Stück Fleisch und Kartoffeln zufrieden. Als ich verkündete, einen Schmorbraten machen zu wollen, stellte er zunächst mein

Können in Frage. Aber ich ließ mich nicht davon abbringen; wenn es um Mitch und mich ging, wusste ich zwar oft nicht, wo hinten und vorne war, aber die Bedürfnisse seines Gaumens kannte ich, und Schmorbraten mit Sauce war das, wonach dieser sich sehnte. Ich hatte Recht. Mitch erklärte, es sei das Beste, was er je gegessen hatte. An diesem Abend machte er eine Menge Dinge richtig. So zeigte er sich in Mantel und Krawatte (natürlich aus dem Secondhandladen) und mit einem Blumenstrauß (Nelken, aber immerhin).

»Das ist das erste Mal, dass ich einem Mädchen Blumen gekauft habe«, sagte er.

Die Schokoladentorte, die ich zum Dessert gemacht hatte, sollte eigentlich einen zarten Rosaton haben, doch schon ein Tropfen Lebensmittelfarbe färbte den Zuckerguss knallrosa. Es sah sehr mädchenhaft aus, aber Mitch hatte nichts dagegen, schließlich war auch der Umschlag seines ersten Romans leuchtend pink gewesen. Auch die Tatsache, dass ich zu viel Guss verwendet hatte und das ganze Ding schief war, blieb unkommentiert. Er aß alles bis zum letzten Krümel auf. Und mir wurde warm um mein Bäckerinnenherz.

»Mitchs Mutter ist ein Yankee«-Schmorbraten

1 Rindernacken oder Rinderhachse (1,5–2 kg)
Salz und Pfeffer
2 EL Olivenöl
2 Karotten
2 Selleriestangen
1 mittelgroße Zwiebel
1 Knoblauchzehe
220 ml trockener Rotwein
220 ml Rinderbrühe

1 EL Tomatenmark
1 Lorbeerblatt
1 paar Zweige Thymian oder
1 TL getrockneter Thymian
250 g Eiernudeln
1 EL Butter
1 EL gehackte Petersilie

Das Fleisch mit Salz und Pfeffer würzen. Olivenöl in einem Bräter bei mittlerer Temperatur erhitzen. Das Fleisch darin von allen Seiten anbraten, so dass es eine schöne Kruste bekommt, etwa 5 Minuten pro Seite.

Während das Fleisch anbrät, Karotten, Sellerie, Zwiebel und Knoblauch putzen und fein hacken. Wenn Sie eine Küchenmaschine haben, schneiden Sie das Gemüse in kleine Stücke und mixen Sie alles einmal kräftig durch.

Wenn das Fleisch braun ist, aus dem Bräter nehmen, das kleingeschnittene Gemüse und, falls nötig, noch etwas Öl in den Topf geben. Mit ein wenig Salz 5 bis 10 Minuten schmoren, bis das Gemüse weich und ein wenig braun ist. Wein und Brühe dazugeben und den Bratensatz ablösen. Das Fleisch wieder in den Bräter legen und alles aufkochen. Tomatenmark, Lorbeerblatt und Thymian dazugeben, die Hitze reduzieren und den Topf mit Deckel verschließen. 3 Stunden lang garen und den Braten alle 30 Minuten wenden.

Nach Ende der Garzeit den Braten auf ein Schneidbrett legen und mit Folie abdecken. Die Flüssigkeit aus dem Bräter durch ein Sieb in einen kleineren Topf umfüllen und einkochen lassen. (Sie können etwas Butter dazugeben.) Die Eiernudeln nach Packungsanweisung kochen. Abgießen, Butter dazugeben, das Fleisch aufschneiden und zu den Nudeln mit Sauce und darübergestreuter Petersilie servieren.

Reicht für 2 und Sandwiches für den nächsten Tag.

Knallrosa Kuchen

(Übernommen von Hersheys Kakaodose)

Für den Kuchen:

440 g Zucker
380 g Mehl
160 g Kakaopulver (je besser die Qualität, desto besser der Kuchen)
1 ½ TL Natron
1 ½ TL Backpulver
1 TL Salz
2 Eier, 30 Minuten vor Verwendung aus dem Kühlschrank nehmen
125 g Butter, geschmolzen und etwas abgekühlt
220 ml Vollmilch
2 TL Vanillezucker
220 ml kochendes Wasser

Den Backofen auf 180 °C vorheizen. Zwei Backformen à 20 Zentimeter mit Butter einfetten und mit Mehl bestäuben oder mit Backpapier auslegen.

Die trockenen Zutaten in einer großen Rührschüssel vermengen. Eier, Butter, Milch und Vanillezucker dazugeben und 2 bis 3 Minuten lang mit dem elektrischen Rührgerät rühren, bis sich alle Zutaten verbunden haben und der Kakao aufgelöst hat. Das kochende Wasser unterrühren. Den Teig auf die zwei Backformen verteilen und 30 bis 35 Minuten backen, bis die Stäbchenprobe feuchte Krümel hervorbringt. Die Kuchen 10 Minuten in der Form auskühlen lassen, dann auf Gitter stürzen. Mit dem Glasieren warten, bis die Kuchen völlig ausgekühlt sind.

Für die Glasur:

125 g sehr weiche Butter
500 g Puderzucker
3–4 EL Milch
1 TL Vanillezucker
ein wenig zu viel Lebensmittelfarbe

Alle Zutaten mit dem Mixer bei niedriger Geschwindigkeit verrühren, bis eine cremige Masse entsteht. Falls nötig, noch Milch dazugeben. Für die Glasur kommt es darauf an, dass diese nicht zu dünn, aber auch nicht zu klebrig ist.

Manchmal geht ästhetisch für mich alles daneben, wenn ich diesen Kuchen mache, aber er schmeckt immer köstlich.

Reicht für 1 Kuchen (20 cm Durchmesser) oder 24 Törtchen.

Zu unserem ersten richtigen Zerwürfnis kam es, nachdem Mitch und ich einen Tag mit seiner Freundin Francine verbracht hatten, einer Bohemienne aus Portland, die für diesen Lifestyle zu alt und zu übergewichtig war. Francine war nach New York gekommen, um ihre Mutter zu pflegen, die sich nach einer Operation erholte. Mitch und ich fuhren mit dem Zug nach New Rochelle, um sie zu besuchen.

»Mom, Mitch ist hier!«, schrie Francine zu ihrer Mutter hoch, die in ihrem Krankenzimmer lag, als wir eintrafen. »Sag Mama Hallo«, befahl sie Mitch.

»Hallo, Mrs. Simon«, schrie Mitch pflichtschuldig.

Wir brachten den Tag damit zu, die Secondhandläden von Westchester abzuklappern, angefangen bei der Entenmann-Bäckerei, wo wir drei Schachteln mit Schokolade überzogene Donuts für je einen Dollar erstanden. Francine entdeckte für mich ein fantastisches blaues Seidenkleid in dem riesigen Laden der Heilsarmee in Portchester. Dann kehrten wir zurück ins Haus ihrer Mutter, wo wir Kaffee tranken und Donuts aßen. »Sag tschüss zu Mom«, wies Francine Mitch an, ehe sie uns zurück zum Bahnhof fuhr.

»Auf Wiedersehen, Mrs. Simon«, rief Mitch, als wir durch die Tür gingen.

Auf der Zugfahrt zurück nach Hause war Mitch ungewöhnlich still, aber ich erklärte mir das damit, dass Francine ihn einfach zu sehr zugequasselt hatte. Von der Grand Central Station gingen wir zur U-Bahnstation in der 42nd Street, derselben Station, an der Mitch und ich uns bei unserer ersten Verabredung getrennt hatten. Wir fanden uns auf dem Eisengitter wieder, wo wir uns vor acht Monaten zum ersten Mal geküsst hatten, wiederholten diesen Moment und küssten uns dann noch mal auf dem Bahnsteig. Als wir in meine Wohnung kamen, ließ Mitch sich mit Tränen in den Augen auf die Couch fallen. »Du magst meine Freunde nicht.«

»Ich war nett zu Francine!«, rechtfertigte ich mich. »Habe ich nicht ganz besonders viel Aufhebens um das Kleid gemacht, das sie für mich entdeckt hat?« Das hatte ich – denn es war auch ein fantastisches Kleid, und es passte mir wie angegossen – ich trug es, bis es zerfetzt war.

Mitch ging am nächsten Morgen; die Schachtel mit Donuts, die er zurückließ, war das einzig Süße in einer harten Woche. Ich aß jeden Morgen einen. Meine Mutter hatte diese Donuts immer zu Hause gehabt, als wir noch klein waren, aber da hielt eine Schachtel nie länger als einen Tag, und so hatte ich nie erfahren, dass Entenmann's Donuts mit Schokoüberzug reifen. Sie werden mit jedem Tag köstlicher.

Nach ein paar Tagen erhielt ich den üblichen Anruf von Mitch nach einem Treffen der Anonymen Alkoholiker, aber diesmal fragte er nicht, ob er zu mir kommen könne – er wollte mich auf einen Kaffee treffen.

Ich wusste, das war das Ende.

Ehe ich meine Wohnung verließ, warf ich einen Blick in den Spiegel und fragte mich, wie ich wohl zu einem solchen Anlass auszusehen hatte. Braucht man ein perfektes Make-up, wenn man sitzen gelassen wird? Auf meinem Weg zu *Halcyon*, einem Plattenladen-Kaffeebar-Trödelladen für Möbel (die Lokalität in meinem Viertel mit dem größtmöglichen Williamsburg-Flair), kam ich mir vor, als ginge ich zu meiner Hinrichtung.

Mitch war bereits dort und trank seinen Kaffee. Ich holte mir selbst auch einen und setzte mich dazu. Wir plauderten ein wenig über Belangloses, dann stürzte Mitch sich auf das, was ich bereits hatte kommen sehen. »Ich denke, wir sollten Schluss machen«, sagte er, aber er weinte, während er dies sagte. Als Nächstes kam er mit glücklichen Erinnerungen: »Ich muss immerzu daran denken, wie wir beide mit einer Thermoskanne Kaffee in einer Einkaufstasche ins Kino gegangen sind«, sagte er unter Tränen.

»Aber warum willst du mit mir Schluss machen, wenn du deswegen weinen musst?«, fragte ich. »Da sind doch offensichtlich noch ganz tiefe Gefühle vorhanden. Ich denke, du solltest mit deinem Bedürfnis nach mir mal langsam ins Reine kommen.«

»Ich weiß, dass ich Bedürfnisse [sic!] nach dir habe«, jammerte er, »und ich habe es auch versucht, aber ich kann es einfach nicht.«

Ich wechselte zwischen Trösten und dem Versuch, ihn davon zu überzeugen, dass er es doch konnte, hin und her. Sogar mein Traum von einem kleinen Häuschen in Williamsburg musste dafür herhalten. »Du könntest mit deinem Geld die

Anzahlung leisten, und ich könnte von meinem Gehalt die Hypothekenzinsen zahlen.« Gibt es außer mir noch jemanden, der ein phantasmagorisches Immobilienabkommen in ein Gespräch über das Ende einer Beziehung einbringt?

Es gab keine Donuts und keinen Mitch mehr. In den ersten paar Nächten weinte ich vor Kummer in mein Kissen, als ich im Bett lag. Tagsüber überlegte ich ständig, wo er wohl sein mochte. Am Sonntagnachmittag wusste ich, dass er in einer Bar in Red Hook zu einer Lesung sein würde. Es war mir nicht erlaubt, dort hinzugehen. Seine Orte waren von nun an tabu für mich.

Aber auf einer Party für unseren Freund Henry durfte ich genauso sein wie er. Es war sehr schmerzhaft, Mitch dort zu sehen, und am Ende brach ich vorzeitig auf, um zusammen mit Ginia, die mit mir auf die Party gegangen war, Trost auf meinem Sofa mit einer Packung American Spirit Lights zu finden (obwohl ich seit zwei Jahren nicht mehr geraucht hatte). Meine Verzweiflung war voreilig. Am nächsten Tag schrieb mir Mitch, und ein paar Tage darauf trafen wir uns, denn wir wollten wenigstens Freunde sein. Wir gingen zusammen aus und teilten uns ein Tablett mit Obst und Käse. Freunde zu sein machte Spaß – wir kamen klar.

»Ist es nicht viel einfacher, mit mir befreundet zu sein?«, wollte Mitch wissen, als ich mich an der U-Bahn von ihm trennte.

Ja, das war es. Meine Verzweiflung über unsere Trennung war durch eine stille Zufriedenheit mit unserem neu geschaffenen Status ersetzt worden. Dann kam Mitch eines Abends nach einer solchen Verabredung zum Fernsehen zu mir, und schon versuchte er mich zu küssen. »Was machst du da?«, fragte ich.

»Ich weiß nicht«, erwiderte er.

Es war uns nicht möglich, Freunde zu sein. Unsere Freundschaft mit besonderen Aktivitäten hingegen hielt noch ein weiteres Jahr. Ich nahm ihn zu einem Essen mit, auf dem sein Held, John Updike, sprach; er fuhr noch einmal mit mir nach Mexiko. Aber jedes Mal, wenn ich mich dem Hoffnungsschimmer hingab, zwischen uns könnte doch noch alles gut werden, sorgte Mitch für einen Absturz. Eines Tages erhielt ich eine E-Mail etwa folgenden Inhalts:

Hey G.
Ich weiß, wir sind miteinander ausgegangen und hatten Sex oder was auch immer, aber mir ist im Moment nicht nach einer Freundin.
M.

Ich schrieb zurück:

Ich möchte nie wieder mit dir sprechen.

An dieses Versprechen hielt ich mich mehr oder weniger. Okay, es mag sein, dass wir ein oder zwei Mal im Jahr miteinander schliefen. Und noch heute haben wir gelegentlich Kontakt miteinander. In der Zeit, als wir nicht miteinander sprachen, heiratete Mitch. Mitch, der keine Freundin haben wollte. Er veröffentlichte auch jede Menge Bücher, und ein weiteres davon wurde verfilmt. Erwachsen wurde er nicht, aber das könnte in seinem Fall einen Karriereschritt bedeuten.

Marcus Caldwell aß und floh

»Ich werde diese Frau heiraten«, war alles, was ich zu hören brauchte. Ich hatte gesehen, wie er sich vor unserem Softballspiel dehnte und posierte, und man konnte Marcus wirklich nicht übersehen mit seinen kerzengerade nach oben stehenden weißen Haaren, seinem Wayfarer-Brillengestell und seinen kermitfroschgrünen Sneakers. Er hatte die Lebensmitte schon gut hinter sich, aber sein salopper Künstlerstil machte ihn für mich interessant, obwohl ich ihn eigentlich erst in Erwägung zog, als ich davon Wind bekam, dass er mich heiraten wollte.

Es war das erste Mal in der Geschichte, dass *Harper's Magazine* ein Softballspiel gegen unseren literarischen Rivalen *The New Yorker* gewann, und unser zusammengewürfeltes Team (bekleidet mit privaten T-Shirts und Kopfbedeckungen im Unterschied zu unseren Gegnern, die von ihrem Firmenchef mit Klamotten ausstaffiert worden waren, die selbstverständlich das Firmenlogo trugen) war in Bombenstimmung. Als Chefin der PR-Abteilung nutzte ich die Gelegenheit, die interne Moral zu heben und den Gegnern zu zeigen, was für tolle Sportskameraden wir waren, indem ich anbot, sowohl den Gewinnern als auch den Verlierern Drinks auf meine Spesenkosten bei *Tap a Keg* zu spendieren, einer Bar, die nicht weit vom Central Park entfernt lag. Marcus saß mir an der Bar schräg gegenüber und unterhielt sich mit Elizabeth, einer unserer Lektorinnen. Ich unterhielt mich Popcorn essend mit den Sommerpraktikanten. Marcus schaute ständig zu mir herüber, lächelte, winkte und sagte lautlos »Danke«, wobei er mir mit seinem Bier zuprostete. Als ich aufstand, um mich unter die Leute zu mischen, erzählte mir Elizabeth, er habe sie über mich ausgefragt. »Wer ist diese Frau? Ich werde sie heiraten«, soll er angeblich immer und immer wieder gesagt haben.

Ich ging mit den Rauchern nach draußen, Marcus war praktischerweise dabei. Ich schnorrte mir eine Zigarette von ihm und stellte mich vor. Marcus war Cartoonist, und ich bat ihn, mir einige seiner Cartoons zu beschreiben. Er erzählte mir einen, bei dem es um ein Paar im Bett und einen Fahrradhelm ging. Ich kapierte den Witz dabei nicht. »Das kommt oft vor«, sagte er mit gewinnender Selbstkritik. Ich musste los, bevor wir uns lange unterhalten konnten; er gab mir seine Karte mit seiner geprägten Unterschrift und den anderen relevanten Informationen, und ich gab ihm meine. Ich ging wieder hinein, um mich von meinen Kollegen zu verabschieden, und als ich mich dann auf den Weg machte, rief mir Marcus, der mit einigen anderen vor der Bar auf einer Bank saß, noch nach: »Gute Nacht, Giulia!« Seine Stimme hatte etwas von Charles Nelson Reilly, sehr charaktervoll, mit einem leicht schwulen Unterton.

Ich hatte vorgehabt, mich den Sommer über von Verabredungen fernzuhalten. Am Anfang des Frühlings, ein paar Wochen nachdem ich mich zum letzten Mal von Mitch verabschiedet hatte (na ja, so ziemlich das letzte Mal – gelegentliche, Jahre auseinanderliegende sexuelle Begegnungen zählen für mich nicht – und sollten das auch nicht für andere), lernte ich einen gut aussehenden Inder britischer Abstammung in der U-Bahn kennen. Er fragte mich nach der Uhrzeit und fing dann ein Gespräch an, in dem er sagte, er sei Journalist. Ich gab ihm meine Karte. Die Idee einer Beziehung, die in der U-Bahn ihren Anfang genommen hatte, störte mich nicht – ich fand sogar, dass der öffentliche Nahverkehr ein ausgezeichneter Ort war, um Menschen kennen zu lernen. Meine Freundin Monica Mahoney hatte immerhin einen Arzt und Betriebswirt geheiratet, den sie im M-103-Bus kennen lernte, und das war nicht die einzige mir bekannte Geschichte. Der Mann jedoch, den ich aufgerissen hatte, erwies sich als genau der Menschentyp, den man in der U-Bahn erwartete. Obwohl er gut aussah und auch gut gekleidet war, bestand seine journalistische Laufbahn, wie ich erfuhr, aus nichts weiter als einem Radiofeature für die BBC, das er irgendwann in den frühen Neunzigern gemacht hatte. Im Moment machte Kam gar nichts. Ich ging davon aus (und hoffte), dass er mit familiärer Unterstützung über die Runden kam, aber schließlich kam ich dahinter, dass die Wohnung in der Upper East Side, wo ich ihn mit dem Taxi nach unserem zweiten Treffen absetzte, gar nicht ihm gehörte. Nachdem wir uns ein paar Wochen lang getroffen hatten, gestand er mir, dass er bei einer Frau wohnte. Als ich ihn anrief, um ihm zu sagen, dass ich kein Interesse mehr daran hätte, ihn weiterhin zu sehen, löste er dieses Problem, indem er sie für mich ans Telefon holte. Ehe ich protestieren konnte, teilte sie mir mit, dass Kam und ich eine gute Sache am Laufen hatten und sie nicht im Weg stehen wolle.

Als ich diesen bizarren Vorfall Jen schilderte, war sie so erschrocken, dass sie mich bedrängte, ein paar Tage bei ihr und Jeff zu wohnen, für den Fall, dass dieser Kerl gefährlich war (ich blieb zu Hause, und mir passierte nichts). Ginia hatte jeglichen Glauben an meine Vernunft verloren. Eine Runde Gewissensprüfung war fällig. Bis zu diesem Punkt meines Lebens hatte ich mich stets für eine gute Menschenkennerin gehalten, jetzt war ich mir da nicht mehr so sicher. Mein Kummer wegen Ethan und die Sache mit Mitch hatten jegliche Einsicht, die ich vielleicht einmal besessen hatte, zerstört. Ich wurde zu einem Typ, der ich nie gewesen war und nie sein wollte: einer Frau, die sich auf jeden einließ, nur weil sie mit jemandem zusammen sein wollte.

Eine E-Mail von Marcus Caldwell erwartete mich, als ich am Morgen nach unserem Treffen zur Arbeit kam.

Giulia,
Sie sind gestern Abend zu früh aufgebrochen.
Ich würde Sie gern einladen, mit mir auszugehen,
und Ihnen 82 Drinks ausgeben.
Haben Sie heute oder morgen Abend Zeit?
Marcus

Und das war auch schon das Ende meiner Phase der Nachdenklichkeit. Ich wollte mich mit Marcus verabreden. Und ich wollte mich noch heute Abend mit Marcus verabreden. Was mich innehalten ließ, war nicht die Besorgnis, dass eine zu prompte Zusage den Eindruck erwecken könnte, ich sei leicht herumzukriegen, sondern schlichtweg die Tatsache, dass ich für die Verabredung nicht die richtige Kleidung trug. Noch müde vom Feiern am Vorabend, hatte ich mich aus dem Bett gehievt und, ohne viel nachzudenken, einen schlichten Rock mit T-Shirt übergezogen. Daheim in meinem Schrank in Brooklyn hing ein brandneues Kleid, das anzuziehen ich morgens kurz in Erwägung gezogen hatte, ehe ich zu dem Schluss kam, dass unauffällige Bekleidung meiner Geistesverfassung weitaus besser entsprach. Jetzt tat es mir überaus leid, dass ich mich nicht für das blaue Etuikleid aus Seidenjersey mit dem Bambusmuster entschieden hatte!

Nach ein paar telefonischen Beratschlagungen mit den üblichen Fragen kam ich zu dem Ergebnis, dass eine kurze Fahrt nach Brooklyn und zurück so eine große Sache nun auch wieder nicht war. Ich machte früher Schluss und kümmerte mich noch um ein paar Besorgungen. Marcus teilte mir mit, er werde auf seiner Vespa von Harlem kommen. Ich gab die komplizierten Manöver, die ich anstellen würde, um ins *Blue Ribbon*, einem bei Köchen und Bonvivants beliebten Restaurant, zu kommen, nicht preis. Marcus gehörte mit großer Wahrscheinlichkeit zu Letzteren, wenngleich er ein schon etwas betagter Vertreter dieser Spezies war.

Als ich eintraf, stand er am Eingang und hatte bereits ein halbes Glas Weißwein geleert. Ohne seine Sportklamotten, in einem blauen Buttondown-Hemd und einer ziemlich abgetragenen khakibraunen Hose sah er enttäuschend alt aus. Doch als ich mich erst an sein weißes Haar und die Falten gewöhnt hatte, was durch das Glas Wein, das ich bekam, womöglich noch etwas unterstützt wurde, konnte ich mich in seiner Gegenwart entspannen. Nach fünf Minuten trugen wir unsere Gläser zu einem Tisch in Barnähe und bestellten ein Dutzend Austern, eine *spécialité de la maison*. Ich hörte mir die Geschichte von Marcus' Familienleben an, das sich vor kurzem aufgelöst hatte. Er hatte zwei Kinder Mitte zwanzig, die beide in New York lebten. Als sie noch klein waren, lebte der ganze Clan ein paar Jahre in einer Villa nahe Lucca, wo Marcus malte und seine Frau gärtnerte; deshalb auch die Vespa und Marcus' Hang zu allem, was italienisch war. Seine Tochter lebte mit ihrem Freund in Queens; sein Sohn war Schauspieler und außerdem Schlagzeuger in einer Band, die heute Abend in der Nähe einen Auftritt hatte. Ob ich Lust hätte, sie mir anzusehen? Was für eine Frage! Wir bezahlten, und Marcus brachte mich zu seiner mintgrünen Vespa; er hatte einen dazu passenden mintgrünen Helm, und unter dem Sitz war ein kleiner schwarzer Beifahrerhelm für mich verstaut. Ich saß auf und schlang zaghaft meine Arme um Marcus' Taille, denn mir war bei dieser überstürzten Intimität, die diese Art der Fortbewegung mir aufzwang, doch etwas unwohl. Marcus' Baumwollhemd war weich, seine Leibesmitte erfreulich straff, und es spricht vieles dafür, auf dem Sozius einer Vespa an einem der ersten Sommerabende durch Greenwich Village zu düsen. Ich war verführt, was zweifellos auch die Absicht hinter dieser Anschaffung war. Diese Vespa machte ihn um zehn Jahre jünger.

Marcus machte mich mit seinem Sohn bekannt, der ziemlich gut aussah, trotz des Irokesenhaarschnitts, den er für eine Rolle in einem Studentenfilm tragen musste. Bei *Kenny's Castaways* tranken wir Brooklyn Lager und hörten uns die Band an. Sie spielten eine Art Country-Rock, was mir nicht besonders zusagte. Ich saß da und malte mir aus, die Stiefmutter dieses jungen Mannes zu sein, der mir altersmäßig näher stand als sein Vater. Komischerweise war diese Fantasie nicht unangenehm; ich war binnen zwei Stunden schon ganz schön weit gekommen. Tatsache war, dass ich über die bemerkenswerte Fähigkeit verfügte, jedes x-beliebige Bild in das Bild zu verwandeln, das ich sehen wollte: ich mit einem Ehemann. Meine Vorstellungsgabe hatte die Biegsamkeit einer dreizehnjährigen chinesischen Akrobatin.

Die Band spielte bis gegen Mitternacht. Danach kehrten Marcus und ich noch zu Hamburgern und Rotwein bei *Florent* ein, einem Restaurant mit Pioniergeist, getarnt als altes Esslokal in Manhattans inzwischen allzu trendigem Fleischverarbeitungsdistrikt. Das *Florent* (dessen Schließung 2007 vielen New Yorkern das Herz brach) hatte die ganze Nacht über geöffnet und versorgte vor allem die Klubbesucher und Transvestiten der Stadt. Obwohl wir weder zu den einen noch zu den anderen gehörten, war es der einzige Ort, an dem wir um diese Uhrzeit damit rechnen konnten, verköstigt zu werden. Nach unserem nächtlichen Mahl flogen Marcus und ich auf der Vespa über die Brooklyn Bridge und landeten vor meinem Haus, wo Marcus noch eine Weile blieb und mir Fotos seiner Gemälde zeigte, die er in demselben Fach aufbewahrte wie den Helm. Darin steckte auch ein *Zagat*-Führer für den Fall, dass er auf die Schnelle ein Restaurant heraussuchen wollte. Die Kunstwerke waren eigentlich nur okay, aber inzwischen war ich so sehr entschlossen, diesen Mann zu mögen, dass in mir die Überzeugung reifte, sie seien mehr als okay und er in Wirklichkeit ein noch nicht entdeckter Max Beckmann. Wir küssten uns auf meiner Treppe, und ich sah mich wieder den anfänglichen Anpassungsproblemen gegenüber. Wenn man sich von einem Kuss löst und mit so vielen Falten konfrontiert wird, erzeugt dies ein Gefühl, als würde ich meinen Vater küssen. Aber mit siebenunddreißig war ich kein naives Mädchen mehr, und Marcus schien so begeistert von mir zu sein, dass ich nicht umhinkam, selbst auch ein wenig abzuheben.

»Hab dich letzte Nacht vermisst, als ich auf dem FDR Drive nach Hause fuhr«, lautete seine morgendliche E-Mail.

Für unsere nächste Verabredung zwei Tage später wählte Marcus ein Restaurant in Brooklyn aus, von dem ich bei unserer ersten Verabredung geschwärmt hatte, was ich sehr aufmerksam von ihm fand. Wir trafen uns erst zu einem Drink in der Lower East Side, in einer Bar, die er ausgesucht und von der ich noch nie gehört hatte. Marcus war zwanzig Jahre älter als ich und musste daher schließlich ein paar Stammlokale in der Innenstadt haben. Nach ein paar Gläsern Rotwein steuerten wir auf seiner Vespa Brooklyn an. Als wir vor einer roten Ampel am Ende der Brooklyn Bridge warteten, starrten die Leute uns aus ihren Autos bewundernd an. Wir dürften ein ganz nettes Pärchen abgegeben haben, der Künstlertyp

Marcus mit seinen in alle Richtungen stehenden weißen Haaren auf dem Kopf und ich in einem hellrosa Kaschmirpullover über einem glänzenden, schräg geschnittenen Rock. Für Marcus würde ich nicht kochen müssen; ich erwies ihm ohnehin schon einen großen Dienst, indem ich seiner funkigen Altmännerszene meine Jugendlichkeit zuteilwerden ließ. Mir gefiel das Image, das ich durch diese Liaison bekam, ebenfalls. Es bereicherte meine Persönlichkeit um eine bohèmehafte Dimension, die mir bisher gefehlt hatte.

In der *Locanda Vini & Olii* in Fort Greene setzten wir uns an einen Tisch im Freien. Unser Gespräch drehte sich um vergangene Beziehungen, ein häufig genutzter Umweg bei anfänglichen Verabredungen. Marcus hatte gerade eine hinter sich mit jemandem, den ich, wie sich herausstellte, ebenfalls kannte. Zufälle dieser Art sind in New York City nicht ungewöhnlich, und zwar öfter, als man glauben möchte, denn im Grunde ist diese Stadt ein Dorf, jedenfalls, was die Kreise betrifft, in denen ich mich bewege. Wir kennen uns alle. Renee Lachaise war vor ein paar Jahren von meinem Freund Conrad Peterson entjungfert worden. Ich erfuhr damals weitaus mehr über diese Tortur, als mir vor allem jetzt lieb war. In meinem Kopf begann ich Berechnungen über ihr Alter anzustellen, aber wie ich es auch drehte, ich kam zu keinem befriedigenden Ergebnis. Sie musste mindestens zehn Jahre jünger sein als ich. Marcus und Renee unterhielten bereits eine langjährige Affäre, als er seine Frau und sein Vorstadtzuhause verließ, um sich mit ihr in hundertsechzig Quadratmetern in der Upper West Side zu verschanzen. Da ich nun wusste, dass er mit einer sogar noch Jüngeren als mir liiert gewesen war, war das Gefühl, die jugendliche Trophäe auf seiner exzentrischen Vespa zu sein, verpufft. Diese Enthüllung nahm mir den Wind aus den von der Rollergeschwindigkeit geblähten Segeln.

Aber doch nicht so sehr, um Marcus nicht doch auf ein Glas Prosecco zu mir einzuladen. Ich sagte nicht Sex, ich sagte Prosecco! »Und wenn ich dich nun ins Schlafzimmer trüge und dich lieben würde?«, fragte Marcus, während wir unsere Gläser leertranken und auf dem Sofa herumalberten. Aber ich verweigerte mich seinem Rhett-Butler-Versuch. Mochte ich mein Moratorium hinsichtlich Verabredungen auch abgebrochen haben, so würde ich es diesmal auf jeden Fall langsamer angehen lassen.

Und zwar so langsam, dass ich ihn schon nach einer Stunde einlud, am bevorstehenden Wochenende des vierten Juli mit mir nach Connecticut zu kommen, wo er meine Mutter und Tante Marie kennen lernen und mit mir vermutlich ein Bett teilen würde. Die Zahl der Männer, die nach fünftägigem Kennenlernen in eine solche Expedition einwilligen würden, ist verschwindend klein. Aber Marcus gehörte zu dieser winzigen Minderheit. Meiner Einschätzung nach war er ein Beispiel für einen erfrischenden Mangel an Neurosen, wie man es in New York City nur selten antrifft, wo sich jeder alles fünfmal überlegt. Der typische Mann von dreißig plus jedenfalls würde vor so einer Einladung zurückschrecken, weil er Angst hätte, sich damit auf etwas festzulegen. Ein weiterer Pluspunkt für den (viel) älteren Mann!

»Ich besuche dich in Connecticut und bringe einen Mann mit, der dir altersmäßig näher steht als mir«, verkündete ich meiner Mutter am nächsten Morgen am Telefon. Denn ich wusste, sie hätte nichts dagegen. Egal, was mich nach Connecticut führte – sie war mit allem einverstanden. Ich hätte den frisch auf Bewährung entlassenen Charles Manson mitbringen können, und ihre einzige Sorge wäre die gewesen, ob er noch immer Vegetarier war.

»Gut«, erwiderte sie, ohne zu zögern. »Ich war schon immer der Meinung, dass du jemanden brauchst, der reifer ist als du.«

Ich traf mich mit Marcus nach der Arbeit in seiner Harlemer Wohnung, wir holten seinen Wagen und fuhren von dort aus nach Connecticut. Marcus wohnte in einem slumartigen Gebäude in einer trostlosen Ecke der Stadt, aber ich ließ mich auf den schäbigen Charme ein. Irgendwo unter dem Schmutz im Eingangsflur verbarg sich Marmor, und Marcus hatte sehr viel Platz, ganz zu schweigen von der fantastischen Aussicht auf den Hudson River und das nördliche New Jersey. Ich stellte mir vor, hier oben große Partys auszurichten. Marcus erzählte mir, er habe vor kurzem eine gehabt – mit Austern und Bier. Da ich nicht wusste, wie man diese auslöste, fragte ich mich, ob dies zum Problem werden könnte.

Die Wände der Wohnung waren mit Marcus' Gemälden bedeckt, viele weitere waren entlang der Flure gestapelt. »Wir können ein paar davon zu dir bringen und sie dort aufhängen«, schlug er vor. Mir gefiel diese Idee. Was mir weniger gefiel, war ein Foto im Format 20 auf 30 von ihm und Renee Lachaise, das an der Wand seines Studios hing. Meine ganze Abneigung galt dann einer gerahmten E-Mail von Renee Lachaise neben seinem Bett. »Ich liebe dich«, lautete sie. Ich übersah diese Schaustücke jedoch entschlossen und konzentrierte mich auf mein Austernproblem. Zu Marcus ließ ich kein Wort darüber verlauten, denn dann hätte ich auch mir gegenüber zugeben müssen, dass es mir etwas ausmachte. Außerdem haben viele Leute die Fähigkeit, sehr schnell voranzuschreiten, schneller als man braucht, um Erinnerungsstücke an eine Beziehung abzuhängen. Ich baute darauf, dass Marcus zu diesen gehörte.

Wir nahmen ein paar CDs für die Fahrt mit. Ich hatte auch meine eigenen dabei.

»Das ist so frisch!«, rief Marcus mit seiner emphatischen Stimme aus, wann immer ich meine Musik spielte.

Ich hatte *Die Superhits der Siebziger* eingesteckt, weil ich glaubte, dass ihm das gefallen könnte, aber offenbar hatte Marcus von mir so geliebte Gruppen wie Supertramp oder ELO aus dieser Zeit nicht mitbekommen. Vielleicht war er zu sehr damit beschäftigt gewesen, Kinder großzuziehen. Oder wir hatten einfach unterschiedliche Geschmäcker.

Meine Mutter und Tante Marie kamen heraus auf die Eingangsveranda, um Marcus zu empfangen, als wir in seinem zerbeulten Auto vorfuhren. »Hallo, die Damen!«, trällerte er und begrüßte sie mit seiner Wärme und Überschwänglichkeit, die auch bei mir Wunder gewirkt hatten. Er würde gut mit meiner Familie zurechtkommen, dachte ich mir, als ich ihm stolz das Haus zeigte und dann den Tisch auf der rückwärtigen Terrasse. Meine Mutter, die ansonsten ihre Küche ein wenig vernachlässigte, hatte in Erwartung eines kultivierten älteren Herrn, den sie sich vermutlich vorgestellt und erhofft hatte, ein bemerkenswertes Abendessen kreiert. Marcus schien von dieser Mütterlichkeit bezaubert zu sein, und ich fühlte mich so wohl, dass ich kaum glauben konnte, dass wir uns erst so kurz kannten.

Abendessen, um einen älteren Herrn zu beeindrucken: Mariniertes Flank Steak vom Grill

1–1,5 kg Steakfleisch aus der Flanke
50 ml Olivenöl
50 ml Rotweinessig
1 Knoblauchzehe, fein gehackt
1 TL getrockneter Oregano
½ TL Salz
frisch gemahlener Pfeffer

Fleisch in einer Schüssel oder einem verschließbaren Gefrierbeutel mit den angegebenen Zutaten marinieren, 30 Minuten auf der Küchentheke und dann noch mindestens eine Nacht im Kühlschrank stehen lassen.

Den Grill oder den Backofengrill vorheizen. Auf jeder Seite 4 bis 5 Minuten grillen, für den halbgaren Verzehr. Dünn aufschneiden.

Ergibt 4 bis 6 Portionen.

Gebratene rote Kartoffeln

500 g rote Baby-Kartoffeln
1 EL Olivenöl
1 EL Butter
Salz

Kartoffeln in einen großen Topf geben, mit Wasser bedecken und zum Kochen bringen. Etwa 15 Minuten kochen, bis sie fast gar sind. Kartoffeln abtropfen und ein wenig auskühlen lassen, dann in Viertel schneiden.

In einer großen schweren Pfanne bei mittlerer Temperatur Olivenöl und Butter erhitzen. Wenn die Butter schäumt, die Kartoffeln dazugeben und so lange braten, bis ihre hautlosen Seiten braun sind, etwa 7 Minuten pro Seite.

Auf Küchenpapier abtropfen lassen, mit Salz bestreuen.

Ergibt 4 Portionen.

Nachdem Marcus nun meine Mutter und Tante Marie kennen gelernt hatte, gab es da noch einen Grund, irgendetwas vor ihm zu verbergen? Ich hatte ein paar Gründe, umsichtig zu sein – die Tatsache, dass wir uns gerade erst kennen gelernt hatten, die in seiner Wohnung noch zurückgebliebenen Renee-Lachaise-Relikte –, doch ich konzentrierte mich darauf, diese zu ignorieren. Er war bei mir zu Hause, ich besaß ein brandneues knallrosa Negligee mit Leopardendruck (klassischer, als es sich anhört) vom selben Designer, der auch das blaue Kleid mit dem Bambusmuster entworfen hatte, das außerdem meine Kurven angenehm betonte. »Von einem Körper wie dem deinen habe ich immer geträumt, aber nie einen gesehen«, sagte Marcus. Seiner war auch nicht schlecht, besser als der der meisten Dreißigjährigen, die ich kannte. »Als Teenager habe ich jeden Sommer in einem Steinbruch gearbeitet, und das ist mir geblieben«, erklärte er mir, als ich ihn fragte, wie dies möglich sei. Nach meinem heutigen Kenntnisstand glaube ich nicht, dass er mir die Wahrheit sagte, aber damals war ich nur allzu bereit, ihm Glauben zu schenken.

Wir standen in der Morgendämmerung auf und gingen an den Strand – eine neue Erfahrung zu so früher Stunde. Wer konnte schon wissen, dass die Sonne genau hier auf dem Long Island Sound aufsteigt und die Leute zu ihrer Begrüßung mit herumtollenden, kläffenden Hunden hierherkommen? Ich musste an den letzten Samstag denken, den ich allein zu Hause vor dem Fernseher verbracht hatte, wo ich mir ein Damenfinale der French Open angesehen und dazu in düsterer Stimmung gegrillten Lachs mit Zitronen-Estragon-Butter verzehrt hatte, wie ich ihn für Ethan oft gemacht hatte. Im Supermarkt war ich einem Freund von Mitch begegnet, was auch nicht gerade half, meinen Trennungsschmerz zu lindern. Niemals hätte ich vorhersagen können, dass ich schon eine Woche später ein amouröses Wochenende mit diesem komischen Typen verbringen würde, der mich mit ungeahnten Freuden an einem Ort bekannt machte, an dem ich schon unzählige Male gewesen war. Nie war mir aufgefallen, wie sehr der Geruch des Salzwassers das Haus durchdrang, bis Marcus mich darauf stieß. Wir schwammen bei Flut an Stränden, die ich noch nie aufgesucht hatte. Wir fanden zwei Adirondack-Stühle vor einem der McMansions, die offenbar die kleinen Häuschen entlang der Küste ersetzten (»Gatsbys Haus« nannte es Marcus), und nahmen sie für uns in Beschlag. Auf ihnen nahmen wir unseren Aperitif ein, Corona mit Limette. Marcus fotografierte jeden Augenblick mit seiner Digitalkamera. Meine Mutter kümmerte sich um das Essen.

»Das ist das tollste Wochenende meines Lebens!«, erklärte Marcus immer und immer wieder, und als ich am Dienstag zurück im Büro war, rief er mich sofort an, um dieses Gefühl noch einmal zum Ausdruck zu bringen. »Ich danke dir für das beste Wochenende meines Lebens!«

Im Nachhinein war dies eine ziemliche Beleidigung für seine Kinder. Konnte ein Wochenende mit mir, meiner Mutter und Tante Marie tatsächlich so schön sein wie das erste Wochenende zu Hause mit einem Neugeborenen? Gewiss, das ist bestimmt eine anstrengende Zeit, aber sie ist doch wohl mit einem viel größeren Wunder verbunden als dem, meinen Körper oder Tante Maries Waffeln zu entdecken.

Eine frühsommerliche Hitzewelle verzögerte meine Kochversuche für Marcus. Selbst ich habe meine Grenzen, und damals besaß ich zwar eine Klimaanlage im Schlafzimmer – was womöglich aufschlussreich ist –, nicht aber im Wohnzimmer und der Küche. Dies bedeutete jedoch nicht, dass ich es ganz aufgab. Ich ging zu *Dean & DeLuca*, dem teuren Gourmetimperium in der Nähe meines Büros, und kaufte dort für uns zum

Abendessen eine Auswahl gepökeltes Fleisch, Käse und eine Baguette sowie hervorragenden griechischen Joghurt, um ihn zum Frühstück mit Honig zu essen. Wir arbeiteten uns durch einen Karton weißen Bordeaux, den ich zu einem früheren Zeitpunkt angeschafft hatte. Was das alles kostete, war mir egal. Für die Zuneigung, die ich Marcus entgegenbringen wollte, war mir nichts zu teuer, und wenn ich sie ihm schon nicht durch meine Kochkünste zeigen konnte, nun denn, dann musste ich eben meine Einkäufe übertreiben. Marcus legte die gleiche Großzügigkeit an den Tag, wenn ich ihn bei sich zu Hause besuchte. Gleich neben der Columbia University, wo er seine Vespa immer parkte, gab es einen wunderbaren großen Markt, auf dem Marcus ähnliche Köstlichkeiten besorgte: riesige Erdbeeren, Joghurt aus Vermont, Bio-Orangensaft und guten Kaffee. Von dort nahmen wir dann die U-Bahn und waren nach zwei Stationen bei ihm. Er stellte seine Vespa nie bei seiner Wohnung ab, weil ihm das Viertel zu unsicher war. Das war zwar ein wenig ermüdend und minderte den Vorteil, einen motorisierten Freund zu haben, aber ich regte mich nicht groß darüber auf.

Auch wartete ich nicht lange mit meiner Bitte, doch Renee Lachaises »Ich liebe dich« von der Wand zu nehmen (das 20 mal 30 große Porträt von den beiden, das im Studio gehangen hatte, war aus eigenem Antrieb verschwunden), und angeregt von diesem Schreiben machte ich Marcus die gleiche Erklärung zu einem grotesk frühen Zeitpunkt. Er sagte, er liebe mich ebenfalls.

Meine Freunde hatten größtenteils kein Problem damit, dass Marcus zwanzig Jahre älter war als ich. Ginia reagierte wie erwartet begeistert darauf, wie sie das immer tut, wenn ich mit jemandem liiert bin, der einen Job hat. (Obwohl ich mir nicht sicher bin, ob man das, was Marcus machte, einen Job nennen konnte. Wie er sein Geld verdiente, ließ sich nur schwer feststellen. Wie viel bekam man wohl für einen Cartoon im *New Yorker*? Dazu wurden die seinen nur sehr sporadisch genommen. Sein Glück hing von seinem Ideenfluss und den Launen des Cartoon-Lektors der jeweiligen Woche ab. Vielleicht war Harlem aber auch nicht allzu teuer.) Ich konnte ihn Ginia erst mit Verspätung vorstellen, da sie gerade den Mann kennen lernte, den sie später auch heiratete, und daher die meisten Abende mit ihm allein verbrachte. Als Marcus und ich eines Abends vor ihrer Wohnungstür aufkreuzten, war sie beeindruckt, wie locker wir miteinander umgingen. Selbstzufrieden redete ich mir ein, eine unkonventionelle Beziehung gefunden zu haben, die wirklich zu mir passte.

Immer am Sonntagabend, dem Abend vor der Wochensitzung der Cartoonisten mit dem Lektor beim *New Yorker*, versuchte ich Marcus dabei zu helfen, Bildunterschriften zu finden, die zu den von ihm gemalten Bildern passten. Das war seine bevorzugte Arbeitsweise: zuerst das Bild, dann die Worte. Mir fiel allerdings nie etwas Gutes ein, so gern ich ihm auch unter die Arme greifen wollte, damit Geld ins Haus kam. Marcus nutzte jede Gelegenheit, die Büros vom *Harper's Magazine* aufzusuchen, wo er viele meiner Kollegen traf, die sich vom Freundschaftsspiel an ihn erinnerten. Er ging zusammen mit mir und Lewis Lapham, dem Herausgeber des Magazins, etwas trinken – selbst mein älterer Mentor schien mit ihm einverstanden zu sein.

Nur Jennifer Romanello – eine frühere Arbeitskollegin, die dann zu einer engen Freundin wurde und in meinem Leben sowohl an der Karriere- als auch an der Liebesfront die Rolle einer Ratgeberin spielt – kaufte es mir nicht ab.

»Was willst du denn mit *dem*?«, fragte sie mich.

»Ich weiß nicht, ihn für den Rest seines Lebens lieben? Ihn heiraten?«

Sie lachte verächtlich und winkte ab, was mir in der Seele wehtat. Aber was wusste sie schon? Sie war mit einem Professor verheiratet, seit sie um die zwanzig war, den sie liebte, seit sie beide die achte Klasse besucht hatten. Sie konnte unmöglich begreifen, wie hart ich um die Liebe hatte kämpfen müssen und wieso es möglich war, dass ein geschiedener Siebenundfünfzigjähriger in meiner Vorstellung eine gute Wahl war. Und dabei hatte ich ihr noch nicht einmal von seiner letzten Freundin erzählt.

Marcus und ich fuhren fast jedes Wochenende nach Connecticut, wo weder meine Mutter noch meine Tante abschätzige Bemerkungen machten, jedenfalls nicht, wenn ich es hören konnte. Er nistete sich dort regelrecht ein, und ich konnte kaum glauben, wie viel Spaß ich mit ihm hatte. Marcus, früher einmal ein Hippie mit Pferdeschwanz, wusste, wie man Brot backte. Er riss die alten Damen mit, indem er zeitig aufstand und Biskuits zum Frühstück machte. Wir entdeckten in der nächsten Stadt einen Bauernmarkt, von dessen Existenz ich gar nichts gewusst hatte. An einem der seltenen Wochenenden, an dem meine Mutter in der Stadt blieb, kümmerte ich mich ums Abendessen. Ich machte Lammburger mit Tomatenscheiben vom Bauernmarkt, die ich mit Olivenöl und Fleur du sel servierte, dazu einen Orzo-Salat mit Fetakäse. Aus den übrig gebliebenen Biskuits machten wir altmodische Erdbeertörtchen, indem wir sie halbierten und mit Erdbeeren und Schlagsahne füllten. Tante Marie, eine Frau, die noch zu keinem Nachtisch nein gesagt hatte, war an diesem Abend von Marcus begeistert. Wir drei nahmen ein äußerst genüssliches Mahl auf der rückwärtigen Terrasse ein. Es war die beste Zeit, die ich je mit meiner Tante verbracht hatte.

Lammburger

750 g Lammhackfleisch
1 gute Handvoll klein gehackte frische Minze
2 durchgepresste Knoblauchzehen
1 EL Paprikapulver
1 TL Salz
½ TL Cayennepfeffer
¼ TL Zimtpulver
1 EL Olivenöl

Alle Zutaten miteinander vermengen und Laibchen daraus formen. Auf dem Grill, im Backrohr unter dem Grill oder auf dem Herd 5 bis 7 Minuten auf jeder Seite braten. Ich serviere sie nicht mit Brot, ich serviere sie zu:

Orzo-Salat mit Feta

(Übernommen aus der Zeitschrift *Gourmet*)

250 g Orzo (kleine griechische Nudeln in Reisform)
Saft von 1 Zitrone
50 ml Olivenöl
¼ TL Salz
frisch gemahlener Pfeffer
50 g Pinienkerne, geröstet
180 g Fetakäse, zerkrümelt
100 g Frühlingszwiebeln, nur das Grüne, fein geschnitten

Die Orzo-Nudeln nach Packungsanweisung kochen. Orzo-Nudeln sind schnell fertig, also probieren Sie sie nach etwa 6 Minuten.

In einer mittelgroßen Schüssel Zitronensaft, Olivenöl, Salz

und etwas Pfeffer verrühren. Wenn die Nudeln gar sind, in die Schüssel geben und unterrühren. Auskühlen lassen, dann die übrigen Zutaten dazutun. Mit Salz und Pfeffer abschmecken.

Reicht für 4 Personen.

Marcus' Erdbeertörtchen

Ich habe keine Ahnung, wie er sie gemacht hat.
Ich würde Fertigmischung nehmen.

»Wie es aussieht, bleibt er mir«, sagte ich zu meiner Mutter eines Tages, als wir zum Stop & Shop in Connecticut fuhren, und aalte mich in diesem neu entdeckten Gefühl der Sicherheit.

»Wie es aussieht, wirst du diejenige sein, die ihn irgendwann loswerden will«, sagte sie, ohne dass eine Spur Geringschätzung in ihrer Stimme mitschwang. Erst später sollte ich erfahren, dass sie der Meinung war, Marcus habe von Anfang an nur Unsinn erzählt. Damals brachte sie ihre Vorbehalte nur ganz subtil zum Ausdruck, wie etwa, indem sie mich vor langen Autofahrten in Marcus' Auto warnte (wie etwa nach Connecticut). Sie war auch nicht erbaut darüber, dass ich auf dem Sozius seiner Vespa mitfuhr. Ich ignorierte diese kleinen Bitten.

Es war schon eine Weile her, seit ich das letzte Mal bei jemandem derartigen Halt gefunden hatte. Marcus rief ständig an. Er wollte mich pausenlos sehen. Die Enttäuschungen der Vergangenheit hatten mich so niedergeschmettert, dass ich seine Bedürftigkeit brauchte, um mich sicher zu fühlen, und deshalb sorgte ich auch dafür, für ihn stets verfügbar zu sein. Wenn er mich um vier Uhr nachmittags in der Arbeit anrief, um mir mitzuteilen, er sei in der Nähe, ließ ich alles stehen und liegen, um ihn zu treffen. Um fünf Uhr tranken wir schon kalten Weißwein in meinem Bett. An einem regnerischen Abend, als es so sehr abgekühlt hatte, dass ich den Ofen anmachte, bereitete ich für Marcus ein köstliches kleines Pastagericht zu, Spaghetti mit einem Hauch Trüffelöl, bestreut mit Parmesan. Das ist ein einfaches, aber elegantes Gericht – ein luxuriöses und romantisches Essen für Abende, an denen man am liebsten im Bett faulenzen möchte.

Spaghettini, umhüllt von weissem Trüffelöl

Salz
250 g Spaghettini (oder dünne Spaghetti)
3 EL weißes Trüffelöl
frisch geriebener Parmesan
frisch gemahlener Pfeffer

Spaghetti nach Anweisung auf S. 27 kochen. Abgießen und zurück in den Topf geben, Trüffelöl dazugeben. Auf zwei Schälchen verteilen, mit Parmesan und Pfeffer bestreuen und im Bett verzehren. Kleidung nach Wahl.

Wir sprachen hin und wieder über Renee Lachaise und auch über Ethan, der eine passendere Entsprechung für Renee war als Mitch, welcher mich eher verwirrt als mir das Herz gebrochen hatte. Und wie zum Beweis dafür, dass sich New Yorker untereinander nicht fremd sind, hatte Marcus auch Ethans Namen schon gehört, ehe er mich kennen lernte. Merkwürdigerweise hatte Renee ihn erwähnt, weil eine Freundin in der Arbeit Ethan kannte und sich so in ihn verknallt hatte, dass sie ständig von ihm sprach. Es gab noch eine weitere Verbindung zwischen Marcus und Ethan. Marcus' Sohn war mit Ethans Cousine Emily gegangen, die ich recht gut kannte; wir waren mit ihr sogar in Florenz essen gewesen, als sie dort ihr Auslandssemester verbrachte. Diese Zufälle fand ich allesamt so erstaunlich, dass ich nicht widerstehen konnte, Ethan anzurufen und sie ihm mitzuteilen. Auch Ethan kannte Marcus aus seinen Tagen beim *New Yorker*. Er dürfte es etwas seltsam gefunden haben, dass ich mit jemandem dieses Alters liiert war, enthielt sich aber jeglichen Kommentars. Ethan, so erfuhr ich in diesem Gespräch, hatte sich vor kurzem von meiner Nachfolgerin getrennt, also ließ ich großherzig einfließen, dass er eine heimliche Bewunderin hatte, deren Bewunderung, wie sich herausstellte, so heimlich gar nicht war – sie war eine alte Freundin von Ethan, mit der er viel Zeit verbracht hatte und die für ihn wohl etwas mehr empfand als er für sie. Klingt doch vertraut?

Irgendwann in der vierten Woche machte sich eine leichte Veränderung in der Beziehung zu Marcus bemerkbar. Ich spürte es zum ersten Mal, als ich mit ihm bei Ebbe auf einem Felsen am Wasser saß. Plötzlich merkte ich, dass das schöne angenehme Gefühl, das ich anfangs in seiner Gegenwart stets verspürt hatte, weg war, und dass an seiner Stelle … Langeweile eingekehrt war. Panik erfasste mich, wenngleich im Stillen, und ich zermarterte mir das Gehirn, weil ich herausfinden wollte, was sich da verändert haben könnte. Ich kam zu dem Schluss, dass meine Zuneigung für Marcus sich auf die eskapistische Freude gründete, mich durch seine Augen zu sehen – die Augen von jemandem, der keine Ahnung von mir hatte, aber sofort zu dem Ergebnis gelangt war, dass ich eine Granate war. Und dieses Signal war so stark, dass es selbst Connecticut zu einem aufregenden Ort machte. Es war eine überaus liebliche Idylle gewesen, aber dort, auf dem Fels, schien die Zauberkraft plötzlich nachzulassen.

Als sich meine Gefühle veränderten, veränderte sich auch Marcus' Verhalten. Was zuerst kam, kann ich wirklich nicht sagen. Ich weiß nur, dass er nicht länger der unbekümmerte Biskuitbäcker war. Als meine Mutter – die noch immer von Marcus' unveränderter Begeisterung ausging – ihn bat, die Blätter aus den Dachrinnen zu holen, verrichtete er diese Arbeit nicht gerade vor Freude pfeifend, wie er das an jenem ersten Wochenende, dem besten in seinem Leben, getan hatte, als er fröhlich die Blumenbeete jätete (sowohl vor als auch hinter dem Haus).

Ich weigerte mich, die schlichte Möglichkeit in Betracht zu ziehen, dass Marcus und ich doch nicht die Richtigen füreinander waren. Ich wünschte mir so sehr eine funktionierende Beziehung, dass ich mit diesem mutmaßlichen Spatz in der Hand weitermachte und hoffte, wenn ich nur die richtige Einstellung dazu fand, würde alles wieder so werden wie am vierten Juli. Meine Gefühle behielt ich für mich und ließ auch weiterhin alle in dem Glauben, mit Papa auf Wolke sieben zu schweben. In dem Versuch zu verstehen, warum das plötzlich nicht mehr funktionierte, landete ich bei meiner Standarderklärung: Mit mir stimmte etwas nicht. Das ist stets eine ausgezeichnete Erklärung, denn in diesem Fall besteht die Hoffnung, dass ich es wieder hinbiegen kann. Das Unbehagen würde verschwinden, wenn ich mich nur etwas mehr anstrengte oder etwas kochte, das wirklich *wirklich* gut schmeckte.

Pfeif auf die Hitzewelle, verzweifelte Situationen fordern verzweifelte Maßnahmen – also warf ich, kam waren wir nach Brooklyn zurückgekehrt, meinen Herd an und zauberte diese Parmigiana mit Auberginen vom Bauernmarkt in Connecticut. Sie schmeckte hervorragend, und Marcus schaffte es, etwas von seiner früheren übertriebenen Begeisterung heraufzubeschwören, aber nicht genug, um unser abkühlendes Verhältnis zu retten.

Halbherziger Auberginenauflauf

3 große Auberginen
100 ml und 1 EL Olivenöl
1 Zwiebel, gehackt
1 TL getrockneter Oregano
1 große Dose Tomaten in Stücken (oder auch ganze, wenn Sie Lust haben, diese per Hand durchzupassieren oder mit der Küchenmaschine)
1 EL Rotwein
1 große Prise Zucker
1 Becher frische Basilikumblätter
50 g Walnüsse
70 g Paniermehl
1 TL Olivenöl
100 g geriebener Parmesan
100 g geriebener Mozzarella

Den Backofen auf 230 °C vorheizen.

Die Auberginen in 1 ½ Zentimeter dicke Scheiben schneiden und von beiden Seiten mit dem Olivenöl bestreichen. Auf dem Backblech im Backofen auf jeder Seite 15 Minuten lang backen.

Inzwischen 1 EL Olivenöl in einer großen Pfanne bei mittlerer Temperatur erhitzen, gehackte Zwiebel dazugeben und schmoren, bis sie weich ist (etwa 5 bis 7 Minuten). Oregano unterrühren, dann Tomaten dazugeben und zum Kochen bringen, zugedeckt bei kleiner Hitze 20 Minuten kochen lassen, dann mit Wein, Zucker und Basilikum würzen.

Während die Sauce kocht, die Walnüsse hacken und in einer kleinen Pfanne rösten, zum Paniermehl geben und mit 1 TL Olivenöl mischen.

Wenn die Auberginenscheiben von beiden Seiten braun sind, aus dem Ofen nehmen und die Hitze auf 190 °C zurückschalten.

Den Boden einer Backform oder Auflaufform, in der die Auberginen und die Sauce Platz finden (ca. 24 x 24 Zentimeter) mit der Sauce bedecken, dann mit etwas Parmesan bestreuen. Wechselweise immer eine Lage Auberginen, gefolgt von einer Lage Sauce, bestreut mit Mozzarella und Parmesan und so weiter einfüllen, bis alle Auberginen verbraucht sind. Mit der Paniermehl-Walnuss-Mischung bedecken und so lange backen, bis der Auflauf braun ist und Blasen wirft, nach etwa 35 bis 40 Minuten.

Reicht für Sie beide und weitere 3 Leute, deren Anwesenheit Sie sich wünschen, damit das Gespräch in Gang bleibt.

Am folgenden Wochenende blieben wir in der Stadt. Diese beiden Tage zogen sich wie eine Ewigkeit. Wie sollte ich das nur durchstehen? Am Freitagabend gingen wir mit seinem Sohn in den Prospect Park, um die Jicks zu sehen. Es regnete in Strömen, und wir schützten uns mit Zeitungen, die wir im Müll fanden, obwohl es besser gewesen wäre, gleich wieder unzukehren, da weder Vater noch Sohn wussten, wer Stephen

Malkmus war. Der Samstag war fantastisch, aber ich fühlte mich gefangen, ohne dass es mir in den Sinn gekommen wäre, mich zu befreien. Ich wollte Marcus' Gefühle nicht verletzen und hätte auch nicht gewusst, was ich allein tun sollte. Es war nicht das erste und traurigerweise auch nicht das letzte Mal, dass ich mich vom Stockholm-Syndrom befallen fühlte.

Wir gingen zum Central Park und aßen dort ein Eis, das dauerte etwa zwei Stunden. Danach war es halb zwei und noch lange bis zum Abendessen. Ich lebte von Mahlzeit zu Mahlzeit; denn zu den Mahlzeiten gab es wenigstens etwas zu tun – und etwas zu trinken, was noch besser war. Für die Rückfahrt auf der Vespa wählten wir den langen Weg über Williamsburg und Fort Greene; dann schlug ich vor, noch einen Abstecher um Red Hook zu machen, von wo aus man einen fantastischen Blick auf den Hafen und die Freiheitsstatue hat. Das war prinzipiell eine gute Idee, doch leider fuhr die Vespa dort über irgendetwas, das zu einem platten Reifen führte. Jetzt steckte ich mit Marcus irgendwo in der Pampa fest, und wir mussten die Vespa schieben und jemanden suchen, der sie reparierte. Gleich in der Nähe befand sich die Wohnung meines Bruders Matthew, also gingen wir dorthin, und Matthew half Marcus, den Roller zu parken. Ohne Vespa in Brooklyn festhängend, lagen noch immer zwei Stunden bis zum Abendessen vor uns.

Während wir in der Wohnung meines Bruders saßen, um auf die Essenszeit zu warten, erzählte Matthew, eine unserer italienischen Cousinen habe ihm geschrieben. Sie suche eine Bleibe, wo sie und einige ihrer Freundinnen wohnen konnten, während sie New York besuchten. Ich war nicht bereit, meine Wohnung aufzugeben, aber Marcus bestand darauf, dass ich zu ihm zog und ihnen mein Apartment für eine Woche überließ. Was für eine freundliche und großzügige Seele. Ich hätte mich glücklich schätzen sollen. Warum tat ich es nicht?

Marcus übernahm die Rolle des Unterhalters, als Sonia und Andrea eintrafen. Er war ganz aufgeregt, mit echten Italienerinnen zu verkehren, und freute sich, dass seine Tochter ihre eingerosteten Sprachkenntnisse aufpolieren konnte. Er nahm sie zu einem Softballspiel des *New Yorker* mit in den Central Park und vereinbarte Abendessen in ethnischen Restaurants in abgelegenen Ecken von New York, abseits der Touristenströme. Seine Bemühungen hoben meine Stimmung ein wenig, und Sonia und Andrea waren mehr als beeindruckt. Sie hielten uns für ein fantastisches Paar, und durch ihre Augen gelang es mir, das auch wieder so zu sehen.

Nachdem sie abgereist waren, machte Marcus sich irgendwie rar. Er rief nicht mehr an, um mir jeden seiner Schritte mitzuteilen; jetzt war er über lange Strecken nicht erreichbar. Von seiner lässigen Attitüde des urbanen Künstlers mittleren Alters war nichts mehr übrig. Wegen eines Parkknöllchens, das er früher mit einem Achselzucken abgetan hätte, schäumte er nun vor Wut. Wir fuhren immer noch jedes Wochenende nach Connecticut, aber Marcus wollte dabei nicht mehr meine Musik hören, die er früher so frisch gefunden hatte. Stattdessen lauschten wir seinen blues-lastigen Hinterzimmer-Samplern – dem Zeug, das die Freunde meiner Schwester Carla, allesamt böse Jungs, einst in den Siebzigern gehört hatten, wenn sie zu uns kamen, um in unserem Freizeitraum abzuhängen und dort meinen Puppenwagen als Aschenbecher zu benutzen. Ich mochte diese Jungs nicht, und ihre Musik ebenso wenig, daher war diese Erinnerung meinem Bemühen, Marcus' Anziehungskraft neu zu beleben, nicht gerade zuträglich.

Eines Nachts, als wir in seiner Wohnung im Bett lagen, summte die Gegensprechanlage. Marcus reagierte nicht. Es klingelte und klingelte, und nach einer Weile klopfte es an seiner Wohnungstür. Marcus ging zur Tür und teilte mir, als er zurückkam, mit, es sei eine durchgeknallte Frau, die nach einem Typen namens Paco suche.

»Ich habe ihr gesagt, dass Paco nicht mehr hier wohnt.«

Am nächsten Morgen stand ich lange vor Marcus auf und ging in die Küche, um Kaffee zu kochen. Nicht mehr die französische Röstung, die er sonst immer gekauft hatte, sondern stattdessen irgendein billiger Café Bustelo, die Sorte, die man in jeder Bodega bekam. Ich hatte ihn einst in meiner Zeit als arme Werbeassistentin getrunken. Nun warf ich Marcus' Espressomaschine an, aber irgendetwas ging schief, und feuchtes Kaffeepulver hüpfte durch die ganze Küche. Wie eine Verrückte versuchte ich mit schrecklichem Kaffeedurst, die Küche mit einem schimmeligen Schwamm sauber zu wischen, und fragte mich dabei, warum Marcus, der sonst schon beim ersten hellen Lichtstrahl am Horizont aus dem Bett zu springen pflegte, noch immer nicht wach war. Es gab keinen Kaffee, keinen Orangensaft und nichts zu essen. Als Marcus endlich auftauchte und ich gerade zur Arbeit aufbrach, wartete er nicht wie üblich mit mir, bis der Aufzug kam, sondern ließ mich einfach stehen.

Dann verkündete er, er werde in der nächsten Woche seinen jährlichen Urlaub mit seinen Kindern und seiner Exfrau oben in Kanada im Haus seiner Familie am See verbringen. »Ich würde dich ja dazu einladen, aber …« Ich verstand. Auf keinen Fall hätte ich mit ihm und seiner Exfrau und den Kindern Urlaub machen wollen. Marcus wollte während seiner Abwesenheit seine Vespa in dem kleinen Hof vor meinem Haus parken. Für den Freitag vor seiner Reise hatten wir Karten für die Brooklyn Cyclones, ein wenig bedeutendes lokales Basketballteam, das er unbedingt sehen wollte. Den ganzen Tag über hatte ich nichts von ihm gehört. Den Nachmittag verbrachte ich mit Kit bei einem privaten Trödelverkauf und wartete darauf, dass Marcus sich meldete. Kit half mir, ein Bild nach Hause zu transportieren, und dann trafen wir ihn wartend vor meiner Tür an. Das Gemälde, eine Watteau-Reproduktion, löste noch einmal einen Gutmensch-Anfall bei Marcus aus, der mir anbot, ein paar Stellen auf der Leinwand, wo die Farbe abgebröckelt war, auszubessern. Was in ihm vorging, war schwer zu sagen, zunächst machte er einen recht verdrossenen Eindruck dort auf der Treppe, verwandelte sich dann aber in den guten Kerl, der immer hilfsbereit war, vor allem, wenn es um Kunst ging.

Doch als wir auf der Vespa hinaus nach Coney Island fuhren, fühlten sich meine um Marcus' Taille geschlungenen Hände fehl am Platz an, und er redete auch kaum etwas. Wegen der überteuerten Preise am Imbissstand kaufte er nur ein Bier und nur eine Tüte Popcorn, die wir uns teilten. Bald darauf nahmen wir unsere Plätze auf der überdachten Zuschauertribüne ein, und da bemerkte ich, dass das Bier von seinem ursprünglichen Platz zwischen uns in Marcus' Rechte gewandert war, wo ich nicht drankam. Mein Bedürfnis nach Alkohol kümmerte ihn genauso wenig wie die Spieler auf dem Feld. Nicht einmal der als riesiger Baseball verkleidete Mann, der zwischen den Innings durch die Reihen tanzte, löste irgendeine Reaktion bei ihm aus. Während des Seventh-Inning-Stretch wurde draußen am Strand ein Feuerwerk abgeschossen. Marcus schaute nicht mal hin. »Das ist langweilig«, sagte er, und damit brachen wir auf.

Marcus parkte die Vespa vor meinem Haus und fuhr mit der U-Bahn nach Hause. Am nächsten Morgen würde er nach Kanada reisen.

»Ich rufe dich an, wenn ich dort bin«, erklärte er im Gehen. »Das werde ich wohl müssen, denn du meldest dich ja nie.«

Was sollte das denn plötzlich? Ich hatte keine Ahnung, was es war oder woher es kaum, aber selbst ich konnte nicht länger leugnen, dass wirklich etwas im Argen lag. Seit Wochen hatte ich nun meine Zweifel, was Marcus betraf, aber das lag sicherlich wieder mal nur an mir, die Probleme sah, wo gar keine waren. Außer seiner Unlust, hier eine Regenrinne sauber zu machen oder dort ein paar Stunden später anzurufen, hatte ich keine handfesten Beweise, an denen ich meine Unzufriedenheit hätte festmachen können. Ich war es gewohnt, sie zu ignorieren – darin war ich schließlich Profi – und an meinen Fehlern zu arbeiten. Ich würde besser werden, dann würde er auch besser werden, und wir wären wieder glücklich, wie wir das in den ersten fünf Minuten dessen gewesen waren, was bloß ein lustiger, unpassender Sommerflirt hätte sein sollen.

Aber ich ertrug es nicht, dass schon wieder eine Sache schiefging, egal, wie unbedeutend sie war. Den ganzen Samstag grübelte ich darüber nach, was passiert sein könnte. Marcus' ursprüngliches Verhalten lag ohnehin in weiter Ferne, aber so feindselig wie am vergangenen Abend hatte ich ihn noch nie erlebt. Doch obwohl er mich nicht glücklich machte, wollte ich ihn nicht verlieren. Meine Familie kannte und mochte ihn (soweit ich das beurteilen konnte) und die meisten meiner Freunde und Kollegen in der Arbeit waren Zeugen unseres Kennenlernens gewesen oder hatten ihn bei seinen zahlreichen Besuchen erlebt, wenn ich ihn stolz durchs Büro führte.

Das Wochenende war wolkig und verhangen, und ich war in jenem geistigen Gefängnis eingeschlossen, das man unter dem Begriff Warten-dass-das-Telefon-klingelt kennt. Alle zwei Minuten überprüfte ich mein Handy. Am Samstagabend rief ich ihn an. Schließlich hatte er gemeckert, dass ich mich nie melden würde. Ich bekam nur seinen Anrufbeantworter dran. Am Sonntagmorgen ging ich in die Messe, um etwas Frieden zu finden, aber auch das funktionierte nicht so recht. Ich kratzte und kratzte an einem Mückenstich, den ich mir vermutlich bei diesem blöden Spiel geholt hatte.

Den ganzen Montag war ich nervös und angespannt. Am Dienstag aß ich bei Matthew und seiner Frau Elizabeth, und sie zerstreuten meine Befürchtungen. Sie bewunderten Marcus und waren davon überzeugt, dass es eine logische Erklärung für sein Schweigen geben würde, wenn er zurückkam.

Am Mittwoch ging ich in der Mittagspause zum Musterverkauf eines Dessousgeschäfts, obwohl ich dies im Licht der Ereignisse für ein schlechtes Omen hielt. Trotzdem kaufte ich mir ein paar Spitzenhöschen. Nicht lange nach meiner Rückkehr ins Büro traf eine E-Mail von Marcus ein.

G.
Zwei Dinge
Du hast dich offensichtlich mit jemandem intensiv über mich ausgetauscht.
Ich bin mit Renee Lachaise durchgebrannt. Ich bin noch immer so verrückt nach ihr wie an dem Abend, als wir uns kennen lernten.
M.

Mein Herz klopfte wie wahnsinnig. Ich griff sofort nach dem Hörer und rief Marcus an, aber er ging weder an sein Telefon zu Hause noch ans Handy. (Als würde jemand, der so feige ist, ans Telefon gehen, aber ich konnte in diesem Moment keinen geradlinigen Gedanken fassen.) »Du kannst nicht einfach so mit mir Schluss machen«, teilte ich ihm mit. Und ich hatte keine Ahnung, wovon er überhaupt sprach. *Du hast dich offensichtlich mit jemandem intensiv über mich ausgetauscht.*

Das ergab nicht nur keinerlei Sinn, sondern es steckte Wut dahinter, und zwischen uns gab es nichts, was diese gerechtfertigt hätte. Gut, dass er gegangen war, aber war dieser Tritt ins Gesicht wirklich nötig gewesen?

Aus welchem Grund auch immer, ich musste eine sinnvolle Erklärung für seine E-Mail finden. Okay, er war »mit Renee Lachaise durchgebrannt«, das war klar. Dass ich mit jemandem über ihn gesprochen hatte, war purer Wahnsinn, aber offenbar verhielt ich mich gerade ebenso verrückt, denn es gelang mir, damit einen Anruf bei Ethan in Verbindung zu bringen. Nachdem ich dies aufgedeckt hatte, war es mir endlich möglich, mir die Schuld an dem, was geschehen war, zu geben.

»Hast du Erin O'Brien erzählt, dass ich mit Marcus Caldwell zusammen bin?« Erin war jene Freundin von Renee, die sich in Ethan verknallt hatte, und er hatte natürlich jedes Recht dazu, es ihr zu erzählen, wenn ihm danach war. Das war nicht der Punkt, nur, sollte Ethan es Erin erzählt haben, würde mein Wörterbuch einer Wahnsinnigen die E-Mail folgendermaßen interpretieren: »Hättest du es Ethan nicht erzählt, wäre es nicht an Renee weitergegeben worden.« Das Ganze war verrückt, und ich hätte dem Herrn danken sollen, dass dieser Psychopath aus meinem Leben verschwunden war, aber stattdessen verbrachte ich tatsächlich ein paar Tage damit zu bedauern, mit Ethan darüber gesprochen zu haben.

»Er ist zweiundfünfzig und sollte sich nicht wie ein Weichei benehmen«, sagte John Mallon, ein alter Freund, für den ich immer ein wenig geschwärmt und mit dem ich mich zufälligerweise für den Abend auf einen Drink verabredet hatte. Seine lustigen Kommentare über die Episode entlockten mir brüllendes Gelächter, und die Bellini-Cocktails, die wir tranken, belebten in mir das wenige an Flirtpotential, was noch vorhanden war. Schließlich schleppte ich ihn in meine Wohnung, nur um diesem schrecklichen Tag eine erfreulichere Wendung zu geben. Oder um die *Sex and the City*-Episode zu beleihen, in der Carrie verhaftet wird, weil sie an dem Tag, als Berger mit ihr über eine Post-it-Nachricht Schluss macht, beim Potrauchen erwischt wird: Ich wollte daraus den Tag machen, an dem ich mit John Mallon geschmust hatte, und er sollte mir nicht als der Tag in Erinnerung bleiben, an dem mir ein Mitglied der Ruheständlervereinigung mit einer psychotischen E-Mail den Laufpass gegeben hatte. Es half mir, John an meiner Seite zu haben, als ich nach Hause kam, wo die Vespa inzwischen verschwunden und der gleiche hirnrissige Text als handgeschriebene Notiz unter meiner Tür durchgeschoben worden war.

»Selbst seine Sprache bezeugt sein Alter!«, stellte meine kluge Freundin Jennifer fest, die mir dankenswerterweise jegliches »Hab ich's dir nicht gesagt« ersparte, als ich ihr von der Nachricht erzählte. »Wer sagt denn heutzutage und noch dazu in seinem Alter, dass er mit jemandem ›durchgebrannt‹ ist?«

»Du wirst wieder von ihm hören«, prophezeite Ginia. »Nicht vor dem Kolumbus-Tag, aber sicherlich noch vor Weihnachten.« Sie hatte Recht damit, dass ich von ihm hörte, wenn ihre Zeitangaben auch falsch waren. Sein Versuch, mich wieder für sich zu gewinnen, begann kurz vor dem Kolumbus-Tag am zweiten Montag im Oktober und dauerte bis Weihnachten.

Er rief an, er schickte mir Nachrichten, er ließ Törtchen in mein Büro liefern. Sie waren hübsch: Eins war gelb mit einer Biene darauf, das andere weiß mit rosa Blumen, die in den Guss gemalt waren. Aber ich wollte sie nicht mal essen. Da ich dennoch kein Lebensmittel vergeuden wollte, nicht einmal wenn es von ihm kam, versuchte ich, sie an meine Kollegen bei *Harper's* loszuwerden, aber aus Solidarität wollten auch die sie nicht. Letztendlich landeten sie im Müll. Ich reagierte auf keinen seiner Versuche. Mein Interesse, Marcus wiederzusehen, war so groß wie das, mit dem Serienkiller Jeffrey Dahmer herumzuhängen.

Dieser Komiker von einem netten Kerl musste unendlich viel Energie darauf verwandt haben, mithalten zu können, vor allem in seinem Alter. Und es dürfte diese Anstrengung gewesen sein, die ihn so in Form hielt, und nicht wie von mir anfangs angenommen die vielen täglichen Stunden im Fitnessstudio, während ich in der Arbeit war.

Ich verbannte ihn aus meinem Leben, indem ich mir ein paar Törtchen machte.

»Verpiss dich«-Törtchen

Für die Törtchen (natürlich gelb):

Papierförmchen
440 g Mehl
2 TL Backpulver
½ TL Salz
125 g weiche Butter
220 g Zucker
3 große Eier, Zimmertemperatur
1 ½ TL Vanillezucker
160 ml Vollmilch

Den Backofen auf 180 °C vorheizen.

Die Muffinformen mit Törtchenpapier auskleiden. Mehl, Backpulver und Salz zusammensieben und beiseitestellen. Butter und Zucker mit dem Handmixer schaumig rühren; Eier nach und nach dazugeben, dann den Vanillezucker. So lange schlagen, bis eine glatte Masse entstanden ist. Das gesiebte Mehl mit Zutaten zur Buttermischung geben, immer nur ein klein wenig abwechselnd mit Milch, bis alles vollständig untergerührt ist. Nicht zu viel rühren, dann werden die Törtchen zäh, und gelitten haben Sie ja schon genug.

Den Teig mit einem Löffel in die Muffinformen füllen, jede

zu einem Drittel füllen. Etwa 20 bis 28 Minuten backen, bis die Oberfläche goldbraun und rissig ist.

Ergibt etwa 12 Stück.

Schokolade-Bourbon-Guss

(Denn Sie brauchen einen Drink.)

50 g ungesüßtes Kakaopulver
2–3 EL Bourbon-Whiskey (hängt davon ab, wie schlimm es war)
4 EL Milch
125 g weiche Butter
500 g Puderzucker
1–2 EL Milch

Kakao, Bourbon und 2 Esslöffel Milch in einer kleinen Schüssel verrühren. Butter mit dem Handrührgerät bei mittlerer Geschwindigkeit aufschlagen, bis sie glatt ist, dann den Zucker becherweise dazugeben, bis er ganz eingearbeitet ist. Die Bourbonmischung dazugießen und so lange schlagen, bis die Farbe gleichmäßig ist. So viel Milch dazugeben, bis die Glasur locker und streichfähig ist.

Bändigen Sie Ihre Wut auf sich, und essen Sie nicht mehr als ein oder zwei Törtchen. Seien Sie auf ihn wütend! Nehmen Sie die Reste mit in die Arbeit. Ihre Kollegen werden diese verzehren, und Sie werden sich leichter fühlen, weil Sie ihn losgeworden sind, ohne sich eine Überdosis Törtchen einzuverleiben.

Von Sex and the City zur Nonne

Die Marcus-Episode hinterließ Narben. Bei allem angemessenen Respekt vor dem heiligen Franziskus hatte ich sogar das Gefühl, dass diese schlechte Erfahrung Wundmale bei mir zurückgelassen hatte. Es war mir peinlich, ins Büro zu gehen, weil alle von Marcus wussten und nun (durch eigenen Bericht) auch wussten, dass er weg war. Gewiss, die Wenigsten kümmerte das eine oder das andere, aber wir können nicht umhin zu glauben, dass sich die Menschen mehr für unser Leben interessieren, als sie es gemeinhin tun. Bei der Erinnerung daran, wie ich mit ihm durchs Büro marschiert war, voller Stolz auf den faltigen, schuppigen Fang, den ich von einem Softballspiel nach Hause gebracht hatte, und daran, wie sich die ganze Geschichte vor aller Augen entsponnen hatte, zuckte ich zusammen.

Diesmal musste ich mir kein Moratorium hinsichtlich weiterer Verabredungen auferlegen: Ich hatte ein posttraumatisches Stresssyndrom und war viel zu angeschlagen, um welche in Erwägung zu ziehen. Selbst Männer, die meine Freunde waren, fand ich lästig. Meine Lösung bestand darin, mir die Aufmerksamkeit bei denen zu holen, von denen ich wusste, dass sie nicht in Frage kamen: »Die einzigen Männer, mit denen ich befreundet sein möchte«, erklärte ich Ginia, »sind Schwule, Verheiratete oder Priester.« Die passenden Scherze drängten sich geradezu auf – sie sah davon ab, welche zu machen. Und sie stimmte mir zu, dass es jede Menge ehemaliger Freunde und sonstiger Jungs gab, deren Beziehung zu mir mehrdeutig war: Kit wohnte um die Ecke mit einer Frau, die er schließlich heiraten und von der er sich dann wieder scheiden lassen würde; Henry, der Autor, den ich einmal geküsst und der mich mit Mitch verbandelt hatte, lebte ebenfalls um die Ecke und kam jeden Samstagmorgen zu Kaffee und Toast zu mir; selbst Ethans vertraute Adresse tauchte von Zeit zu Zeit in meinem E-Mail-Posteingang auf. Alle diese Männer, die mir nicht geben konnten oder wollten, wonach ich suchte, nahmen Raum in meinem Leben ein. Indem ich Glaubenssätzen folgte, die eher vom New Age herrührten als christlicher Natur waren, befreite ich mich nun von ihnen allen, um diesen Raum für Neues zur Verfügung zu haben.

Ich wandte mich an die Kirche, die ich kurz bevor Marcus mich aus der Spur warf, entdeckt hatte, und verabredete mich mit Vater Joel, wenn auch auf ganz keusche und vom Vatikan sanktionierte Weise.

Joel ist ein Priester, der damals Anfang dreißig war. Er hatte in Oxford studiert und war des Lateinischen und Altgriechischen mächtig, was auf meine Dialoge mit ihm allerdings keinerlei Auswirkung hatte, doch es freut mich, versierte Menschen zu kennen. Joel trägt eine silberne Brille mit kleinen runden Gläsern und sieht aus, als käme er geradewegs aus »Wiedersehen mit Brideshead« (die PBS Fernsehserie, nicht der Film). Ich traf ihn bei einem Essen für neue Mitglieder und gestand ihm bei diesem Anlass, dass ich seit achtundzwanzig Jahren nicht mehr zur Beichte gegangen war. Scherzhaft meinte ich, dass ich dem Sakrament noch eine Chance geben wolle, aber nur wenn es dazu auch Cocktails gebe. Joel versprach mir Manhattans, wenn ich ihm meine Sünden erzählte, und er hielt Wort – nur, dass wir sie nicht im Beichtstuhl zu uns nahmen, sondern in einer nahe gelegenen Bar, wo wir rauchten und tranken und ein bisschen zu beschwipst wurden. Von da an hielten wir uns an Rotwein, den wir regelmäßig bei *Bacchus* tranken, einem Bistro, das etwa zwischen meiner Wohnung und der Kirche lag und dessen französische Besitzer eine recht laxe Einstellung zu den Rauchergesetzen der Stadt hatten. Joel und ich saßen dort nach dem Essen noch stundenlang, tranken Kaffee, rauchten und redeten. Joel fantasierte darüber, Missionsarbeit im Restaurant zu leisten und die französische Belegschaft zurück zum Glauben zu bringen. »Ah, Frankreich, die erste Tochter der Kirche«, sagte er mit einem Seufzer. Aber alles, was er bekehrte, war der Espresso.

Ich hatte mir immer gewünscht, mit einem Priester befreundet zu sein. Die Berufung wirkt auf mich alternativer als alles andere, womit die moderne Welt aufzuwarten hat. Nichts ist so wenig angesagt, wie alles (oder zumindest das meiste) für Gott aufzugeben.

Wie Sie sicherlich schon vermutet haben werden, ist die Kirche, die ich besuche, keine der trostlosen Gemeindekirchen, an die viele, ich eingeschlossen, für gewöhnlich denken, wenn sie den Begriff »Katholische Kirche« hören. Sie ist geschmackvoll dekoriert, der Chor ist Weltklasse, und die Sonntagsmessen sind voll mit Leuten, die nicht nur ihre Zeit absitzen und im Kopf Einkaufslisten erstellen oder auf das große Spiel warten. Es gibt dort vier Geistliche, von denen jeder auf seine individuelle Art unglaublich attraktiv ist: Joel mit seinem trockenen Humor und dem scharfen Verstand; Mark, ein gut aussehender Australier Anfang fünfzig, der sehr warmherzig ist; Dennis, dessen Stil ihn in der Nähe von Psycho-Pop ansiedelt, worauf ich total stehe; und Anthony, der gerade erst zum Priester geweiht wurde, überaus einsichtig und voll ernsthaften guten Willens ist. Jeden Sonntag entwirft einer von ihnen eine erhellende Perspektive des Glaubens, und meistens überschneidet sich diese mit einem Gedanken, der mich die Woche über bewegt hat. Man bekommt eine Ruhepause vom Stadtleben. An den besten Tagen verliere ich mich in Meditation (selten, aber es kommt vor). Mein ganzes Leben lang hatte ich mich der Kirche zugehörig gefühlt, um mich dann irgendwann abzuwenden, aber als ich diesen Ort fand, wusste ich, hier würde ich bleiben. Vor allen, die es hören wollten, schalt ich mich dafür, sie nicht schon früher entdeckt zu haben. »Du hast uns gefunden, als du bereit warst, uns zu finden«, lautete Joels tröstliche Antwort. Vielleicht finde ich das andere ja auch noch, wenn ich bereit dazu bin. Womöglich bin ich noch nicht so weit, wie ich glaube. Doch kann ich mich nicht erinnern, in der letzten Zeit eine derart befriedigende Liebesbeziehung wie die zu dieser Kirche gehabt zu haben. Ich könnte endlos davon erzählen. Jedem Katholiken, den ich kannte und der ein Kirchgänger war (eine kleine Zahl), berichtete ich davon, und ich versuchte auch ein paar, die vom Glauben abgefallen waren, wieder auf den Weg zu bringen.

Abgesehen von der schlechten Erinnerung an Schwester Mary Virginia, die mich in der zweiten Klasse einmal in einen Schrank einsperrte und mir drohte, mich das ganze Wochenende über dort zu lassen, habe ich sonst nur gute Andenken an meine katholische Schule. Von der ersten bis zur achten Klasse wurde ich von Ordensschwestern im Habit unterrichtet. Schwester Aimee, meine Lehrerin in der ersten Klasse, war ein klassisches Beispiel dafür, was ein Leben im Geiste im besten Fall bewirken kann. Sie strahlte immer vor Freude und Weisheit. Ihre Fingernägel waren bis aufs Fleisch abgekaut, aber das sollte man keinesfalls dem Zölibat anlasten; bei all meiner sexuellen Freiheit bin auch ich eine unheilbare Nägelkauerin. Die Nonnen an meiner Highschool waren weltlicher; sie trugen Zivilkleidung und waren politisch sehr engagiert –

ihr Hauptanliegen war die Lage in Nicaragua, sie spielten Gitarre und sangen Loblieder auf die Sandinistas. Wir fasteten für Oxfam, verbrachten dann den Abend im Kloster und kochten Suppe und backten Brot. Die Schule bot Kurse über Existentialismus an; wir lasen Samuel Beckett, Franz Kafka und Albert Camus.

Die Kirche vermittelte mir eine progressive Erziehung und bannte die gelegentliche Einsamkeit meiner Kindheit. Das ist auch der Grund, weshalb ich zu ihr zurückkehre, obwohl ich ein Sklave des Fleisches bin und vermutlich gar nicht das Recht habe, dort zu sein.

Weil ich bis auf Jesus (und sogar der verwirrte mich) sämtliche Männer leid war und keine ernsthaften Absichten mehr verfolgte, erwog ich, Nonne zu werden. Doch für gewöhnlich war diese in meinen Tagträumen stattfindende Berufung nur vorübergehender Natur: Ich würde in ein Kloster eintreten und meine Memoiren mit dem Titel *Von Sex and the City zur Nonne* schreiben, was dann ein Mega-Bestseller würde. Natürlich endete alles damit, dass ich mich in einen gut aussehenden jungen Priester verliebte und wir beide unsere heiligen Gelübde widerriefen. Nein, die Hoffnung, doch noch die ewige Liebe zu finden, musste ich einfach behalten. Nennen Sie es Glauben, wenn Sie wollen, ich kann ihn einfach nicht aufgeben.

Doch ich war mit meinem Leben ganz und gar nicht im Reinen. Ich konnte nicht begreifen, warum Gott mich mit derart vollkommenen häuslichen Fähigkeiten bedacht hatte, mir dann aber eine Familie versagte, mir der ich diese hätte teilen können. Ich war Ende dreißig, und so langsam wollte ich ein richtiges Zuhause mit einer richtigen Küche, wo mein Ehemann und ich meine Brüder und Schwestern, Nichten und Neffen in den Ferien gastfreundlich aufnehmen konnten.

Stattdessen hing ich immer noch in demselben Apartment fest, in das ich vor nunmehr fast fünfzehn Jahren mit Kit eingezogen war, mit derselben winzigen Küche. Also sagte ich mir wie eine gute Katholikin: »Scheiß drauf.« Ich werde mein Leben hinnehmen, wie es ist. Ich würde das Osterfest in meiner Wohnung ausrichten, egal, wie wenig geeignet das Umfeld und die Situation waren. Wenn es das war, was Gott mir zugedacht hatte, würde ich eben innerhalb Seiner Parameter handeln.

Die Fastenzeit war ein Kinderspiel. Ich verzichtete auf Sex. Was ein Witz war, denn selbst wenn es den Katholiken erlaubt gewesen wäre, Sex vor der Ehe an jedem Tag des Jahres zu haben, so hätte es dennoch keine Seele auf Gottes Erde gegeben, die mit mir hätte Sex haben wollen. Aber das war schon in Ordnung so; die aufgeklärten Nonnen, die mich erzogen hatten, sprachen doch stets davon, es sei besser, etwas Gutes für die anderen zu tun, als in der Fastenzeit auf irgendwas Blödes, wie etwa Schokolade, zu verzichten, wodurch die Welt schließlich um kein bisschen besser würde. Ich wollte für meine Familie das Osteressen kochen, wollte mich meines Lebens freuen, und mein positiver Geist würde bis in den Nahen Osten ausstrahlen.

Kit kam zu mir und half mir dabei, meinen Bauernhaustisch aus der kleinen Nische in die Mitte des Wohnzimmers zu tragen, nachdem ich mich bei ihm für mein langes Schweigen entschuldigt hatte. (Er ist daran gewöhnt, dass ich ein schräger Vogel bin – es ist schon fast so etwas wie ein Spitzname für mich –, und er verzeiht mir immer.) Ich kaufte noch einen zusätzlichen Tisch von der Heilsarmee und stellte beide zusammen, so dass eine lange Tafel entstand, die aus meinem großen Wohnzimmer ein gewaltiges Esszimmer machte. Wochen brachte ich mit der Planung des Menüs zu, bis ich mich am Ende für eine Vorspeise aus hausgemachten Gnocchi mit einer einfachen Sauce aus Tomaten und Butter entschied, gefolgt von der dem Anlass gemäßen Lammkeule. Ich bereitete die Gnocchi schon am Wochenende davor zu und fror sie dann ein. Jeden Abend der Heiligen Woche nutzte ich dafür, Vorräte in meine Wohnung zu transportieren. Es war eine Freude, den Gefrierschrank zu öffnen und die Gnocchi in ihren Reißverschlussbeuteln zu sehen, ihre mit einer Gabel und meinem Daumen geformte Gestalt war einfach perfekt. Ich besuchte die Gottesdienste am Gründonnerstag und am Karfreitag. Am Samstag kaufte ich Lilien, Tulpen und Osterglocken. Ich kam nicht umhin, die Freude zu verspüren, die Jesu Tod und Auferstehung in einem wachrufen sollten, wobei man vielleicht von Nonnen erzogen worden sein musste, um dies nachempfinden zu können.

Gnocchi, garantiert sexfrei

Für die Gnocchi:

2 Russet-Kartoffeln (weißfleischige, mehlige, sehr große Kartoffelsorte)
1 Ei
1 TL Salz
1 Prise frisch gemahlene Muskatnuss
250 g Mehl, plus zusätzliches Mehl zum Bestäuben
Salz
geriebener Parmesan
frisch gemahlener Pfeffer

Die Kartoffeln in einem Topf mit ausreichend Wasser bedecken, zum Kochen bringen, halb zugedeckt 35 bis 40 Minuten kochen lassen, bis sie fast durch sind. Die Kartoffeln auf ein

Schneidbrett legen und möglichst rasch schälen, dann durch eine Kartoffelpresse oder eine Passiermühle drücken, auf dem Schneidbrett verteilen und vollkommen auskühlen lassen.

Ei, Salz und Muskat vermengen. Die ausgekühlten Kartoffeln zu einem Haufen zusammenschieben und die Eimischung dazugeben. Beginnen Sie nun die Kartoffeln und die Eimischung mit Ihren Händen zu kneten, wobei Sie immer wieder ein wenig Mehl dazugeben. Darauf achten, dass der Teig nicht zu sehr durchgearbeitet wird.

Wenn das Mehl sich gleichmäßig mit den Kartoffeln verbunden hat und der Teig nur noch ein klein wenig klebrig ist, teilen Sie ihn in vier Stücke. Jedes Stück zu einer langen, schmalen Rolle wie ein Gartenschlauch formen und dann in kleine weiche Kissen schneiden, jedes 1 guten Zentimeter dick. Nehmen Sie jedes einzelne Kissen auf Ihre Daumenspitze und drücken Sie mit einer leicht bestäubten Gabel darauf, so dass eine gerippte Oberfläche entsteht, auf der die Sauce haften bleibt. Stellen Sie eine Schüssel mit Mehl daneben, um dort die Gabel immer wieder eintauchen zu können, da sie klebrig werden wird – oder noch besser, legen Sie sich ein paar Ersatzgabeln zurecht.

Geben Sie die Gnocchi immer in Portionen von 10 Stück in einen Topf mit kochendem Salzwasser. Wenn sie an der Oberfläche schwimmen, sind sie fertig. Holen Sie sie mit einem Sieb oder Schaumlöffel heraus und fahren Sie fort, bis alle Gnocchi fertig sind. Die Sauce unterheben und mit geriebenem Parmesan und frisch gemahlenem Pfeffer servieren.

Ergibt etwa 6 Dutzend.

Für die Sauce:

1 große Dose ganze Tomaten	*1 EL Zucker*
100 g Butter	*50 ml Rotwein*
1 mittelgroße Zwiebel, geschält und halbiert	*1 TL Salz*
	6 junge Salbeiblätter

Alle Zutaten bei mittlerer Hitze in einen großen Topf geben und zum Kochen bringen, dann die Hitze reduzieren und 45 Minuten lang unter gelegentlichem Umrühren kochen lassen. Zwiebel und Salbeibläter entfernen, ehe Sie die Sauce über die Gnocchi geben.

Während dieser Zölibatsphase wurde ich zu einer Kochnutte, ich machte es wo immer und wann immer man mich ließ. Ich meldete mich als Köchin für Treffen des Gemeinderats und für Begegnungstage in der Kirche. Als meine Freunde Lucinda und John ihr erstes Baby bekamen, besuchte ich sie und machte für die erschöpften Eltern Spaghetti mit Fleischbällchen. Dies wurde zu einer regelmäßigen Unternehmung. Ich versuchte auch andere Gerichte für sie zu kochen, doch sie wollten immer und immer wieder diese Fleischbällchen. Mich stört das nicht, denn das Rezept kann ich inzwischen blind. Und wenn man in Pfarrhäusern oder den Häusern anderer Leute kocht, braucht man sich zur Belohnung nicht ums Geschirr zu kümmern.

Spaghetti und Fleischbällchen für Kochnutten und solche, die sie lieben

Für die Fleischbällchen:

500 g Rinderhack (ich bevorzuge Rindernacken, aber Lucinda möchte es lieber noch magerer; so oder so schmecken sie köstlich)
180 g Paniermehl
1 Knoblauchzehe, fein gehackt
50 g gemahlener Parmesan
2 Eier
50 ml Milch
1 TL Salz
¼ TL frisch gemahlener Pfeffer
½ Becher gehackte glatte Petersilie
2 EL Olivenöl, plus 2 weitere EL fürs Bräunen

Geben Sie alle Zutaten in eine große Schüssel und mischen Sie alles gut mit Ihren Händen durch. Die Masse zu Bällchen formen (die Größe bestimmen Sie).

In einer großen Pfanne die restlichen 2 Esslöffel Olivenöl erhitzen und die Fleischbällchen darin braten, bis sie auf allen Seiten braun sind. Auf einen mit Küchenpapier ausgelegten Teller legen. Beiseitestellen.

Ergibt etwa 20 Fleischbällchen, bei einem Durchmesser von 2 ½ Zentimetern.

Für die Sauce:

2 EL Olivenöl
1 große Prise scharfes Paprikapulver (optional)
1 große Dose Tomaten, ganz oder in Stücken (aus Italien)
1 EL Tomatenmark
50 ml Rotwein
2 TL Zucker
2 TL Salz
500 g Spaghetti
1 Handvoll Basilikumblätter
Parmesan zum Bestreuen bei Tisch

Erhitzen Sie das Olivenöl in einem großen Schmortopf bei mittlerer Temperatur, dann das Paprikapulver (nach Belieben), die Tomaten (mit ihrem Saft, mit den Händen aufbrechen, wenn Sie ganze verwenden) und das Tomatenmark dazugeben. Ebenso Wein, Zucker, Salz und Fleischbällchen hinzufügen. Alles zum Kochen bringen und bei kleiner Hitze unter häufigem Rühren 40 Minuten lang köcheln lassen.

Spaghetti nach Anweisung auf S. 27 kochen. Abgießen und zurück in den Topf geben, dann ein paar Schöpflöffel Sauce und ein paar klein gezupfte Blätter Basilikum dazugeben. Pasta mit ein bis zwei Fleischbällchen auf Schüsseln verteilen (je nach Appetit Ihrer Freunde) und mit Basilikum garnieren. Parmesan bei Tisch dazu reichen.

Reicht für 4 bis 6 Personen.

Abendessen für Singlefrauen

Wenn ein Baum umfällt und keiner es hört, gibt es dann ein Geräusch? Wenn ich hervorragende Rigatoni mit Würstchen, Brokkoli, Zwiebeln und Butter mache und nur ich sie koste, existieren sie dann?

Ich habe fast genauso viel Zeit als Single wie als Teil eines Paars verbracht, und obwohl ich sehr viel lieber für zwei als für einen koche, tue ich auch das, wenn es eben gerade keinen Partner gibt. Es ist also nicht so, dass ich mich nur auf dieses Spektakel eingelassen habe, um den Männern zu gefallen, obwohl ich beim Füttern dieser unergründlichen Wesen tatsächlich meine gelegentlichen Kicks bekomme. Viele von ihnen haben auf dem alten grünen Sofa früher oder später von mir ein Häppchen bekommen, aber offenbar nie genug, um sich auf ein Leben mit täglich drei gut zubereiteten und fröhlich servierten Mahlzeiten festzulegen. Ich gebe keinem von ihnen die Schuld an meiner Situation (na ja, ein bisschen schon, aber wenigstens nicht ganz); mein logischer Verstand weiß nämlich, dass ich in jedem Fall genau das bekam, was ich gesucht hatte. Und es liegt ganz allein an mir, dass ich jetzt an dem Punkt angelangt bin, an dem ich mich befinde. Warum das so ist, habe ich noch nicht ganz ergründen können, aber es gibt eine ganze Reihe von Fachleuten, die mit mir zusammen an dem Fall arbeiten.

Weil Kochen und gutes Essen meine *raison d'être* sind, hält mich nichts davon ab, auch wenn es keinen anderen zu bekochen gibt. Nur für mich allein mache ich Pfannkuchen und Würstchen oder französischen Toast zum Frühstück, genauso wie ich es täte, wenn ich mit jemandem im Bett aufgewacht wäre. Die Vorstellung, für einen Kaffee zum Café an der Ecke zu gehen, empfinde ich als grotesk. Ich bereite für mich ganz allein einen Salat Niçoise mit Oliven, Kapern, roten Zwiebeln, Grape-Tomaten, Petersilie und italienischem Dosenthunfisch zum Lunch zu. Zum Abendessen brate ich mir einen Fisch, grille mir ein Steak oder erfinde ein Pastagericht anhand der Zutaten, die ich im Kühlschrank finde. Diese Kreationen, entstanden aus zufälligen Kombinationen, diktiert von dem, was zur Verfügung steht, stimmen mich immer besonders traurig. Sie können nie genau so wiederholt werden, und ich werde die Einzige sein, die jemals um ihre Köstlichkeit weiß. Ich gerate in den Konflikt, ob das genügt, genauso wie ich immer wieder vor der Konfliktsituation stehe, ob es besser ist, mit jemandem zusammen oder allein zu sein.

Es gibt viele Dinge, die ich am Alleinsein mag, aber nur wenige Leute, die mir den Frieden zu geben vermögen, den ich empfinde, wenn ich durch meine Wohnung schwirre und zu Belle & Sebastians »Funny little Frog« trällere, das aus den Lautsprechern dröhnt, die drahtlos in jedem Raum meiner Wohnung – einschließlich natürlich der Küche – aufgestellt sind, ein System, das ich mir ganz allein ausgedacht und installiert habe.

Ich schaffe es, für meine Selbstgenügsamkeit sowohl Beschämung als auch Stolz zu empfinden. Als ich noch täglich ins Büro ging, zögerte ich stets, den Kollegen gegenüber zuzugeben, dass ich es nicht erwarten konnte, nach der Arbeit direkt nach Hause zu gehen, mir ein Stück Lachs auf einem Spargelbett zuzubereiten (Backofen auf 230 °C, eine Handvoll Spargel mit Olivenöl beträufeln und einer Prise Salz und etwas frisch gemahlenem Pfeffer würzen, das Lachsfilet auf die gleiche Weise gewürzt darauflegen, zwanzig Minuten lang braten, Saft einer kleinen Zitrone und, so Sie möchten, ein paar Kräuter darüber verteilen, schmeckt aber auch ohne köstlich) und damit, begleitet von einem Glas kaltem Weißwein, *toute seule* an meinem Esszimmertisch zu sitzen. Damals fand ich dies erstrebenswerter, als nach der Arbeit in einer Bar mit Leuten zu verkehren. Ich trinke gern, aber nur, wenn es etwas zu essen dazu gibt. Wenn es nicht anders ging und ich mitmusste, war ich diejenige, die eine Packung Brezeln auspackte.

Fürs Alleinsein spricht so vieles, wie fürs Zusammensein als Paar dagegenspricht. Für eine Paarbeziehung müssen Opfer gebracht werden, die einem als Single nicht abverlangt werden, und viele Freuden des Alleinseins verwirkt man, wenn man sich an eine andere Person bindet. So etwa die Möglichkeit, nach Belieben fernzusehen – meine momentane Lieblingsserie ist *Gossip Girl*, eine Vorliebe, die wohl kaum ein Mann mittragen würde (nun, Mitch vielleicht schon, aber ich werde ihm keine Gelegenheit geben, das herauszufinden). Wenn du mit einem Mann zusammen bist, musst du so tun, als würden dir Serien wie *The Wire* gefallen, bei der ich mir nicht vorstellen kann, dass sie von irgendeiner Frau wirklich angeschaut wird, obwohl meine verheirateten Freundinnen Stein und Bein darauf schwören, dass sie es tatsächlich, ganz ehrlich tun (und ich nehme es ihnen auch ab, aber mich werden Sie das niemals schauen sehen). Man kann auch einfach mit einem Freund nach Cannes jetten, der dort beruflich zu tun hat, wie ich das kürzlich tat, ohne dabei auf irgendjemanden Rücksicht nehmen zu müssen. Und dann wäre da noch das Privileg, sich im Bett nach Belieben ausbreiten zu können.

Die Laken allerdings, die ärgern mich – es gibt absolut keine mir bekannte Methode, sie allein anständig zusammenlegen zu können. Und diese Sache, die zwischen ihnen so viel Spaß macht, für die muss man nun wirklich ein Paar sein, um so viel wie möglich herauszuholen. Mahlzeiten sind ebenfalls viel erfreulicher, wenn man sie mit jemandem teilt. Ich selbst kann eigentlich nicht darüber staunen, wie perfekt meine Rigatoni sind, obwohl ich es manchmal doch tue. Ja, so sehr ich meine Freiheit liebe, bin ich doch überzeugt, dass es besser ist, mit jemandem zusammen zu sein. Und sei es auch nur, damit man sich auf Empfängen und dergleichen leichter rechtfertigen kann.

Auf meinen eigenen Dinnerpartys sind Paare in der Überzahl. Wie könnte es auch anders sein? In meinem Alter sind die Aussätzigen, die allein geblieben sind, in der absoluten Minderheit. Und wenn meine Gäste mir zu meinen Kochkünsten gratulieren, was ein großartiges Gefühl ist, muss ich gleichzeitig ihre lautstark geäußerte Verwunderung hören, wie es sein kann, dass ich nicht verheiratet bin – und das ist ein schreckliches Gefühl. Die Person, die mich in der Regel darauf anspricht, ist ein Mann – ein Mann, der mit einer Frau verheiratet ist, die nicht kocht. Danach wünsche ich mir jedes Mal, eine dicke, schreckliche Köchin zu sein, denn nur so ergäbe mein Leben einen Sinn. Aber meine Überlegungen sind falsch. Dicke Leute verheiraten sich, und Frauen, die nicht kochen können, kriegen nette Männer, die das für sie übernehmen. Tatsächlich erledigen meine beiden Brüder für ihre Ehefrauen das Gros der Küchenarbeit, und sie sind ziemlich talentiert. Was das Kochen für die Priester besonders angenehm macht, ist die Tatsache, dass sie mich nie fragen, warum ich nicht verheiratet bin. Ich frage sie ja auch nicht, aber wenn ich es täte, hätten sie zur Erklärung ihrer Situation das kanonische Recht auf ihrer Seite. Ich habe dagegen nichts.

Alleinsein kann sehr einsam sein. Aber nichts schreit »Einsamkeit« lauter als ein Essen vom Bringservice. Ich möchte nicht, dass ein Mann auf einem Fahrrad mir mein Dinner for one bringt. Ich ertrage es nicht, auf ihn warten zu müssen. Lieber beschäftige ich mich in der Küche, anstatt herumzusitzen, bis ein Mann auf die Klingel drückt, mit dem mich nichts weiter als eine Geschäftsbeziehung verbindet und die Frage, wie viel Trinkgeld ich ihm geben soll. Nein, es ist auf jeden Fall besser, sein Essen selbst zu kochen. Ich glaube an eine reich gefüllte Vorratskammer und an die Beschaulichkeit, die ein gut organisiertes häusliches Leben mit sich bringt, selbst wenn es nur für mich ist, so traurig sich das anhören mag.

All jene, die nicht kochen, empfinden es für gewöhnlich als zu viel Aufwand, vor allem, wenn die Anstrengung nur für eine Person ist. Wenn ich die Welt von einer Sache überzeugen möchte, dann davon, dass dies nicht zutrifft: Kochen ist unerhört leicht. Gerichte, die einfach nur aus ein paar frischen Zutaten zubereitet werden, sind die Gerichte, die ich am liebsten mag. Wie die Spaghetti mit Rucola, zu denen absolut keine Arbeit nötig ist, wenn man den bereits gewaschenen Babyrucola verwendet. Ich bemühe mich stets, etwas davon in meinem Kühlschrank zu haben, damit ich mir diese wunderbare Pasta machen kann, wann immer mir der Sinn danach steht.

Spaghetti mit Rucola und Pinienkernen

(Nach einem Rezept aus der Zeitschrift *Bon Appétit*)

60–90 g Spaghetti (Menge hängt von Ihrem Hunger ab)
1 EL Olivenöl, plus noch etwas mehr zur Geschmacksverfeinerung
2 gehäufte Becher Rucola (zu Ihrem eigenen Nutzen vorzugsweise gewaschenen Babyrucola; normaler Rucola ist sehr schmutzig, und das macht mehr Arbeit, als Ihnen im Moment lieb ist)
frisch gemahlener Pfeffer
Salz
geriebener Parmesan, so viel Sie mögen
1 EL Pinienkerne, geröstet

Kochen Sie die Nudeln nach Anweisung auf S. 27.

Wenn die Spaghetti fast gar sind, erhitzen Sie das Olivenöl in einer mittelgroßen Pfanne, geben den Rucola dazu und braten diesen, bis er zusammenfällt. Wenn die Spaghetti fertig sind, abtropfen lassen und zum Rucola geben. Ein wenig Olivenöl und etwas Pfeffer dazugeben, Salz nach Belieben, dann vom Herd nehmen, Käse und Pinienkerne dazugeben und servieren.

Reicht für 1 Person.

Wenn Sie dieses Rezept verdoppeln und für einen Freund kochen möchten, ist das Ihr Problem.

Ich bin zu dem Zugeständnis bereit, dass mir möglicherweise aufgrund meiner DNA das Kochen leichtfällt, eine Voraussetzung, die anderen Menschen fehlt. Diese Menschen sind dafür womöglich mit einem Gen bedacht worden, das Männer dazu bringt, sie heiraten zu wollen oder sie wenigstens um ein zweites Treffen zu bitten. Denn selbst dies hat sich für mich in den letzten paar Jahren als ein Kunststück erwiesen gleich einem Soufflé, das niemals in sich zusammenfällt. Würde ich mit ihnen tauschen? Wahrscheinlich.

Während ich mit Beziehungen immer gekämpft habe, war das Kochen eine ziemlich konstante Quelle der Befriedigung. Wie man sich Männern gegenüber verhält, dafür habe ich einfach kein Händchen. Es ist mir nicht in die Wiege gelegt worden, wie das bei der perfekten Grundlage für Saucen aller Art der Fall ist. »Und dann hörte sie nie wieder von ihm« – mit diesen Worten endete jeder meiner Berichte über eine vielversprechende Verabredung, ein Telefonat oder einen E-Mail-Austausch. Ich gab vor, es geradezu zu erwarten, und das war meine Verteidigungsstrategie, denn wenn die Vorhersage eintraf, war ich aufgrund dieser Tatsache geschützt. In Wahrheit ging ich natürlich nicht davon aus, nie wieder von ihm zu hören. Verabredung folgte auf Verabredung, witziges Geplänkel auf ulkigen Schlagabtausch, und ich glaubte es einfach nicht, dass es mir nicht gelang, in Staatsanwalt, Geldverwalter, Autor eines Wirtschaftsmagazins, Belletristiklektor oder Pickles-Hersteller die geringste Neugier zu erwecken. (Der Pickles-Hersteller befand bereits, dass er genug von mir hatte, während unser Treffen noch lief. Er lud mich in seine Wohnung ein, um mir einen Salat zu machen, wir setzten uns auf die Couch, und er schlief sofort ein. Keine Puste und, schlimmer, kein Salat.)

Ich schwor meinem Zölibatsgelübde vergeblich ab. Joel erzählte mir einmal, man könne die kanonische Jungfräulichkeit nach drei Jahren wiedererlangen. Das wollte ich nicht; es hatte schon lange genug gedauert, bis ich meine tatsächliche verloren hatte.

Dann fand ich in ganz klassischer New Yorker Manier genau das, was mich von allem anderen ablenkte: Immobilien. Ich hatte immer darauf gewartet, dass ein Mann mich in seine Arme schwang und in unser neues Heim und Leben entführte, aber leider kam er nie, und bei mir blieben viele Wünsche offen, wie etwa in einer richtigen Küche zu kochen und wie ein erwachsener Mensch Gäste empfangen zu können. Ich konnte nicht mehr länger warten. Ich musste es allein angehen, und um das zu tun, brauchte ich eine bessere Wohnung. Und was musste ich dabei feststellen? Immobilien bereiten einem Mädchen genauso viel Kummer wie Verabredungen. Diese Erkenntnis wirkte auf mich sowohl verstörend als auch erfrischend. Es war schön zu wissen, dass es noch andere Dinge auf der Welt gab, die über mich dieselbe Macht hatten wie Männer.

Waren es womöglich die Zeitschriften für die Braut, die überall herumlagen und mir zuflüsterten, *Wenn du dieses Apartment kaufst, dann wird dir das auch passieren*, die dafür sorgten, dass ich mich gleich in die erste Wohnung verliebte, die ich mir überhaupt ansah? Es war eine Eigentumswohnung im aufstrebenden Brooklyner Hafenviertel, und die Dekoration war ein kluger Schachzug des Besitzers. Aber es war mehr als das. Vor allem war es die Küche mit ihren brandneuen *de rigeur*-Edelstahlgeräten: der Viking-Herd, der Sub-Zero-Kühlschrank, der Bosch-Geschirrspüler. Diese Dinge waren in meinen Augen mehr Geburtsrecht als die weißen Kleider in den Magazinen.

Ich verbrachte drei schlaflose Nächte, in denen ich mir eine Formel für die Berechnung meines Angebots zurechtlegte. Stündlich sprang ich aus dem Bett und rannte zum Computer, um Zahlen einzugeben: Quadratmeter mal Anzahl der Kochfelder auf dem Herd, geteilt durch den Vorzugszins, minus dem Kontostand meines Sparkontos, geteilt durch die Anzahl der Fachböden im Kühlschrank. Ich hatte keine Ahnung, wie ich auf den richtigen Betrag kommen sollte, und landete am Ende bei einer Summe, die größer war als die geforderte, die man mir mit der Broschüre gefaxt hatte. Dann briet ich mir ein Hühnchen und überlegte dabei, wie viel besser das in meiner neuen Küche zu bewerkstelligen wäre.

Immobilien-Brathähnchen

1 Hähnchen (1,5–2 kg)
2 EL weiche Butter
Salz
frisch gemahlener Pfeffer
1 Zitrone
3 Knoblauchzehen, geschält und zerdrückt

Den Backofen auf 190 °C vorheizen.

Reiben Sie das Hähnchen mit Butter ein sowie großzügig mit Salz und Pfeffer. Den Saft der Zitrone darüber auspressen. Füllen Sie das Hähnchen mit den Zitronenschalen und dem Knoblauch. Das Hähnchen auf einem Gestell mit der Brust nach unten in eine Bratwanne stellen; 30 Minuten lang braten, dann umdrehen, mit dem abgetropften Bratensaft einpinseln und weitere 20 bis 30 Minuten braten, bis die Brust goldbraun ist, und der Saft beim Anstechen eines Schenkels klar austritt.

Ergibt 2 Portionen.

Als ich den Anruf des Immobilienmaklers erhielt, der mir mitteilte, mein Angebot reiche nicht aus, fühlte ich mich, als hätte mich jemand sitzen gelassen. Ich hatte mein Leben um dieses Apartment herum neu aufgebaut, und mit einer falschen Berechnung und einem Anruf war alles weg.

Nach diesem Vorgeschmack hatte ich Blut geleckt, und ich wurde regelrecht süchtig. Jeden Samstag überflog ich die Immobilienseiten in der *New York Times* und im Internet, um meine stressige Besichtigungstour am Sonntag zu planen. Acht Monate lang entdeckte ich dabei nichts, was jenem ersten Apartment gleichgekommen wäre. Nach acht Monaten kam ich zu dem Schluss, dass ich wohl nie eine Wohnung finden würde, also fing ich an, die aufzupolieren, die ich hatte. Ich plünderte meine Ersparnisse, um Möbel und Kochgeräte zu kaufen, ging aber gelegentlich immer noch halbherzig zu Wohnungsbesichtigungen.

Natürlich funktionierte auch für mich das »Wenn du nicht mehr suchst, findest du«-Diktum. Zumindest im Immobiliensektor.

An einem Samstag im Februar entdeckte ich eine Wohnung, die im Internet wirklich hübsch aussah, was aber nichts heißen musste. Doch ich beschloss, zur Besichtigung zu gehen, die für den folgenden Tag anberaumt war.

Ausgerechnet an diesem Tag gab es einen Schneesturm. Ich rief meinen Bruder Nick an, der mir als Immobilienberater zur Seite stand.

»Heute kann doch unmöglich eine Wohnungsbesichtigung stattfinden.«

»Und genau aus dem Grund musst du hingehen, das ist deine Chance.«

Ich rief die Maklerin an. Fand die Wohnungsbesichtigung am Lincoln Place heute tatsächlich statt?

Ja, sie fand statt.

Es schneite weiter, heftiger. Ich rief die Maklerin noch einmal an.

Ja, der Besichtigungstermin stand immer noch.

Ich stapfte die zweieinhalb Kilometer durch dreißig Zentimeter hohen Schnee von meiner Wohnung dorthin. Nick und seine Frau Yuki warteten dort auf mich. Die Maklerin zog gerade ihre Stiefel aus, als wir eintrafen. Wir stellten unsere in eine Reihe mit den ihren und traten ein. Sofort spürte ich es – irgendwas fühlte sich in dieser Wohnung richtig an. Sie war nicht perfekt, hatte aber alles, was ich wollte. Mir ist zu Ohren gekommen, dass man dasselbe Gefühl auch bei dem Mann haben sollte, den man heiratet, aber in Ermangelung dessen würde ich wohl die Wohnung nehmen. Zuerst kam man in eine große, zentrale Diele, von der alle Räume abgingen. Das Art-déco-Badezimmer war schwarz-weiß gefliest und hatte eine Toile-de-Jouy-Tapete, das große Wohnzimmer war mit Balkontüren ausgestattet und bot genügend Raum für Essen und Wohnen, die Fenster des Schlafzimmers gingen auf einen hübschen Hof hinaus. Das *pièce de résistance* war die Küche, die zwar nicht riesig, aber sehr hübsch geplant war. Nach einem Jahr der Suche begannen die Edelstahlgeräte, die mir anfangs so gefallen hatten, seelenlos auf mich zu wirken, nachdem ich sie inzwischen in jeder neu gebauten Eigentumswohnung oder kürzlich renovierten Genossenschaftswohnung New Yorks gesehen hatte. Diese Küche verfügte über eine Ausstattung der Spitzenklasse, aber im traditionellen Stil. Es gab weiße, verzierte Holzschränke vor einem Spritzschutz aus weißen Relieffliesen mit floralem Muster. Auch die Türen von Kühlschrank und Geschirrspüler waren mit Holz verkleidet. Die Schränke waren in große Schubladen und Schieberegale unterteilt, in denen man sehr gut Lebensmittel lagern konnte, hinter einer Schiebetür verbarg sich eine Mikrowelle, und über der Spüle war ein Regal für Kochbücher angebracht. Die Frau, die hier wohnte (und die Wohnung nun verkaufte, weil sie einen Deutschen heiraten würde, den sie über Match.com kennen gelernt hatte), hatte mit Akribie die Renovierung von allem geplant und beaufsichtigt und dabei an jedes Detail gedacht. Und nun würde eine allein lebende Frau sich daran erfreuen können. Ich teilte der Maklerin mit, ein Angebot machen zu wollen. Und dabei war ich mir ziemlich sicher, dass heute außer mir keiner mehr hier auftauchen und die Wohnung deshalb mir gehören würde.

»Es könnten noch mehr Leute kommen«, sagte sie. »Ich habe zwei Anrufe mit Anfragen wegen der Wohnungsbesichtigung bekommen.«

»Die waren beide von mir«, erklärte ich lachend.

Ich bekam die Wohnung. Das Brathähnchen, das ich in meinem neuen Herd briet, schmeckte fantastisch.

Lachlan Martyn war ein leidenschaftlicher … Esser

In den ersten paar Monaten nach meinem Umzug nutzte ich jede Ausrede, um nicht zur Arbeit gehen zu müssen und daheim bleiben zu können. Möbellieferungen, der Mann fürs Fernsehkabel, der Reparaturdienst für die Spülmaschine – all dies waren Gründe, mir einen ganzen Tag freizunehmen. Ich war verliebt in meine Wohnung, was jedoch mein Dilemma hinsichtlich eines Mannes nicht gerade verbesserte. Nun musste nicht mehr nur meine geistige Gesundheit geschützt werden, sondern ich hatte auch noch ein Heim zu beschützen – ein weibliches Paradies, komplett mit Kristalllüster in der Diele (ein Relikt aus dem Haus, in dem ich groß geworden bin) und Frisierkommode mit Spiegel im Schlafzimmer (eine Neuerwerbung) –, das nicht von männlichen Utensilien wie Gitarren oder Elektronik verunstaltet werden sollte. Sobald sich eine leise Ahnung von Einsamkeit einschleichen wollte, lenkte ich mich ab, indem ich mein Zuhause mit Kunst und eklektischem Mobiliar schmückte. Solange es etwas zu kaufen gibt, kommen keine schlechten Gefühle auf, und – dem Internet sei Dank – ich kaufte rund um die Uhr. Täglich trafen Pakete mit der Post oder einem Lieferwagen ein. Auf Flohmärkten und von Freunden legte ich mir eine Sammlung von Gemälden und Fotos zu und scheute dann auch keine Unkosten, sie zu rahmen – dies hatte aber auch etwas damit zu tun, dass ich mich in meinen Bilderrahmer verguckt hatte, zu dem ich damals allerdings gar keine richtige Beziehung gewollt hätte.

Die Erwartung von Schmerz war es, die mich an jenem Tag, als ich Lachlan traf, nicht zur Arbeit gehen ließ. Ich rechnete mit einer Nadel voll Novocain, intensivem Bohren und einer Stunde im Behandlungsstuhl. Aber als alles vorbei war, fühlte ich mich überraschend gut, und da es ein wolkenloser und nicht allzu warmer Augusttag war, entschied ich mich für den langen Weg von meinem Zahnarzt in meinem alten Viertel zu meinem neuen Viertel, wobei ich bei *Sahadi* vorbeischaute, dem Brooklyner Lebensmittelimporteur, um ein paar Grundnahrungsmittel zu besorgen.

Meine Einkaufstüten und ich überquerten gerade die Smith Street, als wir uns einem winzigen Mann in zerknitterten braunen Hosen und einem marineblauen T-Shirt näherten, der darauf den Schriftzug von Picasso vor sich hertrug. Das T-Shirt war ein wenig abgeschmackt, man kannte es. Davon abgesehen sah Lachlan gut aus; ich dagegen sah wie Gott-weiß-was aus, denn für Dr. DiLeonibus machte ich mich nun wirklich nicht zurecht. Ich trug einen gelben Kordrock mit violetten Elefantenapplikationen darauf, Jack-Rogers-Sandalen und ein weißes T-Shirt; wohlwollend könnte man es adrett nennen. Meine Haare dürften kaum frisch gewaschen gewesen sein, und das Schlimmste versuchte ich hinter einer schwarzen Sonnenbrille zu verstecken. Lachlan trug eine Sonnenbrille mit winzigen ovalen, blau gefassten Gläsern. Sein Haar war kurz, mit langen Koteletten; offenbar war er vorzeitig ergraut. Sein Alter schätzte ich auf die Schnelle zwischen achtunddreißig und achtundvierzig. Er führte einen Hund spazieren.

»Können Sie mir sagen, wo ich das *Time Out* bekommen kann?«, sprach er mich mit einem Akzent an, der schottisch klang. Er bezog sich auf ein wöchentlich erscheinendes Magazin für Kunst und Kultur, den Ableger einer Zeitschrift, die aus London kam.

Weil mir sein Äußeres gefiel und ich gegen diesen Akzent nicht immun bin, war ich außergewöhnlich hilfsbereit und redselig. Ich hatte jede Menge Informationen weiterzugeben. *Time Out* speziell in dieser Ecke Brooklyns zu bekommen, war eine komplizierte Angelegenheit. Lachlan konnte froh sein, mich gefragt zu haben. Im Nachhinein war das vermutlich das Beste, was er je tat.

»Sie haben zwei Möglichkeiten«, erklärte ich ihm. »Beide liegen gleich weit von hier entfernt. Da wäre Barnes and Noble dort drüben –« ich deutete in nordwestliche Richtung – »oder Book Court, dort drüben« – ich zeigte in südwestliche Richtung. Dann erläuterte ich: »Book Court ist mit dem Hund vielleicht die bessere Möglichkeit, denn dort stehen die Zeitschriften gleich vorne neben der Tür; sie können sich eine nehmen und dafür mit einer Hand zahlen, während Sie die Leine und den Hund mit der anderen draußen halten. Woher kommen Sie denn?«

»Schottland.«

»Tatsächlich? Alle meine Lieblingsbands kommen aus Schottland.«

Das sprudelte aus mir heraus, damit das Gespräch nicht verebbte, und zudem stimmte es.

»Ich mag amerikanische Bands«, erwiderte er. »Erst letzte Woche habe ich Kansas gesehen.«

Das war ein kühnes Eingeständnis. Für mich wäre es keine allzu große Anstrengung zu behaupten, dass ich Kansas ebenfalls mochte. Mein Bruder Nick war als Teenager leidenschaftlicher Fan gewesen, und man könnte wohl sagen, das hatte auf mich abgefärbt. Ich kenne alle Texte von »Point of Know

Return« bis hin zu »Carry On Wayward Son«, auch einige der weniger bekannten Songs und B-Seiten. Ein Mann, der aus freien Stücken in B. B. Kings House of Blues ging, um Kansas zu sehen, war einer, den ich kennen lernen wollte. Diese Tat sprach für ein ernsthaftes Desinteresse daran, cool sein zu wollen, und doch wirkte Lachlan ziemlich cool. Wenigstens auf mich. Wie oft passiert es schon, dass sich zwei Menschen mit einer Begeisterung für den progressiv kunstvollen Rock von Kansas an einer Straßenecke begegnen?

»Am Donnerstag schaue ich mir Steely Dan am Jones Beach an.«

Jetzt wollte ich ihn nicht nur kennen lernen, jetzt wollte ich mit ihm aufs Konzert gehen. Ich musste das Gespräch in Gang halten.

»Was machen Sie so?«, fragte ich.

»Ich bin Schriftsteller«, erzählte er mir. »Ich habe vor zehn Jahren einen Roman veröffentlicht, von dem sich in Amerika zweiundachtzig Exemplare verkauft haben. Jetzt bin ich hier, um an meinem zweiten und dritten Roman zu arbeiten.«

Das gab den Ausschlag, wie ich es vorhergesehen hatte.

»Möchten Sie sich später auf einen Kaffee oder irgendwann diese Woche zum Abendessen mit mir treffen?«, fragte er mich.

»Gern.«

»Können wir uns diese Woche noch sehen?«

Es war die dritte Augustwoche, und alle meine Freunde waren verreist. Ich hätte sozial und romantisch nicht verfügbarer sein können.

»Mein Terminplan ist flexibel«, sagte ich keck und reichte ihm meine Karte.

Lachlan las meinen Namen. »*Sie sind Italienerin? Parli italiano?*«, fragte er und parlierte dann in fließendem Italienisch, so dass ich Mühe hatte mitzukommen. Beim Sprechen nahm er den Ausdruck und das Gehabe eines Italieners an. Es war echte Serendipität im Spiel, als jeder Moment unserer Begegnung eine neue Gemeinsamkeit offenbarte. Lachlan war nicht nur ein bewundernswerter Brite; er konnte sich auch in einen ziemlich attraktiven Italiener verwandeln. Ihm an einer Straßenecke auf dem Heimweg vom Zahnarzt in den letzten einsamen Sommertagen zu begegnen, grenzte schon fast an ein Wunder.

Während unserer kurzen Unterhaltung erfuhr ich, dass Lachlan aus Edinburgh stammte, aber viele Jahre in Italien gelebt hatte, wo er Englisch für Italiener unterrichtete. Den Sommer verbrachte er in den Staaten. Er wohnte als Untermieter in Williamsburg zusammen mit Steve, einem amerikanischen Freund, den er aus London kannte. Im Moment hütete Lachlan den Hund von Steves Schwester in deren großem Haus in Boerum Hill. Der Hund hörte auf den Namen Goose, was ich aber als Gus missverstand und in den folgenden vier Monaten auch nicht korrigierte. Das war allerdings bei weitem nicht der größte Fehler, den ich in dieser Zeit machte.

Sobald ich nach Hause kam, überprüfte ich meine E-Mails. Bis jetzt hatte ich noch keine von Lachlan empfangen, aber ich wusste, dass ich schon bald von ihm hören würde. Ich bereitete mir ein Mittagessen aus den Zutaten zu, die ich besorgt hatte, sowie aus einigen der reifen Sommertomaten und dem Basilikum, die ich am Samstag auf dem Bauernmarkt gekauft hatte, der allwöchentlich nur wenige Schritte von meiner Wohnung entfernt abgehalten wird. Im August quollen die Stände dort über vor wunderschönen roten, gelben und orangen Paprikaschoten, großen glänzenden violetten Auberginen, duftenden Basilikumbüschen und fantastisch reifen Tomaten – es ist eine regelrechte Spielwiese für einen Koch, und ich hatte niemanden, den ich bekochen konnte.

Als ich mein Essen beendet hatte, war eine E-Mail von Lachlan eingetroffen. Er schickte mir seine Telefonnummer und bat mich, ihn anzurufen. Bei unserem darauffolgenden Gespräch meinte er, er wolle mich sofort treffen. Um vier Uhr gehe er zu einer Lesung, jetzt sei es zwei, könnten wir uns also vielleicht um drei sehen? Ich wollte nichts überstürzen, deshalb schlug ich vor, dass wir uns nach der Lesung auf einen Drink trafen.

Lachlan willigte ein, brachte aber seine Besorgnis zum Ausdruck, auf diese Weise das Abendessen zu verpassen. »Es ist dann Abendessenszeit«, sagte er. »Ich habe Barilla-Nudeln; Sie könnten herkommen, und ich könnte für uns kochen.«

Mir gefiel seine Denkweise, aber ich wusste nicht recht, ob ich das Haus eines Fremden aufsuchen wollte, um dort eine schlechtere Nudelmarke zu essen, als ich sie bevorzuge. Für De Cecco hätte ich es mir vielleicht noch mal überlegt, aber Barilla, die neunundneunzig Cent in meinem Supermarkt kosteten, fand ich dann doch etwas dürftig.

Lachlans Worte kamen mir bekannt vor, als er sich später bei mir meldete. Die Lesung sei eine Enttäuschung gewesen, die Fragen des Publikums uninspiriert. Nachdem wir etwa zehn Minuten unsere Möglichkeiten diskutiert hatten, einigten wir uns darauf, uns an derselben Ecke wie am Vormittag zu treffen und uns von dort aus ein Lokal zu suchen, um ein Bier zu trinken. Ich nahm zu unserem Rendezvous den Bus von Park Slope und fragte mich während der ganzen Fahrt, warum während der anderthalb Jahrzehnte, die ich in Boerum Hill gewohnt hatte, keine Schotten auf mich gewartet hatten.

Lachlan traf zeitgleich mit mir ein. Er schien entzückt, als er mich sah, und er lächelte, freudig erstaunt darüber, wie hübsch ich war. Jedenfalls deutete ich es so. Während wir nebeneinander herliefen, schaute er mir immer wieder ins Gesicht.

Ich hatte mein Äußeres gegenüber dem Vormittag beträchtlich verbessert und hätte für eine Verabredung nicht besser aussehen können in meinem Esprit-Sommerkleid mit afrikanischem Druck, das ich mir vor vielen Jahren vor einer Verabredung mit einem Typen gekauft hatte, der mir noch in derselben Nacht die kalte Schulter zeigte, was ich dem Kleid anlastete. Nichtsdestotrotz ist es eines, mit dem sich Komplimente gewinnen lassen, was mich den Schluss ziehen ließ, dass dieser Typ ein Idiot gewesen war. Das Kleid ist kurz mit tiefem Rückenausschnitt, vorne aber hoch geschnitten. Es ist sexy im Flüsterton.

Als wir uns im *Robin des Bois* niederließen, einem französischen Bistro mit der Inneneinrichtung eines Secondhandladens, setzte ich mich rechts neben Lachlan auf die gepolsterte Bank. Keine Ahnung, warum ich das tat und nicht wie üblich ihm gegenüber Platz nahm. Vermutlich gab mir die Tatsache, dass er nur für ein paar Wochen in der Stadt war, das Gefühl, nichts zu verlieren zu haben. Wir unterhielten uns über Bücher – Lachlan las gerade *Der Tipping Point*, ich erachtete diese Wahl für banal, war aber bereit, es durchgehen zu lassen, schließlich war er ein Fremder. Ich verkündete stolz, momentan *Elementarteilchen* zu lesen, da ich dachte, dass dieser Roman von Michel Houellebecq, dem bösen Jungen der zeitgenössischen französischen Literatur, mir eine weltgewandte und sexuell wagemutige Note geben würde, aber Lachlan tat Houellebecq mit einer Handbewegung ab und sagte: »Seine Romane bilden eine kalte Welt ab.«

Bei einem Glas Stella Artois erzählte mir Lachlan, er habe an der University of Aberdeen Philosophie studiert und sei dann aus einem Doktorandenprogramm an der London School of Economics ausgestiegen. Ein kleiner schottischer Verlag habe kurz darauf seinen ersten und bisher einzigen Roman veröffentlicht. Den Großteil der vergangenen zweiundzwanzig Jahre habe er in Italien gelebt, obwohl ich unserem Gespräch auch entnahm, dass er ein oder zwei Jahre in Prag und eine nicht näher beschriebene Zeit in Paris verbracht hatte. Bevor er in die Staaten kam, hatte er ein Jahr lang in Edinburgh gelebt. In Spanien sei er noch nicht gewesen, ziehe es aber in Erwägung.

Während unseres Gesprächs verfiel Lachlan über eine längere Strecke ins Italienische; und so verbesserte sich mein Italienisch einfach nebenher beim Trinken. Beim zweiten Bier sprach ich es schon quasi fließend, und Lachlan hielt meine Hand. Beim dritten brauchte ich nichts mehr zu sagen, da küssten wir uns bereits.

Unsere Hände blieben auf dem kurzen Weg zu seiner momentanen Bleibe vereint. Wir gingen dorthin, um zu rauchen: ich eine Zigarette, Lachlan Pot. Goose bewohnte ein sehr hübsches braunes Sandsteinhaus. Wir betraten einen riesigen Salon, der als Wohnzimmer und Küche diente. Auf der diese beiden Bereiche trennenden Theke stand ein Korb mit Obst und Gemüse, aber es blieb keine Zeit, die Produkte zu begutachten. Lachlan führte mich sofort hinunter ins Schlafzimmer, wo er seinen Rauchapparat aufbewahrte – eine praktische Pfeife ohne Schnickschnack, die aus einem Plastikbehälter gebaut war, in dem normalerweise Fertiggerichte verpackt werden, abgedeckt mit Alufolie, die auf einer Seite mit winzigen Löchern perforiert war. Er legte etwas Dope über die Löcher, zündete es an und inhalierte durch ein Loch auf der anderen Seite. Nicht gerade weltmännisch, aber Lachlan war weniger flott, vielmehr schlau und koboldhaft.

Lachlan zündete Votivkerzen an, die auf der Kommode und dem Nachttischchen standen. Er legte eine selbst zusammengestellte CD in den kleinen Ghettoblaster auf der Kommode.

Electronica war zu hören – wummernde Bässe und gelegentlicher Gesang. Lachlan unterbreitete mit großer Geste seinen Plan für erotische Spielchen, und wenn auch der Soundtrack dazu nicht dem entsprach, was ich ausgewählt hätte, verdiente jeder andere seiner Vorschläge Applaus. Musik und Sex spielten sich in einer Endlosschleife ab, bis wir eine Imbisspause einschoben.

Lachlan war ein Koch. An diesem Punkt jedoch offenbarte er seine Originalität nur im Bett und mit amerikanischen Frühstücksflocken. Er füllte für sich eine Schale mit Rosinenkleie, gab ein paar Esslöffel Rosinen dazu, ein paar Mandeln, Walnüsse und ein bis zwei Spritzer Honig und goss dann über die ganze Mischung Milch. Ich nahm meine Flocken pur mit Milch. Wir aßen stehend an der Küchentheke.

»Habe ich dich aufgelesen, oder hast du mich aufgelesen?«, wollte ich wissen.

»Ich denke, das beruhte auf Gegenseitigkeit«, erwiderte Lachlan.

Wir redeten noch eine Weile, dann wollte ich nach Hause gehen. Es gibt viele Dinge, die ich gern mit Fremden mache – Schlafen gehört nicht dazu. Aber Lachlan bestand darauf, dass ich blieb, also blieb ich. Als wir aufwachten, irgendwie auf der anderen Seite des Betts, war ich weniger entnervt, als ich befürchtet hatte. Ich war sogar überrascht, wie unkompliziert das alles war, bis Lachlan mich fragte, ob ich jemals verheiratet gewesen sei.

Wenn diese Frage kommt, fühle ich mich immer überrumpelt. Meine erste Reaktion darauf ist die, dass ich zu jung dazu bin, obwohl ich in Wirklichkeit alt genug bin, um verheiratet zu sein und sieben Kinder und vielleicht sogar noch ein oder zwei Scheidungen auf dem Buckel zu haben. Mir ist durchaus bewusst, dass mein Erstaunen nur eine oberflächliche Reaktion ist, hinter der sich zahllose komplizierte Gefühle wie Versagensängste und Verlegenheit verstecken.

Ich reagierte darauf mit meiner Standardantwort, die, wie ich hoffe, meine aufgewühlten Gefühle verbirgt, aber wahrscheinlich genau das verfehlt:

»Nein, ich bin bis jetzt noch nicht dazu gekommen.«

»Wer war dein letzter Freund?«

»Kann das hier nicht einfach in einem Vakuum stattfinden?«, fragte ich.

»Das gibt es nicht«, erwiderte Lachlan.

Ich fragte Lachlan nach seinem Alter (sechsundvierzig) und erzählte ihm, wie alt ich war (vierzig). Lachlans letzte Freundin war eine australische Malerin gewesen (etwa achtundzwanzig, meiner Schätzung nach). Das kam mir so cool und exotisch vor (und jung). Ich fühlte mich nichtssagend (und alt).

»Ich würde dich gern wiedersehen«, sagte er. Ich war damit einverstanden und fragte ihn, ob ich ihn zu Steely Dan begleiten dürfe. Lachlan hatte nur eine Karte und wollte nicht noch eine kaufen. Wenn ich nur eine kaufte, würden wir nicht nebeneinandersitzen, also kaufte ich zwei neue, weil ich davon ausging, wir könnten die von Lachlan vor dem Konzert noch loswerden. Nicht, dass es mir ums Geld ging – dieser Sommer, der damit begann, dass ich mich mit einem langweiligen Typen verabredete, an den ich gar keine Worte verschwenden möchte, entwickelte sich in einer Weise, die ich mir in meinen kühnsten Träumen nicht ausgemalt hätte, und war jede Anzahl von Steely-Dan-Karten wert.

Wir stiegen aus dem Bett, und Lachlan machte Kaffee. Er toastete Pepperidge-Farm-Brot aus Weizenvollkorn und bestrich es für mich mit gesalzener Butter. Ein Omelette mit Beluga-Kaviar und Crème fraîche hätte nicht köstlicher sein können. Wir trödelten noch ein wenig herum, schwatzten und tranken Kaffee – da mein Chef für einen Monat außer Haus war, eilte es mir noch weniger als sonst damit, ins Büro zu kommen. Erst als es auf elf Uhr zuging, beschloss ich, mich langsam sehen zu lassen.

Als ich dann am Mittag in den NoHo-Büros von *Harper's Magazine* eintraf, hatte Ginia schon auf sämtlichen Apparaten ihre Nachrichten hinterlassen – auf meinem Mobiltelefon, meinem Anrufbeantworter im Büro und dem bei mir zu Hause. Ich ließ mir mit dem Zurückrufen Zeit, um die Erfahrung erst noch für mich auszukosten.

»Auf meinem Heimweg vom Zahnarzt habe ich den bezauberndsten Schotten getroffen, dem ich je begegnet bin. Wir gehen zusammen Kaffeetrinken!«, hatte ich ihr geschrieben, sobald ich nach unserer Begegnung zur Tür hereingekommen war. Natürlich sollte sie neugierig sein. Als meine beste Freundin war sie sogar dazu verpflichtet, sonst wäre ich enttäuscht gewesen. Also rief ich sie an und erzählte ihr so viel mir möglich war, mit einer Andeutung von Sex und Frohlocken und einer langen Ausführung über Steely Dan.

Ich ging davon aus, dass ich Lachlan vor dem Konzert in zwei Tagen noch mal sehen würde. Als ich an diesem Abend mit meiner Gymnastikstunde fertig war, hatte ich eine Nachricht von ihm auf dem Handy.

»Hast du das Bett gemacht?«, fragte ich ihn, als ich zurückrief. Die Laken waren durcheinandergewühlt gewesen, als ich am Morgen aufgebrochen war. Weil ich es als ungehörig empfand, ein fremdes Haus in derartigem Chaos zu hinterlassen, bot ich an, es zu machen – schließlich war das meine Neurose –, aber Lachlan bestand darauf, sich selbst darum zu kümmern.

»Nein«, antwortete er, »ich möchte sie noch mal in Unordnung bringen.«

In weniger als einer Stunde war ich wieder im Bus.

Es ist immer ein wenig schockierend, jemanden, mit dem man sich verabredet hat (und dann noch auf diese Weise), zum zweiten Mal zu sehen. Die Leute sind nie ganz so, wie man sie in Erinnerung hat. Lachlan machte einen entnervten Eindruck, bewegte sich schnell und ruckartig, als er mich an der Tür begrüßte.

Da das für gewöhnlich meine Rolle in Beziehungen ist, fand ich mich nun in der mir nicht vertrauten Situation wieder, die Ernsthafte zu sein. Er nahm mich an der Hand und führte mich direkt ins Schlafzimmer, obwohl es erst halb zehn Uhr war. Dort hatte er die Szenerie der vergangenen Nacht wieder aufgebaut. Die Kerzen brannten, und Groove Armada dröhnte aus dem kleinen Ghettoblaster auf der Kommode: »If you're fond of sand dunes and salty air…«, lautete »At the River«, der einzige mir bekannte Song, den ich an jenen Abenden hörte.

Fast deckungsgleich mit der Anzahl der raffinierten Gerichte, die ich für Männer zubereitet habe, sind die vielen Male, die ich angefleht wurde, Buchrezensionen zu lesen, die aus vorteilhaft verstauten (in der Schublade neben dem Bett, in der Kuriertüte, die zufällig mit ins Restaurant gebracht wurde) Mappen und Umschlägen gezogen wurden. Ja, auch Lachlan hatte seine aus Edinburgh mitgebracht, und hervorgeholt wurden sie am nächsten Morgen. Ich sollte sie vor dem Kaffee im Bett lesen. Schon unter normalen Umständen, wenn ich bequem auf meiner Couch im Allerheiligsten meiner eigenen Wohnung liege, fällt es mir schwer, mich auf eine Buchrezension zu konzentrieren. Nach Sex im frühen Stadium einer Beziehung ist es nahezu unmöglich. Ich bemühte mich, dem Text ein paar Zeilen lang zu folgen, zwang mich zu einem Glucksen und rang mir dann einen klugen Kommentar ab wie etwa: »Ha, lustig, dass er im Torfmoor begraben wurde«, als hätte ich auch nur die leiseste Ahnung, was ein Torfmoor war.

»Kannst du mir wirklich bei meinem Buch helfen?«, wollte Lachlan wissen.

Ich zermarterte mir das Hirn nach Literaturagenten, die meinen Anruf entgegennehmen würden. Da gab es einen alten Freund von Ethan, der einst Schlagzeug in unserer Band gespielt hatte, bei ihm könnte ich es versuchen. Und einen pummeligen Typen, der mich nie wieder anrief, nachdem ich ihn zu einem Konzert der Magnetic Fields mitgenommen hatte: Da musste doch noch eine Gefälligkeit drin sein. »Es gibt ein paar Leute, die ich fragen könnte«, sagte ich.

Ob ich ihm wirklich helfen konnte, wusste ich nicht, aber versuchen sollte ich es wohl, denn ich war bereits wahnsinnig verliebt in Lachlan.

Er nahm meine Hände. »Ich möchte aber nicht, dass sich das in irgendeiner Weise auf unsere Beziehung auswirkt.«

»Ich finde es gut, dass du das sagst«, erklärte ich, wohl wissend, dass es sich auswirken würde.

Während Lachlan mein Frühstück zubereitete und mir eine Zusammenfassung des Romans gab, an dem er arbeitete, sagte eine Stimme in meinem Kopf, die sich ganz nach meiner anhörte, *Dieser Mann wird dich nie lieben.* Ich befahl der Stimme sogleich, sie solle still sein, und stürmte dann mit ihm zum Jones-Beach-Theater, um Steely Dan zu hören.

Lachlan hatte vorgehabt, mit der Bahn dort rauszufahren, aber ich hatte dem widersprochen. Wir würden uns das Auto meiner Mutter leihen und bereits am Nachmittag aufbrechen, damit wir vor dem Konzert noch ein oder zwei Stunden am Strand verbringen konnten. Ich würde mir den Tag freinehmen, am Morgen den Wagen abholen und irgendwann noch eine Stunde im Fitnessstudio einschieben. Ich vergaß, mein

Handy mitzunehmen, und fand, als ich nach Hause kam, sechs Nachrichten von Lachlan in unterschiedlichen Formaten vor: SMS, Voicemail, er hatte sogar versucht, mich mit dem Pager anzupiepen.

»Hast du etwas gegessen?«, fragte er mich, als ich seine Wohnung betrat. »Ich habe ein Mittagessen für dich, falls du noch Hunger hast.« Kein Mann hatte je »ein Mittagessen für mich« gehabt. Er hörte sich an wie meine Mutter, und das war nicht schlecht, aber ich wollte lieber los. Also schlug ich sein Angebot aus, und Lachlan erhöhte den Einsatz mit einer Frage, die gar nicht mehr mütterlich war: »Komm doch rein und steig mit mir unter die Dusche.«

Lachlan bekam seinen Willen – da mein Auto jedoch neben einer Parkuhr stand, die ich in Ermangelung an Kleingeld nur für eine halbe Stunde gefüttert hatte, mussten wir schnell machen. Es gelang uns, Liebe und Pasta innerhalb des Zeitlimits unterzubringen. Lachlan hatte eine Sauce aus Tomaten und Auberginen für ein Picknick am Strand vorbereitet. Wir sprangen aus dem Bett und beeilten uns, die Rigatoni zuzubereiten und noch rechtzeitig aus dem Haus zu kommen, ehe die Parkuhr ablief, aber Lachlan brach unter dem Druck sichtlich zusammen. Er ließ einen Teller fallen, der auf dem Küchenboden in tausend Stücke zersprang, und während er die Glasscherben zusammenfegte, fiel ihm ein, dass er den Hund nicht gefüttert hatte und die Nudeln noch eingepackt werden mussten. »Kannst du das erledigen? Kannst du das für mich tun?«, fragte er und reichte mir eine Plastikdose und einen Schöpflöffel. Lachlan wusste noch nicht, dass mir bei täglicher Bemutterung so schnell niemand etwas vormachte.

Als wir zum Auto kamen, blieb uns noch eine Minute, die wir im Lebensmittelladen dazu nutzten, M&Ms, Twizzlers und

Coca-Cola für die Fahrt einzukaufen. Mein Schottenrock war ein Süßer. Er wollte auch noch Häagen-Dazs-Eiskrem, aber es gab seinen Lieblingsgeschmack, den klebrigen Toffee-Pudding, leider nicht, also kauften wir keine.

Endlich rasten wir am großen Brooklyn Museum und den herrlich verblichenen Wohnblöcken am Eastern Parkway vorbei, beschallt vom AC/DC-Album *Back in Black*, dessen Songtexte Lachlan zum Teil aus dem Fenster mitgrölte: »Honey, whattaya do for money?«

Ich weiß, welche Musik ich meinen Freunden vorzuspielen habe, und ich weiß auch, womit ich sie am besten füttere; die dritte Sache, auf die ich mir etwas einbilde, ist mein unfehlbarer Orientierungssinn. Ich verirre mich selten. Egal, wo ich auch hinmuss, ich habe ein Gespür für den Weg, und selbst wenn ich eine Straße verpasse, finde ich ganz schnell wieder zur richtigen Abzweigung zurück. Doch nicht so auf dieser Fahrt. Ich landete auf dem Northern Parkway, obwohl ich auf den Southern gemusst hätte, und die kleinen Verbindungsstraßen, auf die ich mich verlassen hatte, dass sie mich vom einen zum anderen bringen würden, waren nirgendwo zu entdecken. Ich verhalte mich bei diesem oft zitierten Unterschied zwischen Männern und Frauen nicht geschlechtstypisch – ich *hasse* es, nach dem Weg zu fragen, und weigere mich sehr lange, es zu tun. Aber als mir auffiel, dass die Sonne immer weiter nach Westen wanderte, brach ich zusammen und rief Ginia an, die in der Nähe von Jones Beach aufgewachsen war und uns auf den richtigen Weg bringen konnte. Um diesen dann zu erreichen, unternahm ich ein paar Wendemanöver, die Lachlan zu Tode erschreckten. Ich versuchte ihm zu versichern, bei mir könne ihm nichts passieren: »Ich bin eine ausgezeichnete Fahrerin, ehrlich! Ich fass es einfach nicht, dass ich mich verfahren habe, ich weiß nicht, wie das passieren konnte.« Lachlan, den der Zucker belebt hatte, foppte mich ständig auf Italienisch.

Übersetzt aus dem italienischen Original:

»Als ich dich dort an der Straßenecke sah, sahst du aus wie eine nette, verantwortungsbewusste Frau. Du trugst Tüten mit Lebensmitteln, also nahm ich an, du seiest verheiratet, vielleicht mit einer Schar Kinder. Du gabst mir eine Visitenkarte, auf der ›Stellvertretende Aufsichtsratsvorsitzende‹ stand, also hielt ich dich für eine vernünftige Karrierefrau. Aber was bist du!? Du schläfst bis elf Uhr, gehst mittags zur Arbeit, weißt nicht, wie man Auto fährt, und noch weniger, wohin du fahren musst!«

Was Letzteres betraf, hatte er Recht. Ich hatte keine Ahnung, wohin ich fuhr.

Ich weiß aber, dass ich wenige Minuten später neben einem reizenden Lachlan am Ozean saß. Ich hatte eine Flasche Chianti mitgebracht, die ich für einen besonderen Anlass aufbewahrt hatte – sorgfältig in Eis verpackt, so dass sie Kellertemperatur behielt –, aber ich musste sie allein trinken. Es stellte sich heraus, dass Lachlan gesundheitliche Probleme hatte, die seinem Alkoholkonsum Grenzen setzten – ein Problem mit seiner »Gallenblase« vor ein paar Jahren, das zu einem längeren Krankenhausaufenthalt in Rom führte und ihm eine Konsultation bei einem der päpstlichen Ärzte einbrachte, der eine Arrhythmie diagnostizierte, die zu regulieren er seitdem täglich eine Tablette nahm. Während ich trank, zündete Lachlan sein Pot an, ein Genuss, der der Funktion seiner »Gallenblase«offenbar nicht abträglich war.

Wie Sie sich vorstellen können, bin ich ein kleiner Snob, wenn es um Pasta geht, und so hatte ich kein großes Vertrauen in das, was Lachlan in seiner Leihküche zusammengebraut hatte. Mein Vorurteil erwies sich als falsch, denn seine Rigatoni mit Auberginen waren lecker, und zwar so sehr, dass ich dieses Gericht seitdem viele Mal nachgekocht habe, ohne sagen zu können, dass ich es besser hinbekomme als er.

Lachlans Rigatoni mit Auberginen

Schmeckt warm oder kalt köstlich.

3 EL Olivenöl, auch etwas mehr, wenn nötig
½ mittelgroße Zwiebel, gehackt
1 Prise scharfes Paprikapulver
1 große Aubergine, in Würfeln von gut 1 cm
2 TL Salz
1 große Dose zerdrückte Tomaten
50 ml Rotwein
1 EL Zucker (Auberginen sind säurehaltig)
500 g Rigatoni
1 Handvoll klein gezupfte Basilikumblätter
geriebener Parmesan

Olivenöl in einer großen Pfanne bei mittlerer Temperatur heiß werden lassen; Zwiebel und Paprikapulver dazugeben und schmoren, bis die Zwiebel fast glasig ist. Die Aubergine und 1 Teelöffel Salz dazugeben und 20 Minuten schmoren, bis das Gemüse ein wenig braun ist. Dann Tomaten, Wein, Zucker und das restliche Salz dazugeben und 50 bis 60 Minuten lang kochen lassen, bis die Auberginenstücke sehr weich sind.

Die Rigatoni gemäß Nudelrezept auf S. 27 zubereiten. Die Nudeln abgießen und mit den Auberginen wieder zurück in den Nudeltopf geben, ein paar Schöpflöffel Sauce darübergeben, einen Spritzer Olivenöl und die klein gezupften Basilikumblätter.

In Schälchen füllen und mit einem Schöpflöffel Sauce und Basilikumblättern verzieren. Geriebenen Parmesan dazu reichen.

Reicht als Hauptgericht für 4, als Vorspeise für 6 Personen.

Lachlan wollte mich kennen lernen. Während wir uns am Strand in den Sand legten, quetschte er mich über meine Kindheit und meine letzten Beziehungen aus, Dinge, über die ich mit einem Mann, den ich zwar sehr mochte, aber erst so kurz kannte, eigentlich nicht sprechen wollte. »Könntest du mir dann wenigstens dein Leben bis zu deinem sechzehnten Geburtstag schildern?«, bat er mich. Da er seine Aufmerksamkeit gerade zwischen mir und dem Dampf eines Schiffes teilte, das er weit hinten am Horizont zu erkennen glaubte, erzählte ich ihm von der Reise, die meine Familie vor meinem zwölften Geburtstag auf einem Schiff mit dem Namen *Raffaello* nach Italien gemacht hatte. Lachlans Eltern waren einmal auf der *Queen Elizabeth II* in die Vereinigten Staaten gefahren und wollten im nächsten Jahr auf der *Queen Mary* wiederkommen. Er erzählte von ihren Auslandsreisen und von einem weniger exotischen Trip, den die Familie zur Hochzeit seines Bruders kürzlich nach Liverpool unternommen hatte. Dieses Ereignis befreite Lachlan ein wenig von dem elterlichen Druck, sesshaft zu werden, da jetzt sein Bruder für einen Erben gesorgt hatte. Das Schiff, das Lachlan zu sehen glaubte, war nichts weiter als ein Schatten. Und diese triviale Enttäuschung gab schließlich das Signal zum Aufbruch.

Wir querten einen Parkplatz von der Größe Schottlands, um zur Bühne zu kommen. Lachlan, inzwischen bekifft, staunte über dessen ungeheures Ausmaß sowie über das Ausmaß des Hinterns eines Mannes im mittleren Alter in pinkfarbenen Dockers. Wir fühlten uns sehr jung, als wir ihm und einem Haufen Dickbäuchen aus der Generation fünfzig plus folgten, die ebenfalls zum Konzert wollten. Lachlans Kommentare, selbst die, mit denen er mich dafür auf die Schippe nahm, dass ich glaubte, wir könnten unsere übrige Eintrittskarte an jemanden von diesen Leuten loswerden, trieben mir Lachtränen in die Augen.

»Giulia, ich glaube nicht, dass ›Dan-Fans‹ einfach ohne Karte bei einem Konzert auftauchen. ›Dan-Fans‹ sind etwas besser organisiert!«, frotzelte er.

Das Jones-Beach-Theater besteht aus einem riesigen Fresstempel und einer Arena. Lachlan verlangte schon wieder nach Häagen-Dazs-Eiskrem, aber hier gab es nur Carvel. Ich kaufte mir einen Becher Vanilleeis mit Fondantsauce, wovon Lachlan, obwohl er die schlechte Qualität bemängelte, das meiste aß. Inzwischen spielte Michael McDonald, der durch die Doobie Brothers zu Ruhm gekommen war, als Opener. Er haute in die Keyboardtasten und sang dazu »What a Fool Believes«. Wir konnten ihn auf dem riesigen Bildschirm sehen, während wir in der Schlange vor dem Starbucks-Stand warteten. Lachlan meinte, McDonald sehe aus wie Kenny Rogers, weshalb wir für den Rest des Abends über ihn als Ken sprachen und seinen neuen Namen brüllten, als er mit »the Dan« zurück auf die Bühne kam, um ihn bei »Peg« stimmlich zu unterstützen.

Lachlan wunderte sich darüber, dass ich in der Lage war, mein Auto wiederzufinden, das, als wir es abholten, ganz allein in seinem Viereck aus weißen Linien stand. Auf dem Heimweg verfuhren wir uns wenigstens nicht; sämtliche Schilder zeigten nach New York, und wir folgten ihnen einfach. »Ich bin immer noch erstaunt, wenn ich Schilder nach New York sehe, und kann es nicht glauben, hier zu sein«, erklärte Lachlan und drückte mir die Hand. Auch ich konnte es nicht glauben.

In der nächsten Woche kam Lachlan zu mir, wo er dann auch für die übrige Zeit seines Aufenthalts blieb, und ich nahm mir den Rest des Sommers frei. Ich rief meine Mutter an, um ihr zu sagen, dass sie mich eine Weile nicht sehen würde, da ich mich in einen Schotten verliebt hatte, der Italien liebte und fließend italienisch sprach, und ob ich das Auto behalten könne? Bis dahin hatte ich eigentlich nur an ein paar freie Tage gedacht, während derer ich mich nicht viel weiter als bis zum Prospect Park entfernen würde. Verreisen konnte ich mir nicht leisten, nachdem ich gerade erst so viel für meine Wohnung und das entsprechende Mobiliar ausgegeben hatte. Und da fiel mir Lachlan in den Schoß, ein *scoti ex machina*, der meine Welt so exotisch wie Dundee machte (für mich, die ich nie dort gewesen war) und heimelig wie ein gemietetes Häuschen auf den Äußeren Hebriden.

Er und sein Rucksack fanden an einem schwülen, heißen Montagnachmittag nach einer beschwerlichen Reise von Williamsburg ihren Weg in meine Wohnung. Mein Seelengefährte hatte dort für seinen Mitbewohner Steve noch Spaghetti Bolognese zum Mittagessen gekocht, ehe er sich von ihm und ihrer Mietwohnung verabschiedete. Ich arbeitete an diesem Tag zum letzten Mal bis zum Labor Day am 5. September, und anschließend eilte ich nach Hause, um Lachlan zu treffen, der an der falschen U-Bahn-Haltestelle ausstieg, am anderen Ende von Prospect Park landete und verschwitzt und erschöpft von dem weiten Weg bei mir eintraf. Ich versuchte ihn mit Musik zu beruhigen und spielte ihm das Album einer neuen Heavy Rockband namens Wolfsmother vor, die mir Kit empfohlen hatte. Lachlan hatte für sie nur den Begriff »nicht authentisch« übrig und fragte mich stattdessen, ob ich sein Lieblingsalbum von Led Zeppelin besäße, *Physical Graffiti*. Ich besaß sämtliche Alben von Led Zeppelin – außer *Physical Graffiti*, aber *Led Zeppelin II* oder *Houses of the Holy* taten es nicht. Er wollte unbedingt *Physical Graffiti* hören, also würde ich es für ihn besorgen. Ich ging davon aus, dass ein oder zwei Klicks auf iTunes reichen würden, und »Custard Pie« käme sofort aus meinen Lautsprechern, aber so einfach war es nicht: iTunes hatte Led Zeppelin nicht im Programm (ein Problem, das inzwischen korrigiert wurde). Also musste ich mir etwas anderes einfallen lassen, wie ich seinem musikalischen Bedürfnis nachkommen und ihm außerdem noch ein schmackhaftes Essen vorsetzen könnte. Dieses Unternehmen ließ keine Zeit für eine Fahrt in den Laden, daher beschloss ich, Bucatini Amatriciana zu machen, ein Gericht, dessen Zutaten (Zwiebeln, Bauchspeck, Dosentomaten, Bucatini) ich immer im Haus habe. Glücklicherweise gehörte Lachlan nicht zu den Männern, die etwas dagegen haben, zwei Mal am Tag Pasta zu essen.

Das *Physical Graffiti*-Problem erwies sich als wesentlich hartnäckiger. Ich klickte auf LimeWire, ein kostenloses Filesharing-Programm, das Kit auf meinem Computer installiert, ich bisher aber noch nie benutzt hatte. Eigentlich hielt ich daran fest, für meine Musik zu bezahlen, aber diese besondere Situation ließ mir keine andere Wahl. LimeWire öffnete sich allerdings nicht, offenbar war es aufgrund von Vernachlässigung gestorben. Ich stellte einen Topf Wasser für die Nudeln auf und begann dann, es Schritt für Schritt wiederzubeleben. Das dauerte länger, als es meiner Erinnerung nach bei Kit gedauert hatte, und bald schon kochte das Wasser. Die Amatriciana ist eine einfache Sauce, die man gut zubereiten kann, während die Nudeln kochen, sie wird aber wesentlich komplizierter, wenn man gleichzeitig versucht, eine MP3–Filesharing-Technologie auf seinen Laptop herunterzuladen.

Bucatini Amatriciana mit MP3-Filesharing-Technologie

1 iBook G4
1 EL Olivenöl
2 Scheiben Pancetta (italienischer Bauchspeck)
1 kleine Zwiebel
1 Visakarte
1 große Dose Tomaten (in Stücken)
Salz
250 g Bucatini
50 g frisch gemahlener Pecorino

Füllen Sie einen großen Topf mit Wasser, und stellen Sie ihn bei großer Hitze auf den Herd.

Versuchen Sie LimeWire mithilfe des Icons auf ihrem Desktop zu öffnen.

Der Schotte in der Wohnung, der für Computer nicht zu gebrauchen ist, aber, wie wir wissen, bei der Pasta helfen kann, wird sich ins Badezimmer zurückziehen, um zu duschen.

Gehen Sie auf die LimeWire-Website und folgen Sie den Schritten, um die Software auf iBook G4 zu laden. Dies wird viel länger dauern, als Sie vermuten. Das Wasser kocht inzwischen, aber Sie haben noch nichts für die Sauce vorbereitet. Lassen Sie die Installation laufen, gehen Sie in die Küche und fangen Sie mit der Sauce an.

Erhitzen Sie das Olivenöl in einer Pfanne bei mittlerer Temperatur; schneiden Sie den Speck klein, geben Sie ihn zum Öl, und lassen Sie ihn ein wenig knusprig werden. Schneiden Sie inzwischen die Zwiebel klein, und geben Sie diese zum Speck.

Kehren Sie an ihren Schreibtisch zurück, und überprüfen Sie die Installation. Dort stellen Sie fest, dass die Installation der kostenlosen Software nicht stattfindet; sie werden ein Upgrade für LimeWire Pro vornehmen müssen. Holen Sie Ihre Visakarte und tippen Sie Ihre Kontonummer in den entsprechenden Kasten ein, und machen Sie sich kundig, was ein Sicherheitscode ist.

Rennen Sie zurück in die Küche, wo Pancetta und Zwiebeln inzwischen ein wenig gebräunter sein werden, als Sie diese haben wollen. Reden Sie sich ein, dass Karamellisierung auch ihre guten Seiten hat, geben Sie die Hälfte der Tomaten und deren Saft dazu, lassen Sie die Sauce ein wenig einkochen und kehren Sie an Ihren Schreibtisch zurück.

Die Eingabe der Kreditkartennummer hat funktioniert! Nun können Sie Songs herunterladen.

Der Schotte hat seine Dusche beendet, sich abgetrocknet und seine Wünsche aus dem Bad gerufen. Er möchte sein Herz auf »Custard Pie« einstimmen. Suche nach »Custard Pie« und klicke auf Download für diesen Song, laufe dann wieder zurück in die Küche.

Geben Sie die restlichen Tomaten in die Pfanne. Salzen Sie das kochende Wasser, geben Sie dann die Bucatini dazu, rühren Sie einmal um, und kehren Sie an Ihren Computer zurück.

Sie werden eine Nachricht finden, die besagt, dass Sie den Song nicht herunterladen können, da hierzu »weitere Angaben benötigt werden«. Geben Sie die Nachricht an den Schotten weiter, der jetzt aus dem Badezimmer kommt. Testen Sie, was er zu »In My Time of Dying« sagt, erfahren Sie, dass dies nicht geht, versuchen Sie erneut »Custard Pie«, scheitern Sie. Gehen Sie die anderen Songs von *Physical Graffiti* durch – stoßen Sie auf »The Rover«, »Kashmir«, »Ten Years Gone«, »Bron-Yr-Aur« und laden Sie diese alle problemlos herunter.

Indessen haben Sie die kochenden Nudeln vergessen. Laufen Sie in die Küche, um sie zu probieren – sie werden verkocht sein. Sie werden sich schämen, auf ganzer Linie versagt zu haben. Nudeln sofort abschütten und zur Sauce geben. Vom Herd nehmen und mit Pecorino bestreuen.

Reicht für 2, unbefriedigend.

Es erschütterte mich, dass das erste Gericht, das ich für Lachlan kochte, ein so armseliges Beispiel meiner Fähigkeiten war. Verkochte Nudeln sind die Kardinalsünde der italienischen Küche – *sfatta* nennt meine Mutter sie, was ihr eigener sizilianischer Dialekt sein dürfte. Meiner Kenntnis des Italienischen nach übersetzt man dieses Wort etwa mit »schlaff«. Ich schmollte während des Essens, weil ich wusste, dass ich es so viel besser konnte. Lachlan gab sich die Schuld daran, weil er im entscheidenden Moment unter die Dusche gegangen war. Es war das einzige Mal, dass er die Verantwortung für eine schlaffe Nudel übernahm.

»Soll ich Kaffee kochen?«, fragte ich Lachlan, als wir am nächsten Morgen aufgewacht waren.

»Nur, wenn du mich unendlich dankbar machen möchtest«, lautete seine Antwort.

Stellen Sie sich diesen Satz, gesprochen mit leichtem schottischem Akzent vor, und Sie verstehen vielleicht, warum ich ihn so sehr liebte.

Meine Gerichte wurden besser. Befreit vom Zeitfresser Büro konnte ich meine Tage ihrer Planung widmen. Ich ging morgens einkaufen, während Lachlan »ein paar Rosinen« in seinen Roman einfügte. Wie im Himmel erforschte ich mein neues Viertel in den stillen Morgenstunden und klapperte die Märkte ab, um herauszufinden, wo man guten Käse finden konnte, wer das beste Fleisch und wer das bessere Brot verkaufte. Ich kehrte mit allen möglichen Köstlichkeiten für uns zurück, die wir essen würden, wenn Lachlan bereit zur Mittagspause war. Wie immer würde er meine Entdeckungen genauso zu schätzen wissen wie ich.

Stets traf ich ihn schreibend und in sich hineinlachend an.

»Haaalloo«, schrie ich, wenn ich zur Tür hereinkam, und ging in die Küche, um das Mittagessen vorzubereiten. Bei der Zubereitung eines Thunfischsalats, der in Shelter-Island-Tagen unser Standardgericht gewesen war, musste ich lächeln.

Sommerhaus-Thunfischsalat

(Nach einem Rezept von Ginia Bellafante)

1 Dose Thunfisch in Olivenöl (180 g)
1 EL gehackte rote Zwiebeln
1 Sommertomate, entkernt und gehackt
1 TL Kapern
1 ½ TL Olivenöl
¼ TL Salz
frisch gemahlener Pfeffer
1 EL gehackte Petersilie (und/oder Basilikum, wenn Sie haben)

Thunfischdose öffnen und alles überschüssige Öl abgießen, den Thunfisch in eine Schüssel geben und die Zwiebelwürfel, Tomaten, Kapern, Olivenöl, Salz und Pfeffer dazugeben. Alles miteinander vermengen und mit der Petersilie garnieren.

Mit frischem Brot servieren.

Reicht für 2; kann leicht verdoppelt werden.

Ich servierte Brot dazu, das noch warm war, als ich es kaufte, Salami, die ich in ordentlichen Streifen auf einem niedlichen Teller verteilte, der mit einer Kinderzeichnung eines Eichhörnchens verziert war, außerdem Oliven und frischen Mozzarella. Unser Festmahl präsentierte ich auf einem Tablett, das ich erst tags zuvor im Brooklyn Museum gekauft hatte – und das sich bestens zum Servieren eignete.

Meine Wohnung war so sonnig, dass wir genauso gut im Freien hätten sein können. Lachlan trank Wasser, ich ein Glas Rotwein, der für unser Innenraumpicknick leicht gekühlt worden war.

»*Buon appetito*«, sagte Lachlan, ehe er sich über seinen Teller hermachte.

»*Buon appetito*«, erwiderte ich strahlend.

Das sagten wir vor jeder Mahlzeit zueinander, auch als wir schon nicht mehr strahlten.

Beim Essen fuhr Lachlan mit seiner Befragung fort:

»Bedauerst du irgendetwas?«

»Hast du alles, was du dir wünschst?«

»Möchtest du irgendwann mal heiraten?«

»Hast du Kinder eingeplant?«

Ich wusste nicht, was ich ihm antworten sollte. Hatte ich alles, was ich mir wünschte? Alles, außer einem Ehemann. Wo sah ich mich in zehn Jahren? Ich sah mich verheiratet – genau dort, wo ich mich auch schon vor zehn Jahren gesehen hatte – offensichtlich ist meine Vision dahingehend eindeutig etwas allgemein. Es wurde zur philosophischen Frage für mich, wie viel ich preisgeben wollte. Wie viel durfte Lachlan über meine vergangenen Beziehungen erfahren? Etwas zu erzählen, das implizieren könnte, ich sei nicht liebenswert, war unvorstellbar für mich, aber ich wollte mich auch nicht hinter Plattitüden verstecken wie »Es hat einfach nicht funktioniert« – deren Bedeutung vermochte schließlich jeder zu lesen: Es bedeutet schlicht, er wollte mich nicht heiraten.

Ich war nicht wild darauf, vergangene Enttäuschungen in eine neue Beziehung einzubringen, die so verheißungsvoll begonnen hatte. Wir kamen gut zusammen aus, waren von der Musik über Nudelformen bis zu Eisaromen einer Meinung. Das heißt, in allem bis auf die Klimaanlage – Lachlan hasste sie und gab dem Gerät den Namen »der laute Kühlschrank«. Er komponierte einen kleinen Protestsong zur Melodie von Kansas' »Point of Know Return«. »Your motherrrrr, she says it's freeeeezing.« Ich hätte fast ins Bett gemacht, weil ich so heftig lachen musste, aber ich gab nicht nach. So weit kam es noch, dass ich mich der europäischen Empfindlichkeit beugte.

Obwohl ich die Annehmlichkeiten der Neuen Welt begrüße, bin ich in puncto Kochen altmodisch. Ich ließ nicht zu, dass Lachlan es übernahm, trotz all seiner vorhandenen Fähigkeiten. Stattdessen degradierte ich ihn zu Hilfsaufgaben wie dem Würfeln von Zwiebeln und Knoblauch, was er wirklich ganz ausgezeichnet machte – ich selbst kann mich nicht derart kunstfertiger Handhabung des Messers rühmen. Er sah darin keinen Anlass, sich zu streiten, sondern war milde gestimmt vom Dope, das er rauchte, während er mir in der Küche Gesellschaft leistete – immer bei geschlossenen Fensterläden, damit die Nachbarn es nicht sahen. Wir hörten Musik, und ich ließ sogar zu, dass er seine auflegte. Teilweise fand ich Gefallen an diesem Electronica-Zeug, vor allem an Zero 7, deren Song »Destiny« ich für unser Lied hielt, wenn ich Lachlan etwas derart Kostbares auch nicht anvertraut hätte.

Was jedoch nicht heißen soll, dass nicht auch er sich gelegentlich darüber wunderte, was uns zusammengeführt hatte. »Du darfst das nicht Schicksal nennen, es war vielmehr Zufall«, pflegte er zu sagen und nahm mich in seine Arme. Ich verwies daraufhin stets auf zwei Schälchen, die ich auf meinem Heimweg vom Zahnarzt für je zehn Cent bei *Fishs Eddy* mitgenommen hatte und die ich als überaus wichtige Symbole für dieses Ereignis erachtete. »Wenn ich nicht in diesen Laden gegangen wäre, um die Schälchen zu kaufen, wäre das alles nie passiert«, erklärte ich, verblüfft, dass meine Zukunft von zwei Zehn-Cent-Schälchen entschieden worden war. Ach ja, diese kleinen Schälchen. Wenn ich sie mir jetzt anschaue, werde ich immer ein wenig traurig, aber getrennt habe ich mich nie von ihnen; sie sind ganz wesentlich für mein *Mise en place*.

Anfang des Sommers war ich während der fünf Minuten, in denen ich mich in der Enttäuschung über die Sinnlosigkeit meiner letzten Affäre suhlte, nach Long Island gefahren, um meine Freundin Jennifer Romanello zu besuchen. Jennifer teilt sich dort mit ihrer weitläufigen Familie ein Umkleidehäuschen am Strand. Alle sind sie fabelhafte Köche, die sich dem guten Essen und Trinken verschrieben haben, und auf einer winzigen Herdplatte zaubern sie unglaublich raffinierte Gerichte, Risotto und Steinpilze, Linguine mit Krabbenfleisch. Dabei fiel mir ein Gericht besonders auf, und zwar ein Eintopf aus bunten geschmorten Paprikaschoten, zubereitet von Jennifers Schwester Carmella. Ich bewunderte ihre geschickte Hand, mit der sie das Schälmesser führte und die Paprika, die rote Zwiebel und die Tomate schnitt, ehe sie alles in den Topf gleiten ließ. Ich kochte dieses Gericht mit umwerfenden Paprikaschoten vom Bauernmarkt für Lachlan nach.

Carmella Romanellos geschmorte Sommerpaprika

2 EL Olivenöl
1 Knoblauchzehe, fein geschnitten
1 rote Zwiebel, halbiert und in Halbkreise geschnitten
1 Prise getrockneter Oregano
3 Paprikaschoten (1 rote, 1 orange, 1 gelbe), geputzt und von den Kernen befreit, in Streifen geschnitten
1 ¼ TL Salz
1 Fleischtomate (oder 2 Eiertomaten), entkernt und in Stücke geschnitten
1 Handvoll Basilikumblätter
frisch gemahlener Pfeffer

Olivenöl in einer großen Schmorpfanne bei mittlerer Temperatur erhitzen und Knoblauch und Zwiebeln mit dem Oregano etwa 3 bis 5 Minuten schmoren, bis die Zwiebel weich und glasig ist. Paprikaschoten und 1 Teelöffel Salz dazugeben, dann halb zugedeckt unter gelegentlichem Umrühren schmoren lassen, 15 bis 20 Minuten. Tomate und ¼ Teelöffel Salz dazugeben und noch weitere 10 bis 15 Minuten garen, bis die Paprika sehr weich ist. Nach Belieben abschmecken und mit klein gezupften Basilikumblättern und frisch gemahlenem Pfeffer servieren.

Zu italienischen Würstchen servieren, gegrillt, wenn Sie das Glück haben, so viel Platz im Freien zu haben. Den habe ich nicht, also grille ich sie auf dem Herd.

Ergibt 6 Portionen.

Ich nahm Lachlan mit nach Bay Ridge, wo ich ihm das Haus zeigte, in dem ich aufgewachsen war, und meinen Lieblingsmetzger Faicco. Dort kaufte ich ganze Berge für uns ein – Steaks, Würstchen, Schinken, Käse. Ich liebe den Anblick des tollen Fleisches, das ordentlich in der Kühltheke liegt, und es gefällt mir, wie eine Signora aus alten Tagen dem jungen Mann hinter der Theke meine Riesenbestellung zu geben. Die Gerichte, die ich für Lachlan machte, waren einfach, aber so wie er darauf reagierte, hätte man mich für Luciano Pavarottis Chefkoch halten können. Eine ganz besondere Offenbarung für Lachlan war Orzo, jene Nudeln in Reisform, die er zuvor noch nie gekostet hatte. Aus ihnen lässt sich ein großartiges Sommeressen zubereiten, denn es schmeckt warm oder kalt köstlich. Ich machte dazu gegrillte Steaks, gewürzt mit ein wenig Olivenöl, Salz und Pfeffer.

Orzo mit Cherrytomaten und Basilikum

100 g Orzo-Nudeln
1 EL Olivenöl
250 g Cherrytomaten (eine Mischung aus roten und gelben Tomaten, wenn letztere verfügbar sind), halbiert
1 Handvoll in dünne Streifen geschnittene Basilikumblätter
2 EL Pinienkerne, geröstet
1 TL Rotweinessig
Salz und Pfeffer nach Belieben

Kochen Sie die Orzo-Nudeln nach Packungsanweisung. Bitte beachten: Orzo-Nudeln werden schneller gar als normale Nudeln, also probieren Sie sie am besten schon mal nach 6 Minuten. Die Nudeln abgießen und das Öl dazugeben. Sind die Nudeln abgekühlt, Tomaten, Basilikum, Pinienkerne, Essig und Salz und Pfeffer nach Belieben untermischen.

Ergibt 2 Portionen.

Über Würstchen, Paprika, Steak und Orzo setzte Lachlan seine Befragung fort. Er stellte seine Fragen auch bei Spaziergängen zum Museum oder wenn wir im Prospect Park lagen. Und ich verfolgte weiterhin meine Ausweichtaktik.

»Warum muss ich dir das alles beantworten?«, fragte ich.

»Nun, wenn wir vorhätten zu heiraten, würde ich das alles wissen wollen.«

Das waren die Zauberworte. Sobald dieses Buch aufgeschlagen wurde, bestand jedes Kapitel aus Höhepunkten.

Als ich ihn nach seinen Berührungspunkten mit der Ehe fragte, bekam ich vage Antworten:

»Du kannst dir ja vorstellen, dass ich in meinem Alter schon mal nah dran gewesen sein dürfte.«

Nach Lachlans Sicht war Claire diejenige, die sich entzog. Mit ihr lebte er Ende der Achtziger in London zusammen, und ihre Achterbahnfahrt dauerte bis Mitte der Neunziger. So wie Lachlan es darstellte, war Claire depressiv. Solange sie ihre Medikamente nahm, war sie wunderbar; wenn nicht, warf sie sich ihm abwechselnd an den Hals und stieß ihn von sich. Sie trennten sich oft in jenen Jahren, fanden aber stets wieder zusammen und teilten sich in einem Londoner Studio ein Einzelbett, das Lachlan sporadisch gegen italienische Matratzen tauschte. Wann immer sie sich sahen, »landeten wir unweigerlich miteinander im Bett«, erzählte er mir.

Diese Zeile stimmte mich nachdenklich – unser Sexleben war entschieden ruhiger geworden, seit er eingezogen war. Und im Licht dieses Beinahestillstands erklärte ich ihm, dass es mir wehtat, wenn er mir von Claire erzählte. »Also bitte, wie alt war ich damals?«, erwiderte Lachlan, als würde das etwas erklären. Gut, es war viele Jahre her, aber er war auch jetzt noch nicht im Viagra-Alter, und wir hatten gerade erst angefangen.

Die Erfahrung, dass Schlafen Lachlans Lieblingsbeschäftigung im Bett war, empfand ich als ärgerlich. Er war Weltmeister darin, ständig müde zu sein. Nach einer gut zwölfstündigen Nachtruhe konnte er sich schon kurz nach dem Frühstück wieder hinlegen. Ich selbst schlafe zwar ebenfalls schrecklich gern, und es ist mir auch mein ganzes Leben lang schwergefallen, morgens aus dem Bett zu kommen, aber wenn ich einmal auf bin, dann für den ganzen Tag. Ein Nickerchen mache ich so gut wie nie, und wenn es doch mal vorkommt, finde ich es so mühsam, wieder aufzuwachen, dass es die Sache einfach nicht wert ist. Während Lachlan sein *pennichella* (wie er es nannte) machte, legte ich mich aufs Wohnzimmersofa und las seinen Roman, der nun so weit fertig war, dass ich ihn mir einverleiben durfte. Sein klug betiteltes Buch handelte von einem Rhinozeros, das sich in einen Menschen verwandelt und sich unbemerkt in eine Gruppe von Engländern einschleicht, die in Südafrika auf Safari gehen. (Also gut, jede Einzelheit dieser Beschreibung wurde abgewandelt, um Lachlans Identität zu verschleiern, aber was ich geschrieben habe, entspricht dem Geist seiner Arbeit. Es war experimentelle Literatur.) Wenn er dann wach wurde, wollte er genau wissen, wie weit ich in seinem Manuskript gekommen war. Ich deutete also auf die Seite, und er riss sie mir aus den Händen und begann, laut vorzulesen und dabei hysterisch zu lachen. Ich musste nie so heftig und auch nicht so oft lachen wie er.

Der Roman war witzig und einfallsreich, ein Wortfeuerwerk bar jeder echten Situation oder Emotion. Ich fand ihn so gelungen wie viele, mit denen ich während meiner beruflichen Tätigkeit in Berührung kam, wenn nicht sogar besser als die meisten. Er hatte es verdient, publiziert zu werden, aber ich sah auch, wo noch die eine oder andere Änderung nötig war. Der Roman war nicht ganz fertig, doch er hatte das Potential zu einem Buch, das ich, ohne mich dafür zu schämen, einem Agenten zeigen könnte. Lachlan würde etwas daran weiterarbeiten müssen, während er in Italien war, seinem nächsten Ziel. Erste Anlaufstelle sollte das Heim seiner Freundin Ruth in den Bergen nahe der Schweizer Grenze sein. Ruth, eine Irin, hatte zusammen mit Lachlan in Rom unterrichtet und dann einen italienischen Witwer geheiratet, der sie in die Alpen entführte. Lachlan ging davon aus, ein paar Wochen bei ihnen wohnen zu können; wohin es von dort aus weiterging, wusste er noch nicht. Er hatte vor, seine Bücher und andere Habseligkeiten zu sichten, die in ganz Italien in Kellern und Dachböden anderer Engländerinnen verteilt waren, die einmal Englisch unterrichtet und dann Italiener geheiratet hatten. (Warum war mir das nicht in den Sinn gekommen?) Unterwegs wollte er sich dann überlegen, ob es eine italienische Stadt gab, in der er sich vorstellen könnte, selbst ein Bücherregal aufzustellen.

»Vielleicht sollte ich zurückkommen, um in New York zu leben«, sagte er immer wieder. Das war auch mein Wunsch, aber ich wagte ihn nicht auszusprechen. Ich fürchtete mich vor dem Tag seiner Abreise, und er schien ebenfalls zu zögern. Er machte jede Menge Fotos von meinem Apartmenthaus. »Ich empfinde dies als mein Zuhause«, sagte er.

Wir gingen alle möglichen Arbeiten durch, die er hier annehmen könnte. Ich bot ihm an, ihn mit Herausgebern von

Zeitschriften bekannt zu machen; er schlug vor, dass wir gemeinsam ein Restaurant eröffneten. Aber das Gespräch erfuhr jedes Mal einen Dämpfer durch die Realität von Immigrations- und Visumbestimmungen. Zwei meiner Kollegen bei *Harper's* waren Ausländer, die aufgrund eines Provisoriums in den Staaten arbeiteten, das sich »extraordinary alien status« nennt.

»Du solltest dich um den Status eines »außerordentlich verschlafenen Alien« bemühen, schlug ich ihm vor, als wir seine Möglichkeiten diskutierten. Der extraterrestrische Unterton dieses Begriffs hatte mir schon immer gefallen, und ich war begeistert davon, ihn auf Lachlans besondere Schwäche anwenden zu können. In meinem Bemühen, Werbung für die Vereinigten Staaten als neues Zuhause für Lachlan zu betreiben, machte ich dieses typisch amerikanische Gericht: Krabbenkuchen, die ich auf einem Bett aus Kartoffelbrei und Mais servierte.

Maryland Colony Crabcakes

(Nach einem Rezept aus der Zeitschrift *Bon Appétit*)

2 EL Staudensellerie, fein gehackt
2 EL Frühlingszwiebeln, nur das Grüne, fein gehackt
2 EL Mayonnaise
1 Ei
1 ½ TL Senfkörner
¼ TL Salz
⅛ TL Cayennepfeffer
250 g Krabbenfleisch
330 g japanisches Panko-Paniermehl (oder normales Paniermehl, was amerikanischer ist, aber nicht so gut schmeckt)
1 EL Olivenöl
1 EL Butter
1 Zitrone in Achteln

In einer mittelgroßen Schüssel bis auf die letzten drei Zutaten alles vermischen. 4 kleine oder 2 große Burger daraus formen, je nach Lust und Laune. In Frischhaltefolie gewickelt mindestens 1 Stunde in den Kühlschrank legen.

Die Burger bei mittlerer Hitze in Olivenöl und Butter braten, bis sie braun sind, etwa 4 Minuten pro Seite. Mit Zitronenachteln servieren.

Ergibt 4 kleine oder 2 große Crabcakes.

Zur Fortsetzung meiner PR-Kampagne fuhr ich mit ihm nach Philadelphia, dem Geburtsort der Freiheit und einer Stadt, die ich gut kenne, weil meine Schwester Nancy dort einst aufs College und auf die Hochschule ging und ich sie oft besucht hatte. Das Philadelphia Museum of Art ist eins meiner Lieblingsmuseen, und ich wollte es Lachlan zeigen. Er schwärmte für die Chardins und übertrumpfte, während wir Hand in Hand die Säle durchstreiften, meine Kenntnisse der italienischen Renaissancekunst. Als ich ihm die Independence Hall und die Liberty Bell zeigte, schüttelte er seine Fäuste und setzte zu einer lustigen Tirade über die Gründerväter an, die doch allesamt nur ein Haufen Steuerflüchtlinge gewesen waren.

Das Projekt Mach-aus-Lachlan-einen-Amerikaner schien gut zu gedeihen, aber dann setzte er sich ein paar Dinge in den Kopf, die mich völlig deprimierten. »Wenn mich eines davor zurückhält, hier zu leben, dann ist es die Gefahr eines Terrorangriffs«, gehörte dazu.

Neben Lachlans schwankender Haltung hinsichtlich New York als einem möglichen Zuhause prägten noch weitere Angewohnheiten die vierundzwanzig Tage (nicht dass ich sie gezählt hätte) unseres Zusammenlebens. Nach Lachlans Nickerchen gab es immer Kaffee und Häagen-Dazs-Eiskrem. Wir probierten sämtliche Sorten durch, vom klebrigen Toffee-Pudding (gut) über Bananasplit (ausgezeichnet) zu Caramel Cone (nicht von dieser Welt, vor allem, wenn man Glück hat und viele Eistütenstückchen abbekommt). Es regnete oft, und Lachlan verließ das Haus ohnehin nicht gern, also schauten wir zusammen *Da Ali G Show*. Lachlan hatte noch nie von Sacha Baron Cohen gehört, aber als er ihn dann kennen lernte, konnte er nicht genug von ihm kriegen. Liebevoll bezeichnete er die Show als *Dude* (Kerl). »Sollen wir uns noch einen *Dude* anschauen?«, fragte er etwa. Borat war sein Lieblingscharakter. Zwischen Nickerchen und *Dude* war es nahezu unmöglich, Lachlan zum Verlassen der Wohnung zu bewegen. Irgendwann fiel mir aber dann die Decke auf den Kopf, und ich bestand darauf, einen Spaziergang zu machen. Lachlan kam mit und hielt unterwegs ständig meine Hand. Dabei dankte er mir dafür, ihn gezwungen zu haben, nach draußen zu gehen. Doch sofort nach unserer Rückkehr kroch er wieder ins Bett, erschöpft von dieser Anstrengung.

Für einen sehr müden Menschen bekam er in dieser Zeit doch ziemlich viel auf die Reihe. Lachlan war offen für jede neue Situation oder Person, die seine literarische Vorstellungskraft zu stimulieren vermochte. Er trug Karteikarten mit sich herum, um sich Notizen für seine Belletristik zu machen, und brachte sie sogar zum jüdischen Beschneidungsritual an Jen und Jeffs Baby Benjamin mit, das ein paar Tage, nachdem wir uns kennen gelernt hatten, geboren worden war. Zu diesem Anlass schleppte er sich um sieben Uhr morgens aus dem Bett und brachte sogar noch genügend Energie auf, mir im strömenden Regen beim Tragen der vielen Geschenke vom Tempel zum Auto zu helfen. »Lad mich zu deiner Hochzeit ein, ich mache großzügige Geschenke«, sagte Jeffs Mutter Estelle. War es so offensichtlich, dass wir füreinander geschaffen waren? Wir nahmen die U-Bahn nach Coney Island und fuhren mit dem Auto durch die Bronx (was Lachlan nicht bedrohlich genug fand). Er war wirklich zu allem bereit, ausgenommen zu Sex – jedenfalls mit mir.

Und doch beschäftigte ihn die Fortpflanzungsfrage sehr.

»Wir müssen damit weitermachen, wenn wir Kinder haben wollen, denn wir werden beide langsam alt«, erklärte er, als er sich die Babyfrage bei einem Sonntagsspaziergang durch den Kopf gehen ließ.

»Warum bleibst du nicht, dann können wir versuchen, sie gemeinsam zu bekommen?«, erwiderte ich, weil dies die Richtung war, in die ich seine Worte interpretierte.

Lachlan blieb stehen und umarmte mich. »*Chi sa?*«, erwiderte er (»Wer weiß?«).

(Das machte mir Mut. Das war mehr, als ich je von Ethan zu diesem Thema gehört hatte.)

»Aber ich muss Geld verdienen«, sagte Lachlan.

»Wir arbeiten daran … am kleinen Lorenzo Melucci Martyn«, fantasierte ich laut.

»Gäbe es hier denn auch eine britische Schule, auf die wir ihn schicken könnten?«

»Natürlich, in New York gibt es alle möglichen Schulen.«

Ich hatte keine Ahnung, ob es hier eine britische Schule gab. Wozu sollte eine solche Schule auch gut sein, da die Briten doch mehr oder weniger die gleiche Sprache sprachen wie die meisten Amerikaner – vielleicht, um den kleinen Kindern beizubringen, dass das Land, in dem sie leben, von Steuerflüchtlingen gegründet wurde?

Sosehr Lachlans Überlegungen mir auch im Weg standen, nährten sie in diesen Wochen doch meine Fantasie. Ich konnte nur vermuten, dass er seinen eigenen Weg in Frage stellte, weil seine Liebe zu mir ihm einen Anstoß gab, seine Zukunft neu zu überdenken. Und dies ungeachtet der Tatsache, dass Lachlan mit seinen sechsundvierzig Jahren kein Zuhause hatte, es an keinem Ort für längere Zeit ausgehalten und sich nie auf eine Frau eingelassen hatte. Irgendwann musste doch jeder erwachsen werden. Ich selbst auch. »Ich kann nicht ewig so weitermachen, und du auch nicht«, sagte er. Warum sollte ich derartige Beteuerungen nicht als Erklärung auslegen, dass er bereit zu einem gemeinsamen Leben in meiner Zweizimmerwohnung in Park Slope war? Und dass Lachlans Verzweiflung, einen Verleger zu finden, von der Sehnsucht nach einem ernsthafteren Leben herrührte? Ich war davon überzeugt, dass wir uns begegnet waren, um den Schritt in diese nächste Phase gemeinsam zu tun. Ich würde ihm bei seiner Karriere behilflich sein, und er würde mir aus dem ganzen Ehe- und Kinder-Schlamassel helfen, das mir so zusetzte. Schicksal.

Ich wurde trübsinnig, je näher das Datum von Lachlans Abreise rückte. Ständig weinte ich, und er hörte nicht auf zu beteuern, es gebe keinen Grund, traurig zu sein. »Es ist so wunderbar, dass wir einander gefunden haben. Wir haben beide einen Freund gefunden, vielleicht fürs Leben.« Dass er in diesem Zusammenhang von »*Freund*« sprach, ärgerte mich nur ein klein wenig, da ich es positiv deuten wollte – schließlich sollte einem auch der Ehemann zugleich bester Freund sein. Aber würde Lachlan nicht zurückkehren, dann wäre unsere Begegnung kein Grund zum Feiern gewesen, wenigstens nicht für mich.

»Es würde mich nicht überraschen, wenn ich zurückkäme«, sagte er, als wir zum vielleicht letzten Mal durch meine Wohnungstür traten.

»Mich würde es auch nicht überraschen«, erwiderte ich.

»Aber dann wiederum macht es ja gar keinen Sinn zurückzukommen, wenn es keinen von uns überrascht.«

Wir trafen dank Lachlans Flugangst und peitschendem Regen rechtzeitig am Flughafen ein und tranken noch einen Kaffee an einer kleinen Espressobar in einer Ecke des Newark Airport, wo Lachlan mir seinen Arm um die Schultern legte und mir in die Augen schaute. Für mich sah es nach einem Blick der Liebe aus, aber dieses Wort benutzte Lachlan nie. Als wir uns vor der Sicherheitskontrolle zum letzten Mal verabschiedeten, rutschten mir die Worte »Ich liebe dich« heraus. Ich hatte sie nicht sagen wollen, und sie entschlüpften mir auch so leise, dass er sie vielleicht gar nicht gehört hat.

An jenem Abend kuschelte ich mich mit Lachlans erstem Roman ins Bett, den ich über amazon.uk bei einem Buchladen in Campbelltown, Argyll, bestellt hatte, und zwar gleich nachdem ich ihn kennen gelernt hatte. Ich erzählte Lachlan nichts davon, und er verriet mir auch nicht, dass er das Buch in meinem Regal entdeckt und signiert hatte: »In Liebe vom *plage* in Coney Island«. Der Roman war nach der Stream-of-consciousness-Methode verfasst und ziemlich unverständlich. Obwohl viele Sätze wirklich blendend formuliert und andere sagenhaft komisch waren, konnte ich die Worte, aus denen sie zusammengesetzt waren, kaum verstehen und musste beide Bände des *Shorter Oxford* mit ins Bett nehmen – und selbst da standen nicht alle drin! Ich benötigte alle zwanzig Bände von *The Oxford English Dictionary*, Bücher, die ich nicht besaß und für die mein Bett auch nicht ausgelegt war. Mein Freund war eindeutig ein kompliziertes Genie.

»Ich kann nicht behaupten, dass ich den Jetlag schon überwunden habe«, stand in seiner ersten E-Mail, die er mir über eine Wählverbindung auf einem italienischen Berg schickte, »aber ich bin voll glücklicher Erinnerungen.«

Leidenschaftliche Nachrichten, unterzeichnet mit »LOVE« und »XXXX«, trafen in den spannenden Wochen, die darauf folgten, fast täglich von Lachlan ein. Sie teilten mir mit, dass er ständig an mich dachte – jedenfalls immer, wenn er nicht an sein Buch dachte –, und mich an Samstagmorgen auf dem Bauernmarkt sah, bei Sonnenuntergang in der Linie B auf der Manhattan Bridge, wenn ich von der Arbeit heimkehrte, oder, bei Nacht, zugedeckt mit Häagen-Dazs-Eiskrem (?). »Schlafenszeit und Mahlzeiten sind ohne dich nicht dasselbe«, schrieb er. Welches Gefühl er mir auch übermittelte, ich multiplizierte es mit zehn und schickte es ihm zurück.

Doch im Großen und Ganzen genoss ich dieses ganz spezielle Abenteuer. »Wenn er zurückkommt und wir heiraten, werde ich mich an diese Zeit als die glücklichste meines Lebens erinnern«, pflegte ich zu Ginia zu sagen. Es war ein für mich ideales Szenario – allein in einem schönen Zuhause zu sein mit der Aussicht auf die ewige Liebe, die sich gerade die italienische Halbinsel hinunterarbeitete und nicht durch meinen Kühlschrank.

Es war die erste Dinnerpartysaison in meiner neuen Wohnung, und ich lud fast jede Woche Gäste ein. Einer der denkwürdigsten Abende in diesem Herbst war der Mozzarella-Wettstreit, den ich mir mit meinem Freund Jesse ausdachte, einem Reporter vom *Wall Street Journal*. Jesse und seine Frau Nell, die Schriftstellerin war, wohnten nebenan, und wir liefen uns auf dem Bauernmarkt oft über den Weg. Schon seit Monaten sprachen wir davon, den Wettstreit auszurichten, und konnten uns dann gerade noch rechtzeitig einigen, so dass es zum Käse noch die letzten Sommertomaten gab.

Nichts lässt sich mit dem strengen Geschmack von Büffelmilch-Mozzarella vergleichen, der dort am köstlichsten ist, wo meine Verwandten leben, in der süditalienischen Provinz Campania. Dieser Käse wird in die USA importiert, doch wenn er das Flugzeug verlässt, hat er seinen Höhepunkt bereits weit überschritten. Mozzarella stirbt in der Kühlung. Er muss an dem Tag gegessen werden, an dem er gemacht wird, und deshalb begnüge ich mich lieber mit dem vor Ort von Hand gemachten Kuhmilch-Mozzarella, als Geld für importierte Ware zu verschwenden. In den New Yorker Stadtvierteln, die einstmals italoamerikanische Ghettos waren, lassen sich eine Menge dieser Käse finden. Jeder meiner Gäste nahm sich einen Sektor der Stadt vor – Bensonhurst, Little Italy, Greenwich Village und Carroll Gardens – und suchte sie nach *latticini* ab, deren Absatz dank der jungen und wohlhabenden Lebensmittelenthusiasten, die dort scharenweise einfallen, noch immer floriert. Wir nahmen eine Blindverkostung vor, ermittelten einen Sieger und wandten uns dann den weiteren Gängen zu. Ich machte Lachlans Rigatoni mit Auberginen (Rezept auf S. 249) und briet mit Rosmarin gewürzte Rinderlende. Zum Nachtisch gab es Cannoli aus einer Bäckerei in Dyker Heights. Jeder nahm Käse mit nach Hause, es blieb selbst dann noch eine Menge übrig, als die Verlierer beseitigt waren. Monatelang hatte ich Mozzarella im Gefrierschrank. (Der gefrorene Käse lässt sich ausgezeichnet für Lasagne, Parmigiana oder für überbackene Ziti – lange schmale Rundnudeln – verwenden.)

Food-Club-Lendenbraten vom Schwein

6 Knoblauchzehen
1 großer Zweig frischer Rosmarin
2 TL Salz
frisch gemahlener Pfeffer
1 Schweine-Rippenstück (2–2,5 kg; lassen Sie sich vom Metzger den Knochen schon auslösen, aber am Fleisch belassen und das Bratenstück mit Bindfaden zusammenbinden)
1 EL Olivenöl
100 ml Weißwein

Den Backofen auf 180 °C vorheizen.

Knoblauch schälen, Rosmarin waschen und beides mit einem Messer hacken (oder noch besser in einer Küchenmaschine zerkleinern). In einer kleinen Schüssel mit Salz und frisch gemahlenem Pfeffer mischen. Das Fleisch mit Olivenöl und dann mit der Knoblauchmischung gut einreiben. Bei Zimmertemperatur 30 Minuten ziehen lassen.

Legen Sie den Schweinebraten mit der fetten Seite nach oben auf ein Gestell in einer Bratwanne, und gießen Sie dann Weißwein darüber. Auf der mittleren Schiene im Ofen etwa 90 Minuten braten (mit einem Fleischthermometer die Temperatur messen, sie sollte 60 °C anzeigen). Das Fleisch auf einem Schneidbrett mit Folie abgedeckt etwa 20 Minuten ruhen lassen, ehe Sie es aufschneiden.

Den Bindfaden entfernen, die Knochen vom Rippenstück trennen, und das Fleisch in gewünschter Dicke aufschneiden. Sie können das Fleisch auch mit den Knochen servieren oder diese aufheben, um sie zu einer Tomatensauce zu geben.

(Schweineknochen sorgen für kräftigeren Geschmack in der Sauce.)

Ergibt 6 Portionen.

Die Laktosedröhnung erwies sich selbst für eine kräftige Konstitution, wie ich sie habe, als zu heftig. Am nächsten Tag erwachte ich mit stechenden Bauchschmerzen, die noch schlimmer wurden, als eine E-Mail von Lachlan eintraf, von dem ich seit zwei Tagen nichts mehr gehört hatte. Er war vom Berg herabgestiegen und jetzt in Mailand. »Vielleicht könnte ich hier leben«, schrieb er. Ich legte mich ins Bett. Am nächsten Tag war er in Rom, und eine Woche später weilte er noch immer in der Ewigen Stadt, zornig über die Stagnation der italienischen Kultur, die, wie er fand, »ziemlich erdrückend ist, wenn ich ehrlich sein soll«. Mir ging es angesichts derart negativer Gefühle für Italien gleich besser. Sosehr ich das Land meiner Ahnen liebe, wollte ich meinen Schotten doch nicht daran verlieren: Ich wünschte inständig, dass er zu mir nach New York zurückkehrte.

Lachlan konzentrierte sich auf seinen Roman, während er von zur Verfügung gestellten Couchen und Internetverbindungen lebte. Ich machte mich in der Zwischenzeit auf Bücherpartys und in Telefongesprächen mit befreundeten Lektoren auf die Suche nach Agenten. Aber eigentlich konnte ich mir nicht vorstellen, wie Lachlan bei seinem Lebensstil irgendeine Arbeit zu Ende bringen wollte, und selbst er gab von Zeit zu Zeit zu, dass ihm diese Art zu leben zusetzte.

»Was denkst du über die Zukunft?«, schrieb er mir eines Tages, als ich mir gerade besonders verloren vorkam.

»Ich denke an eine Zukunft mit dir«, erwiderte ich, weil ich annahm, er freue sich auf das Zuhause, das ich ihm zusammen mit dem Autorenvertrag geben wollte.

»Ich kann mir überhaupt keine Gedanken über die Zukunft machen, denn alles, was mich bewegt, ist der Gedanke, meinen Roman zu Ende zu bringen. Wenn das erst mal geschafft ist, macht es mir auch nichts aus, unter einer Brücke zu schlafen«, schrieb er.

Offensichtlich sollte diese Brücke direkt mit einem Multiplex-Kino verbunden sein.

»Wann kommt dieser Borat-Film raus?«, wollte Lachlan am nächsten Morgen wissen und erwiderte: »Oh, das hört sich nach gutem Timing an«, auf meine Auskunft, dass es im November so weit wäre. Und ich dachte, Oh, er kommt also bald zurück. Im Nachhinein ist mir klar, dass er gar keine Ahnung hatte, was er tun würde, und es lediglich genoss, meine Hoffnungen zu nähren, bis er »eine sehr schöne, vernünftige und romantische Entscheidung« fällen würde, was er tun wollte, sobald sein Buch fertig war.

Dies dauerte sieben Wochen und noch ein paar zusätzliche Stunden Computerfummelei. Dazu kamen ein paar einfache Instruktionen von mir, außerdem blieb ich fast jede Nacht auf, um sein überarbeitetes Werk zu lesen. Der Roman war geglättet, holperte weniger und war lustiger. Lachlan hatte es geschafft.

Einen Agenten für ihn zu finden, dürfte nicht allzu schwer werden, doch es war höchst aufreibend. Dieser Gefallen ging über jede Pflichterfüllung einem Freund gegenüber hinaus; nicht einmal für meine Mutter würde ich so etwas tun, und sie schickte mir keine zwiespältigen Signale über den Atlantik. Aber für unsere Zukunft würde ich es tun, und an die dachte ich oft, während ich mir jeden Morgen in der U-Bahn auf meinem iPod den Zero-7-Song anhörte: »Even though we're miles apart, we are each other's deeeestinyyy.«

Der erste Agent, den ich anrief, war ein Freund eines Freundes, den ich vage kannte – ein Agent, der früher mal richtig gut gewesen war und der jetzt nach, sagen wir, Gesundheitsproblemen, wieder auf die Füße zu kommen versuchte. Er war ganz heiß auf den Roman, als ich ihm am Telefon davon erzählte. Sich selbst bezeichnete er als Scotophilen – er hatte in Edinburgh studiert und verehrte Sir Walter Scott. »Mailen Sie ihn mir rüber«, sagte er, »ich melde mich dann Anfang der Woche bei Ihnen.« Ich legte noch letzte Hand an den Begleitbrief, an dem ich zwei Tage lang gesessen und den ich sowohl von Kit als auch von Anne hatte gegenlesen lassen, und sendete das Ding ab.

Als aus Anfang nächster Woche Ende nächster, dann Anfang übernächster Woche und schließlich zwei Wochen wurden, verlor ich langsam die Hoffnung und legte die Suche nach einem Agenten zusammen mit der Suche nach einer Immobilie in der Kategorie »Dinge, die wie Verabredungen sind« ab. Eigentlich erinnert alles im Leben an eine Verabredung – wenn dich keiner anruft, kriegst du auch keinen – Agenten (Wohnung, Freund...). Lachlan unterstützte mich von Übersee und schlief mit seinem geliehenen Telefon neben dem Bett, für den Fall, dass sich über Nacht etwas Neues ergab. Als ich schließlich den Mut aufbrachte, den Nachfolgeanruf zu tätigen, bekam ich die erwartete Antwort. Ich war deprimiert, hauptsächlich weil ich das nicht noch mal durchstehen wollte, und wer wusste schon, wie oft noch. Angesichts dieser Sisyphusaufgabe hätte ich mich am liebsten ins Bett gelegt. Aber stattdessen griff ich zum Hörer und rief die Agentin an, die ich von Anfang an für Lachlan im Auge gehabt hatte und von der ich mit Sicherheit wusste, dass sie das Buch unterbringen würde, die anzurufen ich aber Angst hatte, weil sie so eindrucksvoll war.

Ich hatte in den frühen Tagen meiner Karriere für einige ihrer exzentrischen Autoren in der Buchwerbung gearbeitet und diesen Job verdammt gut gemacht. Aber sie war eine Frau, die viel am Hals hatte, und ich rechnete nicht damit, dass sie sich an mich erinnern würde. Als ihre Assistentin den Anruf entgegennahm, hinterließ ich eine umständliche Nachricht, in die ich die Geschichte, die mich mit ihrer Chefin verband, einfließen ließ. Dann ging ich zum Mittagessen. Dieser Anruf, den ich führte, als ich am Boden zerstört war, von meinem Hunger ganz zu schweigen, stürzte mich in tiefste Verzweiflung. Ich war mir sicher, es vergeigt zu haben und nie etwas von ihr zu hören.

Lachlan war von der ersten Absage nicht so niedergeschmettert wie ich, aber er hatte damit schließlich auch keine Arbeit gehabt. Außerdem konnte es nur in seinem Interesse sein, wenn ich bei Laune blieb und seinen Fall weiterverfolgte. Mich erschlug das Gewicht seiner Not, eine Last, die ich ganz allein zu tragen schien, während er »Kissen und Daunendecken und die komfortabelsten Matratzen über den Atlantik schickte«. Ich musste mich übers Wochenende zu Jen und Jeff in deren Haus in den Berkshires flüchten, wo es genügend »Kissen und Daunendecken« gab, aber kein Mobilnetz und auch keine Wi-Fi Verbindung, einfach um mich mal von ihm zu erholen.

Natürlich begann er ausgerechnet dann, als ich der ganzen Sache ziemlich überdrüssig wurde, eine Rückkehr in die Staaten ernsthaft in Erwägung zu ziehen.

»Ich lese F. Scott Fitzgerald, während ich auf eine Postkarte von Park Slope starre«, schrieb er nach meiner Klausur. Ich antwortete nicht; er versuchte es wieder. »Jetzt schaue ich mir

Reiseseiten im Web an.« *Das* sicherte ihm meine Aufmerksamkeit. Die Flüge waren teuer, und die einzigen, die man bezahlen konnte, gingen über Heathrow. Lachlan aber wollte seine Starts und Landungen auf möglichst wenige beschränken. Er war sich immer noch nicht sicher. Dann, ein paar Stunden später, schrieb er: »Ich schwanke, schwanke.« Aber in welche Richtung?, fragte ich mich.

Es musste ein Anschlussflug sein, der noch an diesem Samstag auf dem JFK landete. Aber ehe er seine Kreditkartennummer eingab, surfte er noch ein paar Stunden durch Wetterseiten, um die Windrichtung zu bestimmen. »Ich weiß nicht, was ich von den roten Pfeilen über dem Atlantik halten soll«, schrieb er, indem er mir die Karte mit der Wettervorhersage für die folgenden sieben Tage erläuterte. Zur Mittagszeit hatte er sein Ticket endlich gekauft. Ich war so aufgeregt, dass ich sofort Ginia anrief. Ginia war es leid, mit mir über Lachlan zu reden, was auch verständlich war, aber sie trampelte nicht auf meinen Träumen herum. Gleich nachdem ich das Gespräch mit ihr beendet hatte, rief DIE AGENTIN mich zurück. Ich beschrieb ihr nervös die komplizierte Kunst von Lachlans Roman und weckte ihr Interesse! Sie bat mich, ihr das Manuskript per Boten sofort rüberzuschicken. Ich machte einen Luftsprung. In größerer Aufregung wegen des Rückrufs DER AGENTIN als wegen Lachlans bevorstehender Rückkehr rief ich diesen sofort an. Allerdings bekam ich von ihm nicht das rechte Maß an Dankbarkeit ob des von mir zu Wege Gebrachten. Er kannte nicht den Unterschied zwischen diesem und jenem Agenten, und er wusste auch nicht um meine Fähigkeiten. Ich selbst ebenfalls nicht, doch in mir nahm eine Idee Gestalt an.

Lachlan hatte im Moment dringendere Fragen, etwa die, wie viel Platz er in meinem Kleiderschrank bekäme. Beim

Durchsortieren seiner Sachen waren ihm ein Matrosenmantel und ein paar modrige Pullover in die Hände gefallen, und diese brauchten jetzt ein Zuhause. Da ich für meine Sachen vier Schränke zur Verfügung hatte, war ich bereit, ein Viertel von einem und eine ganze Schublade zu räumen, was reichen dürfte.

Geweckt von einem Text von Lachlan, der mir mitteilte, dass er gerade eine Xanax genommen hatte und darauf wartete, in Rom in die Maschine zu steigen, sprang ich am Samstagmorgen aus dem Bett. Vor seiner Ankunft gab es noch tausend Dinge zu erledigen. Ich schleifte meinen kleinen Einkaufstrolley zum Supermarkt, wo ich ihn mit all seinen Lieblingssachen belud. Ich kaufte eine Kiste Clementinen sowie die Zutaten für einen Apfelkuchen. In Erwartung des Wiedersehens mit Lachlan verbrachte ich einen himmlischen Nachmittag mit Kuchenbacken in meiner Küche. Nach zehn Wochen Grübeln konnte ich es nicht glauben, dass er tatsächlich auf dem Weg zu mir war.

»Willkommen im Big Apple«-Apfel-Muffins

weiche Butter zum Einfetten des Muffinblechs
440 g Vollkornweizenmehl (weil Lachlan um seine Gesundheit besorgt ist!)
100 g Zucker
2 TL Backpulver
½ TL Zimt
100 g Butter, geschmolzen (weil Lachlan zu dünn ist!)

1 Ei, verquirlt
220 ml Milch
2 mittelgroße Äpfel, geschält, entkernt, gewürfelt

Den Backofen auf 200 °C vorheizen. Eine Zwölferform für Muffins mit der weichen Butter einfetten.

In einer großen Schüssel alle trockenen Zutaten vermischen. In einer anderen Schüssel alle feuchten Zutaten vermengen. Die feuchten Zutaten zu den trockenen geben und mit einem Löffel oder der Hand rasch unterrühren, dann die Apfelwürfel dazugeben.

Den Teig in die Muffinformen füllen und 20 Minuten lang backen; in der Form 10 Minuten auskühlen und dann auf einem Gitter ruhen lassen. Warm servieren, sofern Sie niemanden vom Flughafen abholen müssen.

Ergibt 12 Muffins.

Wenn Sie die Form randvoll füllen, wie ich das tue, bekommen Sie von diesem Rezept nur 9 Muffins.

Ich entdeckte seine Gestalt zuerst, einen kleinen Mann mit einem großen Packen auf dem Rücken. Als er am JFK aus dem British-Airways-Terminal kam, fielen wir uns in die Arme, und Lachlan nahm meine Hand, wie er das immer tat. Zusammen gingen wir zum Wagen meiner Mutter.

»Wenn wir nach Hause kommen, ziehen wir uns aus und duschen und küssen uns«, sagte er, was weitaus mehr war, als ich von ihm zu hören, geschweige denn in die Praxis umgesetzt erwartete. Ich hatte mich angesichts der ohnehin schwachen Libido Lachlans und seines Hangs zur Erschöpfung selbst unter besten Umständen nach zwei Flügen und dem Jetlag auf eine freudige, aber keusche Wiedervereinigung eingestellt. Während Lachlans Abwesenheit hatte ich immer mal wieder an unser verkümmertes Liebesleben gedacht, aber eigentlich war es mir gar nicht so wichtig. Ich brauchte ihn nur anzuschauen und musste schon lächeln: sein koboldhaftes Gesicht, sein schlanker Körper, der in einem marineblauen Lacoste-T-Shirt in Jungengröße steckte, das abgetragen und alt war. Ich wusch dieses Hemd stets besonders vorsichtig und achtete darauf, es nicht in den Wäschetrockner zu stecken. Lachlan wollte es erhalten, und es war erhaltenswert.

Wir stiegen unter die Dusche und küssten uns und machten all die Dinge, die Lachlans überraschende Ankündigung implizierte. Noch erstaunlicher war der Stapel Geschenke, den er für mich mitgebracht hatte – ein sehr hübscher Kamelhaarschal, ein Buch mit Essays von Aldo Buzzi, ein kleiner, mit Pailletten besetzter Stern für unseren bevorstehenden Weihnachtsbaum und eine Packung Brotstangen namens Kissini, die er wegen des Namens gekauft hatte. Als ich aus dem Bett stieg, um Kaffee zu kochen, war der Anblick der in einer durchsichtigen Glasschale drapierten Clementinen und der honigfarbenen Apfelmuffins auf dem Esstisch ein fast ebenso schöner Anblick wie der von Lachlan, als dieser in seinem T-Shirt und Boxershorts von Marks & Spencer aus dem Schlafzimmer kam. Ich hatte immer geglaubt, meine Wohnung sei so, wie sie war, perfekt, aber das war nicht der Fall gewesen. Ich brauchte etwas, um sie zu füllen, und dieses Etwas war Lachlan.

So überglücklich ich auch wegen der Wohnung war, so schwer fiel es mir doch, dort meinen Frieden zu finden. Ständig hatte ich den Drang, irgendwas zu verändern – es gab immer noch irgendeine Sache, die gekauft, arrangiert oder gesäubert werden musste, was Lesen oder Fernsehen oder einfach Nichtstun erschwerte. Wann immer ich ein Bad zu nehmen versuchte, gelang es mir etwa fünf Minuten lang, es zu genießen, dann fühlte ich mich schon wieder gezwungen, herauszuspringen und etwas anderes zu tun. Seit jenem Tag, an dem ich mit meinen Möbeln und Kartons voller Sachen hier angekommen war, von denen ich mich dann größtenteils trennte, um Platz für Neues zu machen, hatte ich mich noch nie so entspannt gefühlt wie an diesem Sonntag.

Wir faulenzten fast den ganzen Tag in der Wohnung herum und machten dann einen Spaziergang zum Green Wood Cemetary, einem Brooklyner Wahrzeichen, in dessen gotischen Toren eine Papageienfamilie hauste. Die wollte ich Lachlan zeigen, weil er sich für Papageien interessierte – was mit seiner Zeit als Sprachlehrer zu tun hatte.

Ich kaufte einen Vogel für unser Abendessen, weil ich fand, ein so frostiger Tag schrie nach einem Hühnereintopf mit Wein, den ich Coq au Vin nenne, obwohl meine eigene Version vom traditionellen französischen Rezept etwas abweicht. Während das Hühnchen im Wein köchelte, aalte ich mich in der Badewanne und schmolz in warmem Wasser und Schaum dahin.

Beruhigender Coq au Vin

2 EL Olivenöl
1 Hühnchen, in kleine Stücke geschnitten
4 Scheiben Pancetta (Bauchspeck), in Würfel geschnitten
1 mittelgroße Zwiebel, in Würfeln
½ Flasche trockener Weißwein
1 EL Butter
180 g Champignons, in Scheiben
150 g Tiefkühl-Erbsen
220 g Reis
50 g gehackte Petersilie

Erhitzen Sie 1 Esslöffel Olivenöl in einer großen Bratpfanne bei großer Hitze. Wenn das Öl heiß ist, Hühnchenteile dazugeben und von allen Seiten braun anbraten.

Inzwischen in einem Bräter den zweiten Esslöffel Olivenöl erhitzen und den Pancetta dazugeben; wenn dieser fast kross ist, die Zwiebel dazugeben und so lange schmoren, bis sie weich ist, etwa 10 Minuten. Wenn der Pancetta richtig kross, die Zwiebel weich und die Hühnchenteile braun sind, die Hühnchenteile in den Bräter geben und mit Wein übergießen. Das Fett aus der Pfanne entfernen, in der Sie die Hühnchenteile gebraten haben, Butter und Pilze dazugeben, und so lange garen, bis sie ihr Wasser abgeben, dann zum Hühnchen geben, abdecken und 45 Minuten köcheln lassen. Die Tiefkühl-Erbsen dazugeben und weitere 15 Minuten kochen.

Einen großen Topf mit Wasser zum Kochen bringen, den Reis hineingeben. Nach 10 Minuten prüfen, ob er durch ist (kann auch 15 Minuten dauern). In einem Sieb abtropfen lassen und das Hühnchen mit dem Reis auf Tellern servieren. Mit gehackter Petersilie garnieren.

Reicht für 2 Personen, mit Resten.

Ein paar Dinge machten mir Angst – etwa Lachlans Rückflugticket. Dessen Datum – wenige Tage vor dem absoluten Limit für Besucher ohne Visum, die Lachlan Spielraum für eventuelle schlechte Wetterbedingungen gaben – brannte sich in mein Gehirn ein wie ein schlechter Song. Kopfzerbrechen bereitete mir auch die Frage, wie ich meinen regulären Aktivitäten während der Zeit seines Hierseins nachkommen konnte, in erster Linie, weil ich keine Mahlzeit mit meinem Geliebten verpassen wollte. Ich würde einen Weg finden müssen, zu meinen »Core Fusion«-Stunden zu kommen (eine Mischung aus Yoga, Pilates und Ballett, die nur in einem ausgefallenen Fitnessstudio angeboten wird, das unpassenderweise in Manhattan liegt), zu denen ich vier Mal in der Woche ging und die zu einer Notwendigkeit für meine körperliche und geistige Gesundheit geworden waren, zumal ich die Absicht hatte, uns stets gut zu bekochen. Dann war da noch an meine spirituelle Gesundheit zu denken, für die die sonntägliche Messe sorgte. Ich hatte Lachlan noch nicht erzählt, dass ich praktizierende Katholikin war, obwohl ich bereits angedeutet hatte, an Gott zu glauben. Tatsächlich erhob Lachlan keinerlei Einwände gegen meinen Lebensstil, meine Sorge, während dieser Stunden weg zu sein, erwies sich als unbegründet. Am Ende begleitete er mich zu fast allen Aktivitäten, abgesehen von der Arbeit (und sogar dort tauchte er von Zeit zu Zeit auf).

Lachlan und ich verfielen schnell wieder in den Alltagstrott, den wir bereits im August praktiziert hatten. Am Samstagmorgen hörten wir uns die Spiele der ersten schottischen Fußballliga auf Radio Scotland an, das wir übers Internet hereinbekamen. Er war Fan von Hibernian und verfluchte alle anderen Teams, die seinen geliebten »Hibs« den ersten Platz streitig machten. Ich ging zum Bauernmarkt oder machte meine Wäsche, während er unter Ohs und Achs und jeder Menge gälischer Geräusche seinen Gefühlen während des Spiels freien Lauf ließ. Dann setzten wir uns zu einem britischen (keinem englischen!) Frühstück aus Eiern, Speck, Toast und Heinz baked beans zusammen (ich war auf Bohnen nicht so scharf). Beim Frühstücken hörten wir uns *Your Call* an, eine Sendung für besessene schottische Fußballfans, die dort anrufen und darüber jammern konnten, dass die reichen Litauer alle lokalen Teams aufkauften, mit Spielern handelten und ein Riesenchaos anrichteten.

Es war auch eine Moderatorin darunter, und wir scherzten, dass ich sie anrufen sollte, um mir Rat wegen des Hibernian-Fans in meinem Haus einzuholen. Wir waren uns sicher, dass sie noch nie einen Anruf bekommen hatte, der von so weit her kam wie von Brooklyn.

Das Frühstück war das Beste vom Tag. Es war eine Freude zuzusehen, wie Lachlan seinen Toast mit Butter und Orangenmarmelade verschlang. Er fragte mich jedes Mal, ob ich noch einen zweiten wollte, während er sich schon seinen dritten machte, und ich sagte jedes Mal nein, um dann doch zögernd nachzugeben, und Lachlan wurde nicht müde, sich über das vorhersehbare Ergebnis meiner Unschlüssigkeit zu amüsieren. An Wochentagen riss ich mich nur mit Widerwillen von ihm los, wenn er auf dem Sofa saß und den BBC World Report im Radio hörte. Tagsüber schrieben wir einander E-Mails oder unterhielten uns am Telefon, und wenn ich am Abend heimkam, traf ich ihn genau dort an, wo ich ihn zurückgelassen hatte, lesend mit zwei Brillen übereinander, seiner normalen Weitsichtbrille und darüber der Lesebrille. Gut möglich, dass er dazwischen mal den Buchladen im Viertel aufgesucht hatte, und höchstwahrscheinlich hatte er sich auch etwas zu Mittag gemacht und danach ein ausgiebiges Nickerchen eingelegt. Er verließ das Haus eigentlich nie länger, wenn er nicht mit mir irgendwohin ging.

Den lang ersehnten Borat-Film schauten wir uns in einem Kino von Park Slope an. Weil wir damit rechneten, das Kino voll mit Freunden von Ali G anzutreffen, machten wir uns rechtzeitig auf den Weg. Leider sind die Bewohner von Park Slope eher Charlie Rose als Ali G – außer uns und einer Frau, die aus London kam, war keiner im Kino. Am Ende unterhielten wir uns mit ihr, weil wir so lange zusammen herumsaßen und es Lachlan schwerfällt, seine schwatzhafte Art zu unterdrücken. »Ich hatte mir vorgestellt, diesen Film in einem richtig großen amerikanischen Filmtheater zu sehen«, sagte er zu mir, kurz bevor die Lichter ausgingen. Und ich saß dann den ganzen Film über da und machte mir Vorwürfe, weil ich versäumt hatte, für diese wichtigste aller Unternehmungen den richtigen Rahmen zu wählen. Warum hatte ich ihn nicht in ein gigantisches Multiplex am Times Square geführt? Das wäre die Erfahrung gewesen, auf die sich Lachlan gefreut hatte, wenn er wieder nach Amerika kam, und jetzt saßen wir hier mit Polly aus Pimlico. An diesem Punkt merkte ich, dass ich meine Gelassenheit langsam verlor.

Lachlans Probleme waren körperlicher Natur. Kaum hatte er sich an den Zeitunterschied gewöhnt, bekam er eine ausgewachsene Erkältung, und als diese endlich vorüber war, entdeckte er einen winzigen Pickel auf der Rückseite seines Halses, der nur Krebs bedeuten konnte. Bei all diesen Leiden war Lachlan »nicht sehr sexuell« gestimmt. Thanksgiving fiel in die Erkältungsphase. Am Mittwoch brachte ich von meinem Heimweg von der Arbeit Echinacea mit und machte eine Lasagne mit dem von der September-Verkostung übrig gebliebenen Mozzarella, den ich im Gefrierschrank aufbewahrt hatte. Dasselbe hatte auch meine Mutter immer am Vorabend von Thanksgiving gekocht, eine kleine Verbeugung vor unserer Kultur, aber nicht so groß wie die anderer italoamerikanischer Familien, die am Festtag Pasta zum ersten Gang servieren. Dies ist ein Brauch, den meine Mutter unerhört findet. Fragen Sie mich nicht, warum, meine Mutter ist meine Mutter, und das ist die beste Erklärung, die ich anbieten kann.

Lasagne zum Vorabend von Thanksgiving

Für die Fleischsauce:
(Sie können diese Sauce auch zu Spaghetti oder Tortellini oder jeder anderen Nudelsorte servieren, die Sie mögen.)

500 g Rinderhack
2 EL Olivenöl
1 kleine gelbe Zwiebel, in Würfel geschnitten
1 Knoblauchzehe
1 Prise scharfes Paprikapulver
1 große Dose Tomaten
100 ml Rotwein
1 TL Zucker
1 TL Salz
2 Handvoll Basilikumblätter

Das Fleisch bei mittlerer Hitze braten, bis es alle rote Farbe verloren hat und unansehnlich grau ist. Olivenöl in einer großen Pfanne bei mittlerer Temperatur erhitzen und Zwiebel, Knoblauch und Paprikapulver dazugeben; schmoren, bis der Knoblauch goldbraun und die Zwiebeln glasig sind. Wenn das Fleisch durchgebräunt ist, das Fett abgießen und das Fleisch zum Knoblauch und den Zwiebeln geben. Tomaten, Wein, Zucker und Salz dazugeben, bei kleiner Hitze unter gelegentlichem Rühren 30 Minuten köcheln lassen. Basilikumblätter hinzufügen.

Für die Füllung:

1 kg Ricotta
2 Eier, leicht verquirlt
½ TL Salz
100 ml Wasser
Olivenöl zum Einfetten
1 Packung Lasagneblätter (250 g; ich habe diese Marke zuvor zwar verunglimpft, aber Barilla ist eine gute Wahl)
900 g zerkleinerter Mozzarella (ich empfehle, dies selbst mit einer Reibe oder einer Küchenmaschine mit Zerkleinerungsmesser zu tun)
200 g geriebener Parmesan (ich empfehle wie immer, ihn selbst zu reiben)
frisch gemahlener Pfeffer

Den Backofen auf 190 °C vorheizen.

Den Ricotta mit den Eiern vermischen, Salz und Wasser dazugeben. Eine Backform (20 x 30 Zentimeter) mit ein wenig Olivenöl einfetten und eine Lage Fleischsauce darin verteilen. Die Lasagneblätter daraufgeben, mit 1/3 der Ricottamischung bedecken, darauf 200 Gramm Mozzarella und 50 Gramm Parmesan mit frisch gemahlenem Pfeffer verteilen, mit 1 oder 2 Schöpfkellen Fleischsauce diese Lage beenden. So fortfahren, bis Sie 3 Lagen Füllung übereinandergeschichtet haben, diese dann mit einer Lage Lasagneblätter abdecken, mit Fleischsauce übergießen und den restlichen Käse darauf verteilen.

45 bis 50 Minuten lang backen, bis die Lasagne braun ist und Blasen wirft. Vor dem Servieren etwa 10 Minuten ruhen lassen.

Reicht für 8 bis 10 Personen.

Dank der Kräuter und dem Käse wurde Lachlan wieder so weit hergestellt, dass er zu meinem Bruder nach Connecticut mitkommen konnte. Ich bereitete ihn auf Wahnsinn vor, wie ich das bei jedem tue, den ich, ehe er mit meiner Familie konfrontiert wird, beeindrucken möchte, obwohl sie dann am Ende doch keiner merkwürdig findet. Lachlan fand nur Gleichgesinnte. »Sie erinnert mich an dich«, sagte er von Carla, »sie sprüht vor Lebensfreude.« Er unterhielt sich mit Matthew über Raymond Carver und mit Nick über Monty Python. Nancy in Kalifornien war über Matthews Laptop präsent, den er auf den Tisch stellte, damit sie via Skype auch an unserem Spaß teilhaben konnte. Das fand Lachlan nun doch verrückt, und den Rest von uns irritierte es, und so fuhr ich während der Zeit, in der Matthew mit Kochen und Servieren beschäftigt war und es gar nicht merkte, den Computer herunter.

Als ich meine Mutter am nächsten Tag anrief, um sie zu fragen, was sie von Lachlan hielt, war sie enthusiastisch. »Er ist ein Mensch, in dessen Gegenwart man sich sofort wohl fühlt«, sagte sie. Und das stimmte. Das Unwohlsein würde, wie ich erfahren sollte, später kommen.

Anne lernte Lachlan über dem Rest unserer Lasagne am folgenden Samstag kennen, und die beiden verstanden sich auf Anhieb prima. Ginia, die ihn schon im Sommer gesehen hatte, traf ihn auf der Dinnerparty, die unsere Freundin Meredith zu Ehren seiner Rückkehr gab, aber sie ließ sich nicht so leicht von ihm gewinnen, was Lachlan aber nicht mitbekam. Ich präsentierte ihn auf den Partys, zu denen mich meine Kollegen von *Harper's* einluden, und schleppte ihn sogar zu einem Essen bei den Priestern mit. Ich hoffte darauf, dass Vater Joel, den Lachlan einen »Kleingeist« nannte, eine Art von ökumenischer Zeremonie abhalten könnte. Allem Anschein nach reichte ein Kopfnicken des Bischofs, um mich mit einem Presbyterianer zu verheiraten.

Währenddessen warteten wir darauf, dass DIE AGENTIN sich wieder meldete. Ich hatte eine Woche nach Lachlans Rückkehr wieder bei ihr angerufen, nach der Zeit, die sie zum Lesen des Manuskripts veranschlagt hatte. Sie war sofort am Telefon und sprudelte nur so vor Lob für den Roman: »Ich habe gerade angefangen, ihn zu lesen, und ich bin mir ziemlich sicher, dass er mir gefällt, aber ich bin noch nicht durch«, teilte sie mir mit. »Zeigen Sie ihn keinem anderen, in einer Woche bin ich fertig damit.« Dieses Gespräch musste ich vor Lachlan ständig wiederholen. »Jetzt sag es mir noch mal«, bat er, als die Woche immer länger wurde. »Hat sie nun gesagt, sie wolle dich in einer Woche anrufen, oder hat sie gemeint, sie sei in einer Woche mit Lesen fertig?« Also unternahm ich einen weiteren Versuch, das Gespräch bestmöglich wiederzugeben, und bezog mich dabei sogar auf Notizen, die ich mir gemacht hatte, in weiser Voraussicht, dass er mich derart löchern würde.

»Was würdest du gern tun, wenn du nicht im Verlagswesen arbeiten würdest?«, fragte mich Lachlan beim Abendessen im *Il Gattopardo* in der Innenstadt vor einem klassischen Konzert in der Carnegie Hall (er war auch eine Autorität in solcher Musik). Ich verriet ihm mein Geheimnis, dass ich davon träumte, Schriftstellerin zu sein, was mir jedoch peinlich war, zumal ich seit dem College kein einziges Wort mehr geschrieben hatte. Und doch war es das, wozu ich mich berufen fühlte, so groß meine Angst, es zu versuchen, auch war. Lachlan tat mein hohes Ziel mit der typischen Arroganz des Schriftstellers ab: »Wieso wollen nur alle schreiben?«, schnaubte er, als wäre diese Berufung eine Strafe, die nur ihm allein für das Verbrechen auferlegt worden war, so brillant zu sein.

Lachlan hielt Kontakt zu seinen Eltern und rief sie immer wieder an, um ihnen über den Fortschritt an seinem Buch zu berichten. Vermutlich wollte er sie wissen lassen, dass seine Karriere in Bewegung kam, und auch, dass er eine Freundin hatte, denn während sie plauderten, fragte er mich mittels Handzeichen manchmal, ob ich mit seiner Mutter sprechen wolle. Dies war ein höchst merkwürdiges Ansinnen, aber da ich fand, dass es eine gewisse Entschlossenheit suggerierte, die ich auf keinen Fall untergraben wollte, ergriff ich das Telefon und redete mit Harriet in Edinburgh, die sich genauso unwohl zu fühlen schien wie ich.

»Sie haben wohl einen Weg zu Lachlans Herz gefunden«, sagte sie, nachdem sie ihn in dem Teil des Gesprächs, der sich nicht um DIE AGENTIN drehte (von der wir noch immer nichts gehört hatten), über meine Kochkünste hatte prahlen hören. Ich wünschte, es wäre so einfach. Den Weg zu Lachlans Magen hatte ich gefunden, so viel stand fest, aber den anatomischen Weg zu seinem Herzen kannte ich noch nicht, sofern es da überhaupt eines gab.

Die Route zu den anderen Teilen seines Körpers war auch nicht ganz einfach zu ermitteln. Als die Angst vor Krebs sich aufgelöst hatte, gingen Lachlan die Ausreden aus, weshalb er keinen Sex haben wollte, und er verfiel darauf, nach Gebrechen meinerseits zu suchen. »Was bekümmert dich?«, fragte er mich, als wir eines Abends zu Bett gingen. Damals war ich hauptsächlich wegen des Geschirrspülers beunruhigt – er trocknete nicht anständig. Lachlan hatte sich, während ich in der Arbeit war, an jenem Nachmittag um den Installateur gekümmert, aber als ich den Geschirrspüler am Abend öffnete, stand ich vor einer Lache stinkenden Wassers und schmutzigem Geschirr.

»Alles«, erwiderte ich auf seine Frage und gab damit zu, dass mein Bedürfnis nach einem Zuhause, das reibungslos funktionierte, neurotischer Balsam für eine Fülle von Defiziten war, die ich an mir selbst wahrnahm.

»Ich weiß nicht, warum du dir ständig Sorgen machst, du bist so intelligent, du bist so ein wunderbarer Mensch«, entgegnete Lachlan darauf – eine Antwort, die sowohl der Wahrheit entsprach als auch übertrieben war. Er analysierte meine Angst vor Haushaltsgeräten als Angst vor ihm, was nicht fair war, da ich weniger gut darüber informiert war als er, was sich im Moment abspielte. Wenn er Recht hatte, dann wog dieses kleine Gerät wirklich schwer, aber es gab keinen Service, den ich herbestellen könnte, damit er Lachlan reparierte.

Es war nicht alles »sand dunes and salty air«, wie Peggy Page zu singen pflegt, als Lachlan sich am nächsten Abend im Bett zu mehr als dem üblichen Kuscheln anschickte, denn im Grunde schien er das Spiel nicht spielen zu wollen. Plötzlich hörte er auf. »Ich bin nicht erregt«, erklärte er, »du bist besorgt, und das ist nicht sexy.«

Nicht gerade ein ermutigendes Bettgeflüster. »Lass uns das nicht überbewerten«, sagte Lachlan, während ich genau das tat. Was ist das richtige Maß an Qual, das man zeigen darf, wenn einem der Mann, den man liebt, erklärt, man sei nicht sexy? Offensichtlich kannte es Lachlan.

»Ich mag dich, Punkt«, sagte er, als ich ihn am nächsten Morgen anflehte, mir zu erklären, was los war. »Alle Beziehungen machen Phasen durch, die nicht sexuell definiert sind.« Ja, das tun sie, aber irgendwann sollten sie doch auch mal eine durchmachen, die davon bestimmt wird?

Nächtliches Händchenhalten und Kuscheln hielt eine Weile an, aber unser Sexleben war offiziell vorüber. Wir lagen aber weiterhin zusammen in meinem Bett. Anfangs entschuldigte Lachlan sich noch für seine Frigidität, er umarmte mich etwa in der Küche, während ich uns das Abendessen kochte, und sagte: »Tut mir leid, dass ich so verschroben bin.« Er kaufte mir Lilien, die »Jungfräulichkeit symbolisieren« – eine unangemessene Botschaft, obwohl sie hübsch waren und meine Wohnung mit ihrem köstlichen Duft erfüllten –, er brachte mir ein gutes Fläschchen Nebbiolo mit, einen meiner Lieblingsweine. Aber lauter als die Düfte und die köstlichen Aromen waren die Worte *du bist nicht sexy*. Der Klang dieses Satzes lastete schwer auf meinen Sinnen.

Die brennende Frage, ob das Problem nun bei ihm oder bei mir lag, hätte sich leicht anhand der Tatsache beantworten lassen, dass Lachlan eine unnatürliche Zuneigung zu einem Eiskrem-Portionierer entwickelte – ein violettes Plastikteil, das wie ein kleiner Mann mit einem runden Kopf als Schaufel und einem birnenförmigen Körper als Griff aussah. Lachlan taufte ihn »Scoopy« und bestand darauf, ihn aus seiner Schublade zu befreien und zwischen uns auf die Küchentheke zu stellen. Eines Freitagabends brachte Lachlan ihn sogar mit ins Wohnzimmer, damit er dort mit uns *Chitty Chitty Bang Bang* schauen konnte, und veränderte daraufhin unserem neuen Mitbewohner zu Ehren den Text von einem der Songs auf dem Soundtrack: »Someone to care for, to be there for; we have Scoopy«, sang er. Er nahm ständig auf Scoopy Bezug, als wäre er unser Kind, die dritte Person in unserem Haus. Dies tat er sogar vor meiner Mutter!

»Scoopy war sehr aufgebracht!«, ereiferte sich Lachlan mir gegenüber, nachdem sie sich über sein merkwürdiges Gebaren lustig gemacht hatte. Ich fand diese Scoopy-Geschichte ganz entzückend und sang sogar die Hymnen auf ihn mit, doch das Leben mit Lachlan wurde immer erbärmlicher.

Eine andere Leidenschaft Lachlans, die nicht mir galt, war Kaffee. Nicht, damit er ihn wach hielt, nein, er liebte es einfach, ihn zu trinken, und war eine Autorität, was die Zubereitung betraf. Voller Hingabe versuchte er in praktischen Studien, das Aroma des Getränks zu maximieren, und entwickelte diesbezüglich sogar wissenschaftlich fundierte Ideen. Ich lernte von Lachlan, dass man eine Kaffeemaschine (oder auch eine Teekanne, wenn wir schon mal dabei sind) niemals mit Spülmittel reinigt – sie sollte einfach nur mit Wasser und nichts als Wasser ausgespült werden. Eine neue Espressomaschine müsse allerdings vor dem Gebrauch erst Würze bekommen, und um dies zu erreichen, brühte man eine Tasse Kaffee aus bereits gebrauchtem Kaffeepulver. (Wenn man weniger sparsam ist, könnte man vielleicht auch die erste Tasse mit frischem Kaffee aufbrühen, diese dann aber wegschütten. Aber warum sie nicht einfach trinken und sich damit abfinden, dass die erste Tasse noch nicht perfekt ist?) Lachlan bestand auf fein gemahlenem Kaffee, egal, bei welcher Art der Filterung, um auch noch das Letzte an Geschmack aus der Bohne herauszuholen. Die Ehrerbietung, die er dem Kaffee entgegenbrachte, wäre vielleicht dem Alten Testament angemessen gewesen – Verehrung, durchsetzt mit Angst. Er sah Gefahren darin, die gemahlenen Bohnen Feuer und Wasser unter Druck auszusetzen. Eine Tasse Espresso zuzubereiten war ein Flirt mit dem Tod. Ließ man die Kanne einen Moment länger als nötig kochend auf dem Herd stehen, könnte sie explodieren und heißes Wasser und Pulver durch die ganze Küche schleudern. Wir könnten getötet werden! Lachlan hielt während der Espressozubereitung ständig Wache und achtete darauf, die Kanne im richtigen Moment von der Herdplatte zu ziehen, um uns nicht zu gefährden.

Ich befolgte keins von Lachlans Dikta. Glauben Sie wirklich, ich würde einen Rat für Kaffeezubereitung von jemandem annehmen, der die ganze Zeit schläft?

Immer mehr hatte ich die Nase voll, und meine Großzügigkeit schwand. Ich missgönnte Lachlan schon das Geringste – etwa die teure Dose italienischen Thunfisch, die er sich jeden Tag zum Mittagessen genehmigte. Dies war eine Gewohnheit, die ich unterbinden konnte, weil ich Lachlans Gesundheitswahn nur zu gut kannte. Offenbar war er sich des gefährlich hohen Quecksilbergehalts in Thunfisch nicht bewusst. Ich sah es als meine Pflicht an, ihn darauf hinzuweisen, dass es keine gute Idee war, diesen jeden Tag zu essen. Sofort schwenkte er auf eine ökonomischere Variante wie Bohnen und Toast um.

Lachlans mangelndes Interesse für die Bedürfnisse meines Körpers, eines Körpers, der die Last schulterte, ihm eine bedeutende New Yorker Agentin zu beschaffen, machte mich fertig. Eines verregneten Montagmorgens, als ich sie zum fünften Mal anrufen sollte, wachte ich weinend auf und konnte nicht mehr damit aufhören. Ich versuchte Lachlan zu erklären, wie sehr der Druck mir zusetzte, wie viel Energie es mich kostete, diese Anrufe zu machen. Er schickte mich mit guten Wünschen und einem mir mit verschlossenen Lippen gegebenen Kuss auf den Weg, wie er das jeden Tag tat.

Meine Unzufriedenheit wirkte sich auch auf die Bewirtung meiner Gäste aus, wo es sonst nie zu Unfällen kam. Während der schottischen Belagerung brach auf zwei Dinnerpartys, die ich gab, Feuer aus. Beim ersten Mal waren Jen und Jeff bei uns. Es sollte die sonst immer zuverlässige gebratene Seezunge meiner Mutter geben, einen Fisch, der sich als kniffliger als gedacht erwies, denn als ich das Backblech aus dem Ofen ziehen wollte, um nachzusehen, wie weit er war, rutschte dieses nach hinten, so dass Fett auf den Boden des Backrohrs spritzte und wilde Flammen herausschossen. Lachlan war im Wohnzimmer und scherzte mit den Gästen, während ich mir in der Küche meine Wimpern und Haare versengte. Jeff hörte schließlich meine Schreie und kam angerannt, um das Feuer zu löschen.

Erst da bemerkte ich, dass die Vorbesitzerin die Gestelle falsch herum eingesetzt hatte. Diese Entdeckung bedeutete das Ende einiger Nahtoderfahrungen, aber nicht aller.

Brennende Seezunge

50 g Butter, geschmolzen
70 ml Olivenöl
120 g Paniermehl
¾ TL Salz
1 TL gehackte Petersilie
frisch gemahlener Pfeffer
1 kg Seezungen- oder Flunderfilets

Den Backofen auf 190 °C vorheizen.

Butter und Öl in einer breiten, flachen Schüssel verrühren, das Paniermehl mit Salz, Petersilie und Pfeffer würzen und auf einem Teller verteilen. Den Fisch in Butter und Öl tauchen, so dass er überall gut bedeckt ist, dann mit der Bröselmischung bestreuen. Auf ein Backblech legen und etwa 15 Minuten lang backen, bis die Brösel leicht gebräunt sind. (Keine Sorge, ich habe das Rezept modifiziert, so dass kein überschüssiges Fett einen Brand auslösen kann.)

Reicht für 4 bis 6 Personen.

Am Freitag vor Weihnachten nahm ich mir frei, um mit Lachlan einen Baum zu kaufen. Ich hatte noch nie zuvor einen eigenen Weihnachtsbaum gehabt, weil in mein früheres Wohnzimmer gar keiner gepasst hätte. Leider fand die herzerwärmende

Szene von einer durch die Straßen Brooklyns geschleppten frisch geschlagenen Vermonttanne, die mir durch den Kopf gegangen war, als ich mir vor einem Monat Weihnachten mit Lachlan ausgemalt hatte, nicht nach Drehbuch statt. Neben der Tatsache, dass es schon wieder regnete, bedrückte es mich, ein derart häusliches Symbol mit einem Mann über den Gehweg zu transportieren, den ich mehr als alles auf der Welt lieben wollte, der diese Liebe jedoch nicht erwiderte, egal, wie viele hübsche Dekorationen ich auch anschleppte.

Auch am Weihnachtstag regnete es. Als Geschenk bekam ich von Lachlan ein Schneidebrett zum Brotschneiden mit Schlitzen für die Krümel, was das Brotschneiden zu einer sauberen Angelegenheit machte. Man könnte nun sagen, ein Geschenk so sexy wie unsere Beziehung, aber ich hatte ihm auf die Frage, was ich mir wünschte, genau das genannt. Ich war schockiert, dass er vorhatte, mir etwas zu schenken, aber Lachlan glaubte an Geschenke. Von mir bekam er eine wunderbar ausgestattete Ausgabe des Kapitels über Größe von Baldassare Castigliones Buch *Der Hofmann*, ein Werk, das ich in meinen unschuldigen Collegetagen geliebt hatte und an das meine gegenwärtige Situation mich erinnerte.

In der Woche zwischen Weihnachten und Neujahr gab ich eine Dinnerparty für Freunde von außerhalb, die in New York Ferien machten. Sie hatten von Lachlan per E-Mail erfahren und freuten sich darauf, ihn kennen zu lernen. Zu schade, dass unsere Beziehung zu diesem Zeitpunkt schon wie ein ausgekühlter Yorkshirepudding zusammengesackt war. Den ich zufällig auch an diesem Abend machte, zusammen mit Rinderbraten, dem traditionellen britischen Sonntagsessen (obwohl Mittwoch war). Meine Puddings sahen perfekt aus und schmeckten auch so, als ich sie aus dem Ofen zog, nachdem ich ein Feuer gelöscht hatte, das durch überblubberndes Fett in der Form ausgelöst worden war. Diesmal bekam Lachlan Wind von der Krise und kam mit einem Besen (?) angerannt, um die Flammen zu löschen. Der Stiel stieß gegen die Deckenlampe, so dass ein Glasscherbenregen auf den Boden niederging und wir, kaum hatten wir das Feuer unter Kontrolle, die Scherben auffegen mussten. Zudem war das Fleisch zäh. Ich konnte dieses Essen nicht genießen, aber das war auch nicht anders zu erwarten gewesen.

Gewürzter Rinderbraten

(Übernommen von *epicurious.com*)
Ihr Fleisch wird nicht zäh sein, es sei denn, Sie haben einen Schotten bei sich zu Hause wohnen.

1 TL Kreuzkümmel, ganz
1 TL Koriander, ganz
1 TL schwarze Pfefferkörner
1 TL Salz
½ TL Ingwerpulver
⅛ TL Cayennepfeffer
1 Knoblauchzehe, in dünnen Scheiben
1 Rinderbraten (1,5 kg; aus der Hochrippe)
2 EL Olivenöl
2 EL frischer Koriander, gehackt

Den Backofen auf 180 °C vorheizen.

Kreuzkümmel, Koriander und schwarzen Pfeffer im Mörser zerstoßen, in einer Küchenmaschine zerkleinern oder in eine Papier- oder Plastiktüte gegeben und dann mit einem Nudelholz oder dem Hammer zerdrücken. Salz, Ingwer und Cayennepfeffer mit den zerriebenen Gewürzen vermischen. Mit einem Messer mehrere schmale Schlitze überall auf dem Fleisch anbringen und mit Knoblauch spicken. Das Fleisch mit Öl einpinseln und mit der Gewürzmischung einreiben.

Ein Fleischthermometer in die dickste Stelle des Bratens stecken und das Fleisch im Bräter so lange braten, bis das Thermometer 50 °C für medium anzeigt, dies sollte nach 50 bis 60 Minuten der Fall sein. Das Fleisch auf ein Schneidbrett legen, mit Folie abdecken und 10 Minuten ruhen lassen. Das Fleisch dünn aufschneiden und mit Koriander bestreuen.

Reicht für 6 bis 8 Personen.

Yorkshire-Pudding

220 g Mehl
¼ TL Salz
220 ml Milch
2 Eier, leicht verquirlt
4 EL Butter, geschmolzen

In einer Schüssel Mehl, Salz und Milch verrühren, dann die Eier dazugeben und rühren, bis der Teig glatt ist. Bei Zimmertemperatur etwa 1 Stunde lang stehen lassen.

Den Backofen auf 190 °C vorheizen. 8 Muffinformen mit der Butter einfetten und den Teig darin verteilen. So lange backen, bis der Teig aufgeht und goldbraun ist, nach etwa 15 bis 20 Minuten. Sofort servieren, denn Yorkshire-Puddings fallen rasch in sich zusammen, genauso wie Erwartungen.

Ergibt 8 Puddings.

Es regnete am Silvestertag und ebenso am Neujahrstag, zwei der traurigsten Tage meines ganzen Lebens. Ginia gab eine Dinnerparty, aber um Mitternacht bekam ich von meinem Begleiter nicht einmal einen Kuss. Ich redete mir ein, dass die Leute in Europa ihre Freundin oder Kameradin oder Karrieremanagerin oder was zum Teufel ich auch immer für ihn war, nicht küssten, wenn das neue Jahr eingeläutet wurde. Enttäuscht ging ich hinaus auf die Terrasse, um eine Zigarette zu rauchen, riss mir aber, als ich über den Fenstersims kletterte, um dorthin zu gelangen, meinen neuen Rock kaputt. Darauf konzentrierte ich dann meinen Ärger für den Rest des Abends.

Am nächsten Morgen wurden wir wach, und es regnete weiter. Ich konnte mich kaum überwinden aufzustehen, geschweige denn mich zu der Party aufraffen, auf der man mich sehen wollte (ausgerichtet von Freunden, die es nicht erwarten konnten, Lachlan kennen zu lernen). Ginia sollte auch mit hin, aber sie drückte sich. Anne schwankte noch. Ich wollte nicht auf diese Party, aber zweimal nicht wollte ich den Tag zu Hause allein mit Lachlan verbringen. Wie gelähmt lag ich mit meinem Telefon unter der Decke und versuchte jemanden zum Mitkommen zu überreden.

Anne willigte schließlich ein, und während Lachlan damit beschäftigt war, eine fettleibige Dame zu becircen, stopften sie und ich uns grün angemalte und wie Kränze geformte Rice Krispies in den Mund. Und da sprach ich dann auch endlich Klartext und erzählte ihr, was in meinem Haus los war. Wenn man in einer derart verfahrenen Situation steckt, wie ich das tat, versucht man das vor seinen Freunden für gewöhnlich geheim zu halten, denn darüber zu sprechen käme dem Eingeständnis gleich, dass es wirklich so war – ringt man sich dann jedoch endlich dazu durch, wird alles gleich viel erträglicher. Dass ich mir meinen Kummer von der Seele sprach, gab mir zusammen mit der klebrigen Süße eines Marshmallows das Gefühl, weniger allein zu sein. Und so war meine Stimmung nicht mehr ganz so pessimistisch, als Lachlan, Anne und ich uns auf dem Heimweg von unseren Vorsätzen für das kommende Jahr berichteten. Den von Lachlan kennen Sie bereits. Anne und ich sprachen davon, unsere eigenen Bücher schreiben zu wollen, worüber wir uns schon ein paar Monate austauschten, obgleich keine von uns eine Idee hatte, wovon diese handeln sollten – wir empfanden nur das bohrende Gefühl, etwas schreiben zu müssen. »Du bist so eine tolle Köchin, du solltest ein Kochbuch schreiben«, meinte Lachlan. Das war gar nicht »blöd«, wie Lachlan es ausdrücken würde, wenn mir doch nur eine zündende Idee dafür einfiele. Ich hatte zwar keine Ahnung, wie, sah an diesem düsteren Tag aber zumindest einen Hoffnungsschimmer, dass ich es tatsächlich machen könnte. Dann verlor ich dieses Vorhaben wieder eine Weile aus den Augen.

Während ich in Regen und Agonie versank, machten Lachlan und ich wie bisher auch weiterhin alles gemeinsam. Wir besuchten Museen, aßen zu Abend, gingen ins Kino. Als wir uns *Der letzte König von Schottland* ansahen, war dies, als würde ich einen verzerrten Blick auf mein eigenes Dilemma werfen: Ich fühlte mich wie an meiner eigenen Haut aufgehängt, nur nicht von Idi Amin, sondern von dem süßen Schotten. Als wir am Freitagabend (da kostet es keinen Eintritt) ins Guggenheim Museum gingen, hielt Lachlan mich die ganze Zeit über im Arm, während wir die geschwungene Rampe hinauf- und hinunterschlenderten. Er kaufte mir eine Postkarte von einem Gemälde, das mir gut gefiel – Mönche beim Abendessen –, und stellte sie auf meinen Nachttisch vor eine Skulptur, die er mir in glücklicheren Zeiten im Philadelphia Museum of Art gekauft hatte.

Lachlan verwendete verschiedene Begriffe, wenn er sich auf seine Rolle in unserer Beziehung bezog. Manchmal war er mein »Freund«, dann wieder mein »Kamerad«. Als daraus »der Typ, der in deiner Wohnung lebt« wurde, musste ich der Sache auf den Grund gehen.

»Könntest du mir bitte unsere Beziehung erklären?«, fragte ich ihn eines Samstagmorgens nach dem Spiel der Hibs.

Wir saßen auf einer Couch in der Diele, und er legte einen Arm um mich, als er sagte: »Wir haben eine sehr warmherzige Freundschaft.«

Ich stieß ihn weg. Was sollte ich mit einer warmherzigen Freundschaft? Ich hatte mehr Freunde, als ich Zeit dafür hatte, und ich kümmerte mich nun wahrhaftig nicht um deren Karrieren.

Nach diesem Gespräch weinte ich täglich. Wir unterhielten uns darüber, für seine letzten paar Wochen eine andere Bleibe für ihn zu finden, aber mir war der Gedanke, dass er mich verließ, unerträglich. Elend gehen würde es mir so oder so, warum also auch noch Lachlan Unannehmlichkeiten bereiten? Alles war total verfahren und keine Heilung in Sicht, keine Hoffnung auf eine Besserung.

Obwohl das ekstatische Versprechen unserer Wiedervereinigung nur kurzlebig war (jedenfalls was mich betraf; für Lachlan waren noch jede Menge Hoffnungen drin), hielt ich doch an dem Gedanken fest, dass wir eine echte Beziehung zueinander hatten und Lachlan sich nur davon abschottete und nicht zuließ, dass sie gedieh. »Was ist denn Liebe, wenn nicht das, was uns verbindet?«, flehte ich ihn an. »Wir mögen dieselben Sachen, genießen gemeinsame Essen, wohnen zusammen und sehen zusammen fern.« Ich konnte einfach noch nicht die Freude loslassen, die ich an unseren ersten gemeinsamen Tagen empfunden hatte, und auch nicht die Gefühle, die in

Hunderten von Nachrichten eingeschlossen waren, die wir über den Ozean hin- und hergeschickt hatten. Wie kam es, dass er jegliches Verlangen nach mir verloren hatte? War ich wirklich zu nervös, wie er angedeutet hatte? Sollte ich ihn kochen lassen und mich ein wenig hilfloser gebärden? Aber wie hilflos darf sich eine Person geben, in deren Hände jemand seine literarische Karriere gelegt hat?

»Das Einzige, was mit dir nicht stimmt, ist, dass du glaubst, etwas stimme nicht mit dir«, sagte Lachlan, was zwar sehr scharfsinnig war, aber nur meinen Hass schürte aufgrund meiner Zweifel an mir und der Frage, ob Lachlan mich vielleicht lieben würde, wenn ich diese kritsche Sicht von mir selbst nicht hätte.

Lachlan hingegen war über jeglichen Selbstzweifel erhaben, in der Tat eine bewundernswerte Eigenschaft. »Das bin ich, so bin ich eben«, erklärte er. »Ich habe mich noch nie einer Frau hingeben können und bin glücklich so.« Und das Wanderleben? Auch damit war er glücklich.

»Ich bin immer noch ich, ich bin immer noch Lachlan«, stellte er fest, ohne zu verstehen, warum ich nicht mehr mit ihm reden wollte. Ich verschanzte mich in meinem Schlafzimmer und las Patricia Marx, eine Autorin, die Lachlan eines Tages im Buchladen unseres Viertels entdeckt hatte. Als er ihren Roman *Him Her Him Again the End of Him* durchblätterte, glaubte er eine literarische Seelenverwandte gefunden zu haben. Sobald er mir das erzählte, wurde ich eifersüchtig und besorgte mir umgehend ein eigenes Exemplar (lerne deine Rivalinnen kennen). Dieser witzige Roman über eine intelligente Frau, die sich über viele Jahre hinweg nicht von ihrer Liebe zu einem abscheulichen Rüpel abbringen lässt, diente mir in diesen Tagen als gute Fluchtmöglichkeit. Lachlans Interesse erlahmte jedoch zunehmend, je weiter er las. Es war eine tröstliche Erfahrung, dass ich nicht die einzige Frau war, an der er schnell das Interesse verlor.

Während ich mich in meinem Schlafzimmer versteckte und ohne ihn zum Essen ausging, fing Lachlan an, den Verletzten zu spielen. »Ich fühle mich, als hätte ich einen Freund verloren«, jammerte er, als ich von einem mit Anne verbrachten Abend nach Hause kam. »Ich habe mit der Eiskrem auf dich gewartet, hattest du denn einen Nachtisch?« Bei Häagen-Dazs-Bananasplit und Fleetwood Macs Video *Behind the Music* auf VH-1 wurde ich etwas lockerer. Als Christine McVie dann aber »Songbird« sang, musste ich wieder heulen.

Vielleicht war es meine Hysterie, die Lachlan ermutigte, eines Nachmittags das Haus zu verlassen, ohne mich zu informieren oder in meinem Büro vorbeizuschauen, wie er das sonst immer tat, selbst jetzt noch, wo alles einfach nur noch schrecklich war, was er jedoch nach wie vor bestritt. Ich rief ihn zu Hause an, um ihm etwas mitzuteilen, aber keiner ging ans Telefon. Keinen Moment lang dachte ich daran, dass er weggegangen sein könnte – das würde er nicht tun, er hatte niemanden, keinen Ort, wo er hinkonnte. Also zog ich die einzig denkbare Schlussfolgerung: Er war tot – seine Gallenröhre war geplatzt, oder jene fehlerhafte elektrische Ladung seines Herzens hatte ihm ein für alle Mal den Garaus gemacht. Als ich zur Arbeit aufgebrochen war, hatte er noch geschlafen – an diesem Punkt unserer Beziehung war ich froh, wenn er das Frühstück verpasste, denn das gab mir Gelegenheit, heimlich eine Zigarette zu rauchen und den Rauch aus dem Fenster des Wohnzimmers zu blasen –, und ich hatte nicht überprüft, ob er noch atmete.

Als ich dann endlich von ihm hörte, gerade als ich aufbrechen wollte, um seine Überreste zusammenzuklauben, war ich fuchsteufelswild. »Mach uns einfach was zu essen!«, herrschte ich ihn an (merkwürdig, dass mir ausgerechnet das als Strafe einfiel).

Als ich nach Hause kam, tischte er mir diese köstlichen Farfalle mit Zucchini und Eiern auf. »Das ist eine ganz natürliche Kombination«, erklärte er mir. Darüber hatte ich noch nie nachgedacht, aber köstlich schmeckten sie in der Tat. Durch die Eier wird das Gericht wunderbar cremig. Es ist eine weitere Lachlan-Kreation, die ich immer wieder nachkoche.

Lachlans Farfalle mit Zucchini und Eiern

2 EL Olivenöl
½ mittelgroße Zwiebel, gehackt
2 mittelgroße Zucchini (1 grüne, 1 gelbe)
1 TL Salz
250 g Farfalle
2 Eier
2 gehäufte EL geriebener Parmesan, zusätzlich geriebenen Parmesan bei Tisch reichen
frisch gemahlener Pfeffer
50 g gehackte Petersilie

In einem mittelgroßen Schmortopf Olivenöl bei mittlerer Temperatur erhitzen, dann die Zwiebelwürfel dazugeben und 3 bis 4 Minuten glasig werden lassen. Zucchini putzen, waschen und in 1 Zentimeter dicke Scheiben schneiden, dann vierteln. Zucchini und Salz zu den Zwiebeln geben und 15 bis 20 Minuten weich garen.

Inzwischen die Farfalle nach Anweisung auf S. 27 kochen. Die Eier verquirlen und den Parmesan dazugeben, beiseitestellen. Wenn die Nudeln fertig sind, abgießen und zur Zucchinimischung geben. Vom Herd nehmen, die Eier dazugeben, damit diese auf den heißen Nudeln garen. In vorgewärmten Schälchen garniert mit frisch gemahlenem Pfeffer und gehackter Petersilie servieren. Parmesan bei Tisch dazu reichen.

Reicht für 2, mit Resten.

Ein paar Wochen vor Lachlans Abreise teilte DIE AGENTIN mir schließlich mit, dass sie sein Buch unter Vertrag nehmen wollte. Meine Gefühle dazu waren gemischt, wenngleich ich große Begeisterung vortäuschte, und in mancher Hinsicht war ich zumindest begeistert davon, dass mein verzweifeltes Tun so erfolgreich gewesen war. Ich brachte Lachlan in eine Situation, für die jeder Schriftsteller töten würde, nur dass in diesem Fall ich das Opfer war. Auf meinen Vorschlag hin würde er mich zur Feier des Tages zum Essen in ein italienisches Restaurant meines Viertels einladen, von dem ich ihm vorgeschwärmt hatte, ein neumodisches Familienrestaurant wie das, das wir gemeinsam hatten eröffnen wollten, als wir noch hellere Tage sahen. Lachlan war weder von seinen Tortelloni noch von seiner Tagliata beeindruckt. »Dein Essen schmeckt so viel besser«, meinte er. Natürlich tat es das – meins kostet nichts.

DIE AGENTIN kümmerte sich um einige Treffen für Lachlan mit einer Handvoll interessierter Verleger. Sie ging davon aus, für das Buch 50 000 Dollar erzielen zu können, eine Summe, die auch Lachlan und mir vorgeschwebt hatte. Ich nahm mir vor, mich um das Buch und darum zu kümmern, dass er in sein Flugzeug kam – schließlich hatte ich eine Menge Blut, Schweiß und Tränen in dieses Projekt investiert. Ja, ich zog sogar in Erwägung, ihn zum Flughafen zu fahren, und ging so weit, bei meiner Mutter wegen des Verleihs ihres Wagens vorzusprechen. »Findest du, dass es komisch aussieht?«, fragte meine Mutter, die den Anblick Lachlans inzwischen leid war, als ich ihr sagte, ich würde es doch nicht brauchen. Ich denke, ihre Frage erklärt recht gut, warum ich so verrückt bin.

Am Abend vor Lachlans Abreise war ich richtig wütend. Ich ging zu Dean & DeLuca, um dort Zutaten für unsere letzte Mahlzeit einzukaufen. Dabei brummelte ich vor mich hin, wie überdrüssig und leid ich ihn war und wie glücklich, ihm bald kein blödes Abendessen mehr machen zu müssen, überlegte dabei aber ständig, was ich kochen sollte. Ich entschied mich für ein Teriyaki mit Schweinefleisch, das ich dort schon einmal gekauft hatte. Man erhält es dort bereits mariniert, so dass man es nur noch in den Ofen schieben muss (eigentlich sollte man es vorher anbraten, aber diesen zusätzlichen Schritt hatte Lachlan nicht mehr verdient). Ich war nicht hungrig, als ich nach Hause kam, also setzte ich mich auf die Couch und starrte einfach die gegenüberliegende Wand an, wo zufälligerweise ein Spiegel hing, in dem Lachlan, während ich hinsah, seinen Arm um mich legte.

»Was empfindest du?«, wollte er wissen.

»Nichts«, sagte ich. »Ich bin dich einfach leid.«

Als er mich bat, ihm seinen Rucksack aus meinem Kellerabteil zu holen, kam ich diesem Wunsch freudigst nach.

Lachlans letztes Abendmahl
Teriyaki von der Schweinelende

100 ml Teriyaki-Sauce
1 Knoblauchzehe, fein gehackt
1 EL fein gehackter Ingwer
2 Frühlingszwiebeln in Scheiben, nur das Grüne
500 g Schweinelende

Alle Zutaten in einem verschließbaren Gefrierbeutel miteinander vermengen. Auf der Küchentheke 30 Minuten lang marinieren, danach noch 8 Stunden im Kühlschrank.

In einem auf 220 °C vorgeheizten Backofen 20 bis 25 Minuten in einer ofenfesten Pfanne braten, bis das Fleisch Ihren Vorstellungen entspricht. Es sind schwere Zeiten, aber dieses Schweinefleisch ist zart!

Ergibt 2 Portionen.

Korianderreis

(Nach einem Rezept aus der Zeitschrift *Gourmet*)

160 g Reis
1 ½ EL Olivenöl
1 Knoblauchzehe
1 Becher Korianderkraut, gehackt
330 ml Wasser
½ TL Salz
2 EL Pinienkerne, geröstet

In einem mittelgroßen Topf bei mittlerer Hitze den Reis in Öl und Knoblauch und einem ¾ Becher Korianderkraut unter ständigem Rühren etwa 3 Minuten lang garen, bis er glasig ist. Wasser und Salz dazugeben, zum Kochen bringen, die Hitze herunterschalten und den Topf abdecken. 20 bis 25 Minuten köcheln lassen, bis das Wasser aufgesogen und der Reis weich ist. Vom Herd nehmen und 5 Minuten ruhen lassen. Pinienkerne dazugeben. Mit dem restlichen Korianderkraut garnieren.

Reicht für 2 Personen.

Pak-Choi mit Knoblauch

(Nach einem Rezept aus der Zeitschrift *Bon Appétit*)

1 EL Butter
1 Knoblauchzehe, klein gehackt
4 Baby-Pak-Choi
160 ml Hühnerbrühe
Salz und Pfeffer nach Belieben

In einer mittelgroßen Pfanne bei mittlerer Hitze Butter zum Schmelzen bringen, Knoblauch dazugeben und 1 Minute lang schmoren lassen. Pak-Choi und Brühe dazugeben, kurz aufkochen und dann 8 bis 10 Minuten köcheln lassen, gelegentlich wenden. Mit Salz und Pfeffer würzen.

Reicht für 2 Personen.

Drei Verleger waren am Tag seines Rückflugs bereit, Angebote für Lachlans Buch zu machen. Er würde in Italien weiterschmarotzen, bis er sich seinen nächsten Schritt überlegt hatte. DIE AGENTIN wies alle an, ihre Angebote bis Mittag einzureichen. An jenem Morgen musste ich zur Beerdigung meines Onkels. Wir standen uns nicht sehr nahe, daher war es kein allzu bedrückendes Ereignis, es fügte jedoch zu der biblischen Flut, die mich ohnehin schon erfasst hatte, weitere Emotionen hinzu. Bei meiner Rückkehr packte Lachlan gerade seine Sachen.

»Nun?«, fragte ich.

»Random House hat hundertzehntausend Dollar geboten«, sagte er.

Diese Information, die nun zum Verlust einer Liebe und eines Verwandten noch eins draufsetzte, gab mir das Gefühl, um alles betrogen worden zu sein, was ich je besessen hatte. Ich setzte mich an der Schwelle zu meinem Schlafzimmer auf den Fußboden, wo Lachlan mit seinen Kleidern und Büchern hantierte, und rauchte eine Zigarette nach der anderen, während ich herauszufinden versuchte, warum um alles in der Welt er mich nicht liebte. Verdammt noch mal! Wenn er dank meiner Hilfe schon 110000 Dollar für ein Buch über ein Rhinozeros bekam, konnte er mir doch wenigstens eine Antwort geben!

»Das ist Erwachsenengeld, wirst du jetzt auch erwachsen werden?«

»Vielleicht verwende ich es ja auch, um wie ein Kind weiterzuleben«, meinte er bockig.

»Ich habe das getan, damit du und ich ein gemeinsames Leben führen können.«

»Ich liebe dich nicht«, lautete seine Antwort.

Bei diesen Worten warf ich mich aufs Bett und zappelte dort wie ein eben gefangener Fisch. »Es gibt niemanden auf der

Welt, für den ich das getan hätte. Nicht einmal für mich selbst hätte ich das getan!«

»Du hast nicht alles getan«, wandte er ein, »immerhin habe ich zehn Jahre lang an diesem Buch geschrieben.«

Ein Mensch, der es an einem Ort aushielt, hätte dieses Buch leicht in einem Jahr schreiben können – das war alles, was mir dazu einfiel.

»Wen könntest du lieben? Wie waren die Menschen, die du geliebt hast? Hast du Sasha geliebt [die australische Künstlerin]?«

»Ich denke schon.« (Das war eine Neuinterpretation der mir ursprünglich erzählten Geschichte.)

»Warum?«

»Weil sie ein Känguru als Haustier hatte«, scherzte Lachlan, »und weil sie einen australischen Akzent hatte.«

»Hast du mich *je* geliebt?«

»Ich war begeistert von dir«, erwiderte er.

Was sich für mich nicht anders anhörte als »Ich war begeistert von dem, was du für mich tun konntest.«

Lachlan wollte mich zum Mittagessen einladen, aber ich hatte keinen Appetit (er konnte es nicht glauben), also wärmte er sich das Essen vom Vorabend auf. Ich setzte mich zu ihm, aß etwas mit und fühlte mich ein klein wenig besser. Die letzten paar Minuten verbrachten wir gemeinsam auf der Couch.

»Du hast dich nicht einmal dafür entschuldigt«, sagte ich.

»Du hast mir keine Gelegenheit dazu gegeben.«

Es war Zeit für ihn aufzubrechen. Ich schluchzte hysterisch. Auch Lachlan hatte Tränen in den Augen, als wir uns umarmten und er ein letztes Mal durch meine Tür ging.

Ich rief, noch immer von Heulkrämpfen geschüttelt, meine Mutter an. Sie weinte auch.

Dann rief ich Anne an, die warmherzig und einfühlsam war.

Dann rief ich Ginia an, die einen Termin hatte, aber wir sahen uns später.

Dann rauchte ich sechs weitere Zigaretten.

Dann machte ich ein Nickerchen.

Am nächsten Tag fing ich an, mein Buch zu schreiben.

Es begann mit den Worten: »Was möchten Sie wissen? Wie viel Geld er für sein Buch bekommen oder wie sehr er mir mein Herz gebrochen hat?« Ich stellte mir ein ganzes Buch über Lachlan vor, das mit der Zeile endete: »Leser, Sie haben zu viel bezahlt.«

Aber dann überlegte ich mir, warum soll er allein den ganzen Ruhm abbekommen?, selbst wenn diese Erfahrung, die erste, bei der ich mich sowohl untröstlich als auch benutzt fühlte, mit Sicherheit der größte Käse auf einer Schüssel Spaghetti war. Und ich schrieb über sie alle und kochte dabei weiter.

Ich bereitete ein Sonntagnachmittagsessen für Larisa und ihre Familie vor. Während ich Kartoffeln mit meinem neuen Wüsthof-Küchenmesser schnitt (ich kaufte jede Menge Küchenutensilien, nachdem Lachlan abgereist war, weil ich wollte, dass meine Wohnung nicht mehr so aussah wie zu der Zeit, als er hier gewohnt hatte – allerdings behielt ich Scoopy, doch er muss in seiner Schublade bleiben, sofern er nicht arbeitet), schnitt ich mir so heftig in den Daumen, dass ich fünf Stunden in der Notaufnahme zubrachte, wo der Schnitt mit sieben Stichen genäht wurde. Widerwillig sagte ich meine Dinnerparty ab (ich war davon ausgegangen, dass man mich nähte und ich dennoch rechtzeitig zum Kochen zurück sein würde), und meine verzweifelte Mutter kam zu mir, um sich um das

Essen zu kümmern, das ich in meiner Küche verstreut hatte liegen lassen. Ehe sie eintraf, schickte ich Nick, der mich ins Krankenhaus gebracht hatte, zurück in meine Wohnung, damit er dort das Blut von den Wänden wischte. Matthew blieb bei mir, während ich genäht wurde.

Und während ich dort lag und wartete, dass man mich wieder zusammenflickte, dachte ich darüber nach, wie viel ich schon um der Liebe zum Kochen und um der Liebe selbst willen gelitten hatte, jenen beiden austauschbaren Leidenschaften. Mein Körper war gezeichnet von Wunden, die beides repräsentierten – meine Arme waren von Brandmalen vernarbt, mein Daumen war durchtrennt und mein Herz gebrochen. Es musste doch noch etwas anderes außer essen geben, das mir etwas bedeuten konnte. Und das gab es.

Ich kehrte zurück an mein Buch. Und ich zweifelte nie daran, dass es gut werden würde.

Und ja, ich freue mich schon auf den Tag, an dem ich das auch über die Liebe sagen kann … aber das wird dann das nächste Buch.

Baci e abbracci a …

Ginia Bellafante, die für mich träumt, selbst wenn ich das nicht für mich tue. Ihre Freundschaft und ihr Einfluss haben mein Leben in zahllosen Jahren überaus bereichert.

Jennifer Warren, die mir seit unseren ziemlich unschuldigen Collegetagen immer zugehört und mich ermutigt hat – ihre Großzügigkeit kennt wirklich keine Grenzen.

Anne Magruder, ein Quell der Warmherzigkeit und täglicher Inspiration, die mit Lachen das Schreiben dieses Buchs und mich schon viele Jahre davor begleitet hat.

Frank Bruni, der meine Idee besser als ich zu erklären wusste und sie vorstellte.

Lisa Bankoff, die meine Freude an diesem Projekt teilte und sich mit äußerster Fürsorge darum kümmerte, und außerdem, und das ist das Beste an ihr, auch noch eine prima Freundin ist.

Caryn Karmatz Rudy, deren Begeisterung für dieses Buch durch nichts ins Wanken geriet und die sich verständnisvoll und intelligent jeder seiner Seiten annahm.

Jennifer Romanello, eine Freundin, die zur Familie wurde und viele meiner Geschichten hautnah miterlebte, oft lachend, wenn sie lustig waren, mir aber auch helfend, sie abzuschütteln, wenn sie das nicht mehr waren. Was für ein Glück, dass dieses Buch in ihren weisen Händen landete!

Sandy Sislowitz, die mein Leben mit ihrem phänomenalen Verständnis, tiefen Mitgefühl und vor allem ihrem Humor dramatisch verändert hat.

Corey Seymour, die mir eine Lehrerin und eine Führerin ist und mir schon viel länger, als ich es verdiene, Nahrung gibt, mich zum Lachen bringt und an ihrer Weisheit teilhaben lässt.

Lucinda Rosenfeld und John Cassidy, dafür, dass sie mich immer wieder daran erinnern – an meinen Abenden mit Spaghetti und Fleischbällchen im Tausch gegen ihre wunderbare Gesellschaft –, dass ich eine ziemlich gute Köchin bin.

Meredith Tucker, weil sie eine fantastische Nachbarin, Cheerleaderin und Vorkosterin ist.

Russell Perreault und Reed Maroc für tadellose Gastfreundschaft und zahlreiche unglaubliche Mahlzeiten in ihrem wunderbaren Heim in den Hügeln von Connecticut.

Kolleginnen und Kollegen bei *Harper's Magazine*, vor allem Ellen Rosenbush, Jennifer Szalai und Ted Ross – die freundlicherweise mein Vorhaben in seinen frühen Stadien gelesen und redaktionelle Unterstützung angeboten haben. Ich hatte das Privileg, über viele Jahre in Gesellschaft vieler kluger Menschen zu sein, und ich bin privilegiert, sie als meine Freunde zu haben.

Mark Lane, Joel Warden, Anthony Andreassi und James Simon von The Brooklyn Oratory, die so viel Begeisterung an diesem Buch zeigten, dass ich dafür zur Beichte werde gehen müssen.

Anne Twomey für den Entwurf eines Schutzumschlags, der genau trifft, was ich wollte, als ich noch gar keine Idee davon hatte, was das eigentlich war.

Jamie Raab, Emi Battaglia, Martha Otis, Karen Torres, Elly Weisenberg, Amanda Englander, Harvey-Jane Kowal, Sona Vogel, Brad Negbaur und allen bei Grand Central Publishing.

Karolina Sutton, Tina Wexler und Elizabeth Perrella bei ICM.

Kenneth Ardito, Maxwell Ardito, Susanna Beacom,

Gillian Blake, Bliss Broyard, Carmen D’Aloia, Jeff Edelson, Jonathan Elderfield, Marianne Gillow, Mark Haag, Yuki Hirayama, Hannah Houston, Deborah Kwan, Dante Nicola Melucci, Elizabeth Melucci, Stella Giulia Melucci, Biba Milioto, Deak Nabers, Blake Nelson, Larisa DePalma, Stanislao Pugliese, Alessandro Pugliese, Giulia Rosina Pugliese, Maria Ricapito, Joia Speciale, Suzanne Sullivan, Robert Sullivan, Jen Tadaki Catanzariti, Marie Ventura, Elena von Kassel, Angela Voulangas und Jimmy Wallenstein.

Und als wären so viele unglaubliche Freunde nicht genug, bin ich auch noch mit zwei Schwestern und zwei Brüdern gesegnet, deren Liebe zu mir und Stolz auf mich immer greifbar und unerschütterlich waren: ein lebenslanger Dank an Nancy, Carla, Nicholas und Matthew.

Rezepte